U0134054

■ 张再青 著

记录：当代家庭

RECORDS: ORIGINAL 原生态
CONTEMPORARY FAMILY

浙江大学出版社

序

章文彪 *

　　新时期的人口与计生宣传工作怎样才能为广大群众所喜闻乐见？作为浙江省人口与计生委主管主办的《当代家庭》杂志怎样才能使读者可读、可亲、可用？家庭是社会的细胞，人口与计生工作的重点在家庭。浙江省人口与计生委宣教中心编辑张再青所著《记录：当代家庭原生态》一书，对上述问题作出了回答。此书收入了作者近年来创作的四十余篇文章，全部在《当代家庭》杂志上发表过，其中部分文章被《浙江日报》《青年时报》等报纸以及《人生》《今日浙江》等杂志转载，受到了读者的好评。

　　本书作者张再青同志，牢记计生宣传工作者的历史使命，用她的饱满热情和细腻笔触，讴歌计生战线上先进的人和事，赞美人间真情。在浙江省第一个退休生活社区——杭州金家岭"金色年华"社区，我们从省人口计生委老主任徐爱光女士退而不休，为计生事业奔波奉献的身影上，看到了老人们的幸福生活；在"马寅初传人"马秀娟的身上，我们看到了一位计生战线全国劳模热爱学习、勤奋工作的感人事迹；在《爱心传递："感恩"进行时》一文中，我们看到了社会各界爱心人士，尤其是计生系统干部职工，为拯救患病独生女，所作出的不懈努力……

　　在这本书里，洋溢着人间真情，闪烁着人性的光芒。从"王定侯夫妇小家庭演绎大美德"，到"平凡农家将爱进行到底"；从"一个女人的大爱传奇"，到"幸福婚姻感动杭城"，发生在一个个平凡人物、平凡家庭身上的真情故事，深深地感动着我们。而海宁"吉祥三宝"结缘"歌唱生命"，四个男子汉书画家的"无臂"人生，盲童来家俊谱写"黑暗中的光明世界"……这些勇于向命运抗争的"小人物"的大事迹，激励着读者直面人生的坎坷，通过努力奋

序

1

斗，去追求幸福的生活。

在这本书里，我们看到，那些老有所为、老有所乐的老年朋友，他们自强不息的精神深深地感动着我们：陈洵琳老人五十年笔耕不辍，百万字述说人生；杨福芝和曹学然两位老人十年心血凝成"养生经"；杭州老人潘曼霞夫妇的"回归情"……

在这本书里，我们看到，那些平凡人物不平凡的创业历程。他们在为社会创造财富的同时，也为自己书写了多彩的人生："杭州乐女"郦丽的音乐梦，"葡萄女王"张全英带领群众致富的故事，在给读者以感动的同时，也收获诸多启迪。

《记录：当代家庭原生态》是一本为平凡人物立传、为普通家庭写真的书，更是一本寓教育于故事之中的书。祝愿张再青同志能够保持旺盛的写作热情，扎根基层，深入群众，投身到火热的生活中去，写出更多更优秀的文章，为人口与计生事业鼓与呼，为建设和谐社会贡献自己的力量。

是为序。

---

* 作者系浙江省人口与计划生育委员会主任

目 录　CONTENTS

目　录

快乐人生：幸福与残疾无关

"曾经是孤独相随，心中挥不去无限伤悲，总想拥有春光的明媚，祈求真诚地敞开心扉。在那严冬给我温暖，在那黑夜给我光辉，无私的友爱最珍贵……"在浙江省海宁市长安镇一幢残旧的职工宿舍楼，盲女艺人谢晓曼深情地为我们唱起了由其丈夫竺盛祥作词谱曲的《友爱万岁》。拄着双拐的竺盛祥神情专注地看着爱妻，有些腼腆地说："这支歌是我求婚时送给晓曼的聘礼。"

谢晓曼与竺盛祥因音乐而结缘。从2001年起，一家三口开始登台表演歌曲、相声、小品等节目，至今已参加过全国坐式排球锦标赛开幕式、中国桐乡菊花节开幕式等大型演唱会的表演。一家三口自编自演的音乐小品《爱》曾夺得"江南文化艺术节"家庭才艺大奖赛唯一的金奖，被誉为残疾之家的"吉祥三宝"。

吉祥三宝

抛家离乡:多难灵魂找到栖息地

1967年的一个冬日,谢晓曼在湖州一个普通家庭呱呱坠地。一岁多,正是学走路的时候,邻居看晓曼老是摔跤,提醒她父母带孩子去看医生,结果很不幸:女儿遗传了父亲的白内障。

就在不懂事的孩子们"瞎子、瞎子"的嘲笑声中,晓曼慢慢长大了。因为她的眼疾,所有的幼儿园拒收;到了上学的年龄,仍是一样的遭遇。当晓曼得知自己的一位邻居是一所小学的校长后,她天天去磨:"叔叔,我要读书,让我读书好吗?"好心的校长被感动了,破例收下了她。

别人上课是眼耳手并用,但晓曼只能用耳听,每次考试交的都是白卷。"我书读了三年半,却没写过一个字。"晓曼说。三年后老师婉转地劝她:"晓曼,你别再来学校了,你家里条件也不好,还是跟你爸学点艺术吧。"当时晓曼的父亲虽然眼盲,却是湖州湖剧团的琴师,吹、拉、弹、唱都有一手。父亲把不幸带给晓曼的同时,也把他的艺术天分遗传给了女儿。小小年纪的晓曼很早就显露了艺术天赋。在校的时候,音乐是她的最爱,音乐老师也非常喜欢她,学校有什么活动,就让她上台献唱。

无可奈何地离开了学校,晓曼除了帮母亲做家务外,无论是刮风还是下雨,她一有空就去路口听高音广播,并很快就能把广播里的各种越剧流派唱腔模仿得惟妙惟肖。她参加湖州市越剧清唱比赛,还获得过一等奖。她父亲的同事把她引荐到上海红楼越剧团,当时徐玉兰、王文娟、孟丽英等名家听了称赞不已,但又遗憾地告诉她,不能收她,因为越剧很需要用眼神和观众交流,可你的眼睛……那一刻,晓曼的心都碎了,"我的眼睛真的没希望了吗?"伤心的父母抱着一线希冀带她来到上海华山医院,然而高昂的手术费以及要面临的术后风险,让他们望而却步。上海回来后,晓曼决定改学"不要表演,站着说唱就行"的苏州评弹,五年间,唱遍了江浙沪大小书场。

1989年4月,为了追求自己的音乐梦想,晓曼离开家乡来到举目无亲的海宁,走进由雪豹集团组建的残疾人"自强艺术团",在这里她遇上了比她早两个月来的竺盛祥。也许是命运给予的磨难太多了,挂着双拐的竺盛祥帅气的脸上隐隐有一丝的忧郁。

竺盛祥来自宁波镇海农家，1岁多时，竺盛祥发高烧没有及时医治，得了小儿麻痹症，从此双腿永远站不直了。看到同龄的孩子可以爬树踢球，竺盛祥不知有多羡慕。8岁那年他缠着父母非要上学，父母只好让同校的哥哥每天背着他去学校。很快，他成了一名勤奋好学的学生。

转眼哥哥小学要毕业了，但竺盛祥还有两年，怎么办？父亲买来了双拐，对竺盛祥说："给！今后它们就是你的双腿！"竺盛祥拄起双拐一迈步就跌倒了，但"狠心"的父亲仍逼他上学。一次又一次跌倒和站起，他被摔得头破血流。终于，他能拄着双拐走路了！

为了早日减轻家里的负担，中考成绩优异的竺盛祥报考了中专。得知自己考了全校第一，竺盛祥欣喜若狂，然而命运再次和他开了玩笑，因为体检"不合格"被拒之门外。他不甘心，转而到当地的一所高中求学，可常常有老师劝他："盛祥啊，你书读得再好，将来哪所大学会要你啊？""盛祥，你家经济条件这么差，还是早日去学门手艺算了。"

一年后他辍学了。找工作，到处碰壁。他只好买来电器维修书自学，开始给别人修收音机、电视机，赚点小钱维持生计。空余时间，他开始攻读音乐、文学。

竺盛祥勤奋好学的身影，自强不息的精神，感动了一位健康善良又美丽的姑娘。但很快姑娘的父母就发现了，刚刚燃起的爱情火花被生生掐灭了。

"老天，你为什么这么残酷啊？"他用泣血的心写了一首歌《爱的呼唤》来祭奠自己逝去的爱情。"在我童年天真的年纪，我拥有许多梦的美丽……在我少年向往的年纪，心中充满着美好的希冀……却不想在我青春的年纪，渴望需要的爱离我而去。……啊爱呀爱，我深情地把你呼唤！"

1987年9月，宁波市举行文艺汇演，竺盛祥饱含深情的演唱一举成名，《爱的呼唤》拿下了演出、创作两个一等奖！

他被安排到当地的一家福利企业上班。

音乐结缘：共筑一个"完整"的家

1989年2月，竺盛祥放弃了"铁饭碗"，带着自己的艺术梦想，走进了海宁"自强院"。很快他就成了艺术团负责人之一。当时，艺术团人才众多，唯

独缺女声独唱演员。

晓曼的到来，让竺盛祥眼前一亮："这不是最佳人选吗？"

于是每次排练民歌，竺盛祥都把话筒递给晓曼，又把自己作词作曲的歌让晓曼演唱。初来乍到，竺盛祥就像大哥哥一样处处关心她。艺术团组织外出，同事说："晓曼，你眼睛又看不到，去干吗？"晓曼说："我想感受一下大自然的气息，听听鸟叫也好啊。"于是，竺盛祥就成了晓曼的"眼睛"。大家开玩笑，"咦，你俩倒真是天生一对！"晓曼羞红了脸，但心里甜滋滋的。而竺盛祥在日常的接触中，也对晓曼暗生情愫。两人相爱了。

1990年春天，艺术团到温州演出，当时观众里有温州医学院第一附属医院的医生和护士，晓曼坎坷的身世、精彩的演出，让他们唏嘘不已，他们想："晓曼的眼睛会不会还有一线希望啊？"

温州残联原理事长王鸿铨带着晓曼来到温州医学院第一附属医院，接受了医生细致的检查。检查结果是可以开刀。晓曼征求竺盛祥的意见，竺盛祥马上说："哪怕只有一丝的希望你也不能放弃！"

有"好心人"在得知竺盛祥让晓曼到医院治眼睛一事后，都来劝他："晓曼眼睛好了，还会嫁给你吗？"竺盛祥听了只是憨厚地笑笑。倒是晓曼忍不住了，她问："若我眼睛好了，你会怎么样呢？"竺盛祥知道晓曼的意思，毫不犹豫地回答："如果你觉得还值得选择我，那请选择我，如果你不选择我了，你也没错！我决不会阻挡你！"

就这样，在竺盛祥的陪同下，晓曼在温州医学院第一附属医院免费做了手术。每天一大早，竺盛祥拄着双拐，拎着晓曼爱吃的馄饨，挤公交车来到医院，晓曼住的那幢楼没有电梯，竺盛祥就拄着双拐到四楼。听着由远而近的双拐发出的艰难的"笃笃笃"声，晓曼心里暗暗发誓：无论结果如何，我一定选择他！

术后的晓曼视力一度达到0.03，但遗憾的是，随着时间的推移，因视神经萎缩，晓曼的眼睛又恢复了原状。

这次手术后，两个人的心贴得更近了。一天，竺盛祥带着一首自己作词作曲的《友爱万岁》来到晓曼的宿舍，"晓曼，这首歌我想男女二重唱，你看行吗？"竺盛祥满怀感情地把歌词念给晓曼听，又轻轻地哼起曲子，歌声深深地引起了晓曼的共鸣，她由衷地赞叹"写得太好了"。听到晓曼的夸奖，竺盛祥鼓起勇气,说出了一直埋藏在心里的话:"晓曼,我们结婚吧。"

没想到晓曼的父母坚决反对:"你自己眼睛已不便,还要嫁残疾人?将来怎么生活?""他家条件太差,以后负担重。"然而晓曼丝毫没有动摇,父亲知道女儿的脾气,最终不再阻挡。母亲却哭了:"我养了你二十多年,你却……"

没有玫瑰,没有戒指,也没有山盟海誓。1992年3月,这对艺术搭档成了人生伴侣。

1997年1月,他们迟来的爱情结晶——儿子子健降生了。令人伤心的是,夫妇俩一直担心的事也发生了——儿子的眼睛不幸遗传了晓曼的眼疾。

他们的不幸很快传到了省残联,当时的理事长林清和马上联系了时任浙医一院的院长、眼科权威专家王竞。在子健8个月的时候,王医师给他的右眼开了刀,11个月时又对子健的左眼动了手术。遗憾的是由于孩子视神经在胚胎时就已发育不全,所以虽然白内障拿掉了,但子健还是需要戴1800度的眼镜来矫正视力,每年需定期复查配镜。

幸福奥秘:人生与残疾无关

10岁的竺子健目前就读于长安镇辛江小学,是班里的文艺委员。

竺盛祥说儿子成绩优秀,是校文艺活动积极分子,征文、奥数屡屡得奖,还是《南湖晚报》的小记者。

在竺盛祥看来,儿子虽然视力残疾,但一样可以拥有健康的心灵,健康的人生。从儿子懂事起,他就有意识地购买有关残疾名人的书念给他听,后来父子俩又一起看,张海迪、史铁生、霍金……2005年,子健参加海宁市中小学生征文大赛,他写的《学习霍金 战胜困难》得了一等奖。

谢晓曼说:"我们是残疾人,在很多人眼里我们是不幸的,但我们的每一天都是快乐的。"在晓曼的眼里,自己一家虽然残疾,但仍拥有美好幸福的人生。

儿子常常对她说:"妈妈,我每天放学回来老远就能听到你快乐的歌声。"晓曼说:"宋祖英说,'把歌声融入生活中',我就是这样。"

谢晓曼从艺20余年,登台表演达700多场(次),去过香港、台湾等地,出

快乐人生: 幸福与残疾无关

5

访过日本，被台湾媒体誉为"大陆盲人音乐家"。她先后获得过第三届全国残疾人歌手大赛银奖、全国首届乡镇歌手电视大奖赛唯一的民族唱法一等奖等佳绩，是嘉兴市十大歌手和海宁市的十佳歌手。1995年，她在东京音乐厅为亚太福利大会作"压台"表演，一人自弹自唱，连续唱了《茉莉花》、《四季歌》等6首中、日歌曲，《读卖新闻》、《朝日新闻》等配发照片给予了报道。

近几年，为方便照顾儿子，晓曼已逐渐减少了演出。"万一有一天嗓音倒了，如果有一技之长，照样能养活自己！"在这一想法的驱使下，她又报名参加了盲人按摩技术班的学习，通过考核，取得了盲人"高级按摩师"的资格证书。

在"自强院"，她开了间盲人按摩室。虽然目前生意比较清淡，但她对未来充满信心。谢晓曼乐观向上的精神感染并激励了许许多多的残疾人。大家推选她担任嘉兴市盲人协会副主席、海宁市盲人协会主席。

在简陋的按摩室里，我们看到一边靠墙的书架上摆满了各类医学按摩书，这些书竺盛祥有空就会耐心地读给她听。晓曼说，作为盲人协会主席，我不能只要求自己积极向上，还要鼓励其他盲人朋友向上，有时间我就会和盲人朋友电话沟通。"我觉得，作为残疾人，社会的关爱固然重要，但经济上还要靠自己努力。"

2003年，竺盛祥取得了浙江大学汉语言文学专业自考专科文凭，并被评为"全国自学成才先进个人"。之后，竺盛祥又拿到了汉语言文学专业本科文凭。

除了工作，竺盛祥业余时间还常在各类报刊中发表作品。2006年3月起至今，就已在《南湖晚报》的"嘉兴球迷论坛"发表了50多篇评论文章。

竺盛祥说，虽然我们的物质生活并不富有，但绝对是精神上的富翁。

"你们快乐的源泉是什么？"

竺盛祥不假思索地回答："家庭和谐是人生最大的乐趣。"

晓曼说："平时一家人在一起说说笑笑唱唱，我们三个人的心往一处想，劲往一处使，再大的风雨也能扛过去。"

一个女人的大爱传奇

她，有一个身患尿毒症，15年前就被医生宣判过"死刑"但现在依然活着、深爱着她的丈夫；

她，做成了与外国集团合资的跨国生意；

她，收养了一名被遗弃的女婴，成了别人眼里比亲妈还亲的"妈妈"；

她，是56名"空巢老人"的"女儿"；

万晓燕，实现了事业和家庭的双赢。

万晓燕全家福

一个奇女子的家庭与事业

万晓燕曾经是一名军嫂。

1986年元旦，是22岁的浙江金华姑娘万晓燕大喜的日子，这天她和心上人、空军驻金华某部军官董尧堂喜结连理，当年两人喜得贵子，小家伙的到来更是让这个家充满温馨甜蜜。1988年，董尧堂所在部队后勤处开了个汽配门市部，万晓燕被调到这里做财务工作。

也许是老天爷嫉妒他们一家的幸福吧，万晓燕万万没有想到，这时厄运悄悄来临了……1991年和1992年两年间，一向体格健壮的丈夫经常全身浮

一个女人的大爱传奇

肿，到了 1993 年，丈夫被确诊患了尿毒症，尽管已有心理准备，但被确诊那会儿，万晓燕还是觉得眼前阵阵发黑，全身有如跌进冰窖。

丈夫生病期间，每天都有大额的医药费，其单位根本无法报销。怎么办？在部队的支持下，万晓燕承包了汽配门市部。为了这个家，为了心爱的丈夫，她打算背水一战，单枪匹马打天下。

在单位，万晓燕既是老板也是一线员工，脏活累活一样干。汽配零件通常都笨重得要命，可万晓燕为了节省劳动力，常常自己亲自装卸，浑身累得像散了架似的也不叫一声累。

在家，万晓燕精心伺候病退的丈夫。丈夫长年要去杭州做透析，孩子又小，既要照顾病人又要料理生意，艰难可想而知。但万晓燕没有丝毫怨言，每次去看丈夫，走进病房时始终是微笑着的。为了便于跟丈夫联系，一贯省吃俭用的万晓燕一咬牙，还给老董买来一只手机。

但是，对于过去所受的苦，今日的万晓燕却说，我永远感激我的丈夫和部队，苦难有时候是一笔财富，它会磨炼一个人的意志，把人的潜能都激发出来。万晓燕兄弟姐妹六个，她最小，从小被呵护，在她看来，没有当初受的苦，就没有今天的一切。

1995 年 6 月 1 日，别的家长都带着孩子在快乐地过儿童节，万晓燕却接到了杭州空军医院发来的病危通知。医生告诉她，人可能不行了，请家属做好准备。当时一点心理准备也没有的万晓燕刹那间感觉天都要塌下来了，"不会的！不会的！"万晓燕寸步不离地守在丈夫身边，不停地祷告。也许是万晓燕的爱产生了作用，奇迹发生了，昏迷 7 个多小时的丈夫居然苏醒了，万晓燕激动得热泪盈眶。

1995 年 12 月 30 日，医院成功地给老董做了换肾手术，万晓燕本以为可以安心了，不料医生却告诉她，老董换了肾也只能活五年。万晓燕不敢也不愿把医生的话告诉丈夫，她做好了和病魔抗争的一切准备。她想，无论如何，我都不能让丈夫倒下去。在万晓燕看来，只要丈夫有一口气在，对她，对这个家就是一个支撑。

出院后，万晓燕一边精心照料丈夫，一边带领员工继续艰苦创业。1998 年，万晓燕出任汽配有限公司总经理，凭着坚强执著，硬是把企业越做越大，她经营的航天汽配有限公司不但成为全国名优汽配生产厂家的指定代理商,还成为浙中地区微型车配件的批发中心。

与此同时,万晓燕的爱也继续创造奇迹。如今,丈夫换肾到现在已经是第 15 个年头了,体质一天好似一天。

万晓燕的事迹得到了当地有关领导的关注,2005 年,她被评为金华市十大优秀青年,并当选为金华市人大代表。

有人说,"做女人难,做一名女企业家更难"。前不久,万晓燕参加了金衢丽三地市女企业家座谈会。交谈中她发现,不少女企业家表面看似刚强,内心却空虚软弱,多数事业与家庭失去了平衡。在万晓燕看来,人生及格的标准,是事业和家庭双赢。家是最好的避风港,女性是家庭的主角,女人只有让家稳定了才能把企业做得更好。

她说,没有丈夫就没有今天的自己,所有这一切都是丈夫给的。

一个被弃女婴的幸福生活

在金华市区万晓燕的新家,午后刚睡醒的纯子从楼上下来,扎着漂亮小辫子的董万纯子真的非常可爱。纯子穿起哥哥的溜冰鞋,在客厅里自如地穿梭,旁边的老董目不转睛地盯着女儿,万晓燕则不时说着"小心!"

说起董万纯子,万晓燕慈爱之情马上溢于言表,不停地夸奖自己的女儿优秀,学钢琴、舞蹈、国画都是有模有样。她自豪地说:"我家纯子还是幼儿园里的节目主持人呢!"

可有谁想得到,纯子是和他们没有任何血缘关系的养女呢?

6 岁的董万纯子是不幸的,出生即遭遗弃;但她又是幸运的,因为她有一个不是亲妈胜似亲妈的"妈妈"。

2002 年 11 月,万晓燕在金华福利院参加一个会议时,听到福利院孩子们的哭声,万晓燕的心揪住了,忍不住对院长说:"我来领养一个!"随后,福利院院长就带她去看一个小女婴说,那就这个吧,才出生 9 天。

万晓燕马上给丈夫打电话:"老董,我在福利院收养了一个女孩。"电话那头一点思想准备也没有的丈夫惊呆了,冲口而出:"你忙都忙死了,哪里还有时间去照顾小孩?!"

当时万晓燕经营的中韩合资的航宇汽配制造有限公司刚刚起步,她一手创办的敬老院需要她亲自管理，工作繁忙可想而知。他们的独子才上高中，老董的身体又不好，万晓燕是这个家的"顶梁柱"。老董真担心妻子的身体会累垮了。得知丈夫的真实想法之后，万晓燕就做丈夫的思想工作。

3个月后，也就是2003年的春节，老董随妻子一道到福利院正式办理了领养手续。

令老董感到欣喜万分的是，纯子很乖，从不大哭大闹，晚上也是一觉睡到天亮，十分好带。令人惊奇的是，纯子似乎很懂得养父母的心思。当她刚刚会走路时，看到父母累了，就会懂事地给父母捶捶背。现在，父母亲外面有应酬，总爱带上她。"因为她是大家的开心果。有时候出差在外，几天没看到纯子，心里就特别挂念。"万晓燕动情地说。一开始对收养女儿有一些顾虑的老董，更是一天见不到纯子就想得厉害。

更让人惊奇的是，一天天长大的纯子越来越像"爸爸"老董，不明就里的人都以为他俩本来就是亲父女。

如今，在万晓燕一家人的内心深处，纯子和他们之间早已建立了超越于血缘的情感。在万晓燕心中，纯子绝不是当初她从福利院领养来的弃婴，是自己身上掉下来的肉；在老董的眼里，纯子不是自己的养女，是自己的亲闺女；而在万晓燕读大三的儿子看来，纯子就是自己的亲妹妹，他有责任有义务呵护纯子不受外界的一点点纷扰。

"让世界充满爱"。我想，正是因为有了像万晓燕这样的人，我们才有理由相信，我们身边确实充满爱，充满了阳光。

一对空巢老人的敬老院婚礼

金华市区有家挺有名气的私人老年公寓——"橄榄山苑"。在这个大家庭里住着金华市区50多名老人，最大的有97岁，最小的也有70多岁，安享晚年的老人们在这里生活得其乐融融。

谈起这一切，老人们说这要感谢他们的"女儿"—— 橄榄山苑的创办者万晓燕。

说起当初创办敬老院的初衷，万晓燕讲了这样一件事：万晓燕曾有一个从小对她非常好的大妈，但大妈晚年得了老年痴呆症。因子女忙于工作一时疏忽,老人就从家里"出走"了。等家人把饿得气息奄奄的大妈找回家,老人已快不行了。大妈走后,万晓燕心里特别的难受。

这之前,万晓燕也曾目睹周围许多老人因子女或忙于事业,或在异国他乡,成了名副其实的"空巢老人"。于是,万晓燕就产生了办"敬老院"的想法。

2000年,万晓燕高价竞拍到位于金磐开发区的10.5亩土地。2001年6月,投资350多万的橄榄山苑敬老院一开张就迎来了50多位老人。由于场地有限,敬老院不得不婉拒了周边县市更多的老人。

今年88岁的退休教师曹连清和76岁的朱姣时是当时第一批入住橄榄山苑的老人。当初两位老人恐怕怎么也想不到,自己在这里还会焕发人生的"第二春"。

当时,曹连清的老伴已去世三年,尽管子女对他很好,但他总觉得生活孤单,于是就来到了橄榄山苑。曹连清老人退休前是一名有40多年教龄的老教师,吹拉弹唱都有一手,可谓是多才多艺,备受老人们的欢迎,为此曹连清还成了敬老院里的娱乐组长。

也是机缘凑巧,同样老伴去世多年、有两个女儿的朱姣时进敬老院时,住在曹连清隔壁,成了邻居。由于种种原因没读过多少书的朱姣时特别钦佩知识分子,才气出众的曹连清自然让朱姣时刮目相看,平时女儿给她捎来什么好吃的,都会分一些给曹连清。有时曹连清胃口不好,朱姣时还会到食堂给曹连清做喜欢吃的菜。

慢慢的3年相处下来,曹连清也对这位充满爱心的邻居有了好感,两人就萌发了再结连理的念头。但好事多磨,两人的婚事遭到了曹连清子女的反对。热心的万晓燕知道后就登门去做曹连清老人子女的思想工作,子女们后来也终于想通了。曹连清、朱姣时欢天喜地到婚姻登记处领了"红本本"。热心的万晓燕还请来民政部门的领导给两位老人证婚,帮他们在山苑筹办婚礼。

2004年一个春暖花开的日子,"橄榄山苑"敬老院欢声笑语、热闹非常,曹连清、朱姣时两位古稀老人枯木逢春,喜结良缘。

如今已结婚4年的两位老人生活很恩爱。去年身体欠佳的曹连清住了四次医院,每次朱姣时都陪在他身边精心服侍。

有人不解地问万晓燕:你办敬老院已经赔了不少,你到底图个啥?橄榄山苑从2000年3月试营业至今,万晓燕每年都要贴进去两三万元钱。第一批进来的老人到现在还是每月只收 360 元的护理费，当时国家对敬老院核定的收费标准就是 460～550 元。有人劝万晓燕提高收费，但她没采纳。她说，只要这批老人在世一天，我仍然只收他们这点钱。

谈起办敬老院的苦和乐，从开业之初就在这里照顾老人的施医生说，这里多数老人患有老年痴呆症，工作人员经常会被老人们古怪的脾气弄得很烦恼，自己就曾被气得想离开。但万晓燕依然很乐观，她动情地说，老人的一生就像橄榄，又涩又苦，我希望他们在晚年能尝到生活的甘甜。"哪个少年不白头，今日老人就像一面镜子，照的是我们的未来，所以不管赚不赚钱，我都要把敬老院好好办下去。"

每个星期六，万晓燕总会带着老人爱吃的东西来敬老院，听听老人们的意见、陪老人聊聊天，这些老人都很乐意把自己鸡毛蒜皮之类的事告诉万晓燕。看到万晓燕忙得给纯子买衣服的时间也没有，细心的朱姣时老人还嘱咐来看她的女儿给纯子买来新衣服。

新的一年，为了满足更多的老人在橄榄山苑颐养天年的需求，万晓燕准备投资扩大规模。

万晓燕，一个用大爱写就创业传奇的女人，让我们共同祝福她爱的事业更上一层楼。

喜结连理的曹连清和朱姣时老人

95 岁老太的"清贫"生活

　　这是一户真正的长寿之家,兄弟姐妹四个,大哥94岁去世,健在的姐弟俩,姐姐95岁,老伴96岁;弟弟93岁,老伴89岁。小妹年前去世时也已82岁。

　　前不久,记者慕名来到浦江县郑宅镇三郑村,见到了长寿老人金荷凤。金荷凤原籍浦江县浦阳街道金宅村,现今95岁的她和年已古稀的女儿、女婿生活在一起。

　　金荷凤老太太满头银发,脸上刻满了岁月风霜,看起来非常慈祥。记者见到她时她正坐在灶间吃甘蔗,令人惊异于她的牙齿居然还这么结实。

金荷凤(中)和弟弟金以赶、弟媳黄竹飞

充满传奇的一生

金荷凤老人一生充满了传奇，5岁当大户人家的童养媳，帮婆家带大了一个又一个比她年幼的小叔子；6岁被迫裹了小脚；后来丈夫去了台湾，老人又独自带着女儿撑起了家，挑担卖豆腐，砍柴种田地，服侍公公婆婆。"文革"时又因为"海外关系"历经风雨……

据老人的女儿、女婿介绍，老太太这辈子带大了四代孩子。年近八旬还给在杭州的外孙女当"保姆"，每天背着曾外孙五层楼上上下下，令邻居啧啧称奇；耄耋之年又两度坐飞机飞赴美国看望丈夫和儿子，飞机上一坐就是20多个小时，老人却一点不喊累。

夜卧早起闲不住的老人

金荷凤老人这辈子都是在小镇农村度过的，过的是"夜卧早起"的生活：每日天一亮就起床，天黑即上床。现在年纪大了，早上有时也会拖到六七点钟起床。起床后就是扫地、烧饭，他们一家至今保留着用柴火烧饭的习惯，一日三餐通常是女儿掌勺，老人坐在灶间添火加柴。

尽管已是九旬高龄，但金荷凤老太太还是闲不住，有空就在院子里东摸西摸，拔草、摘瓜、割菜。有一次，老人在小院里，看见一块几十斤重的石头放的不是地方，就弯腰想给它挪个位置，结果一下子闪了腰……正月里，她见几个"曾"字辈的孩子在起劲地看电视，就悄悄地拿了长长的甘蔗掰断了，给他们去削了吃；看到大门口石灰地上满是鞭炮纸屑，她就从天井的水池里舀了水，踮着小脚，把它冲一冲……

粗茶淡饭的清苦生活

金荷凤老人的儿辈孙辈们都已成才，而且也很孝顺，她并非没有条件吃香的喝辣的，但多年的饮食习惯至今仍保持着。

老人的一日三餐在有些人眼里可谓清苦：菜是自家种的，咸菜也是自家腌的,吃的油也是自家种的油菜籽榨的,有时也吃点茶籽榨的茶籽油。早年农村家家户户都养猪,还可以吃自家的猪肉、自个熬的猪油。

一家人吃的饭菜极其简单,早餐是稀饭、咸菜,中餐晚餐一菜一汤,当季种的是什么菜就吃什么菜,有时候菜丰盛点烧点荤菜吃,绝大多数是猪肉猪内脏。因为牛肉、羊肉老人是不吃的;水里的东西,海鲜是从不吃的,虾也不吃,鱼吃得也不多,而且老人喜欢吃鱼头,不太吃鱼肉。螺蛳老人倒是爱吃的。水果里老人最爱吃橘子,其他的很少吃,有时候一个苹果还要3个人分着吃完。至于零食更是很少吃。

老人一生中最爱吃的是豆制品,由于是在农村的关系,老人可以买到吃到正宗的用黄豆制作的卤水豆腐。

让人不可思议的是,至今金荷凤老太太仍保留着不少今天的人们眼里的"陋习"。她吃饭非要等到大家吃好了才吃,而且极不愿意上桌,而是一个人躲在灶房吃上一餐的剩菜剩饭。因为这事,一家人不止劝了多少回,但收效甚微。有时为了让她的饭菜增加点营养,女儿女婿不得不诓骗她说什么什么菜已经馊了准备倒掉,她才会一把夺过来,囫囵吞枣似的抢着吃掉。

两年前,她被查出陈旧性肺结核,她就认了自己的碗筷,直到今天病早已治愈,但她还不肯"合伙"。

健康长寿一家子

近日,老人还坐车回了趟离女儿家有5公里远的娘家,看望住在那儿她唯一健在的弟弟金以赶和弟媳黄竹飞。93岁的弟弟和89岁的弟媳精神矍铄,看起来最多只有七八十岁的样子。弟弟是从上海公交公司退休回浦江的,弟媳妇一直在浦江务农。弟弟是兄姐里面唯一有点文化的,读过几年书,有空会看看电视、报纸,平时比姐姐注意些养生,比如少了姐姐的那些"陋习",也没什么忌口的,鸡鸭鱼肉都吃。至于生活作息方面和姐姐无二致。弟弟有三个儿子两个女儿,除自己烟酒不沾外,也不准子女抽烟多喝酒。

要说老人为什么长寿,也许,一生忍辱负重但心态平和,粗茶淡饭,生活有规律,就是她长寿的谜底吧。

四个男人，一样的不幸，不一样的幸遇；一样的牵手千里姻缘，不一样的爱情传奇——

四个男子汉的"无臂"人生

四个来自浙江不同地区的无臂男人，在他们30多年的生命旅程里，有着惊人的相似人生，都承受了人生的大苦大悲大灾大难，却都在平凡的岁月中实现了自己的人生价值，都被爱情之神眷顾。四位秀外慧中、身体健全的姑娘千里迢迢找上门来，成就了一段段才子配佳人的美丽姻缘。是命运？是个性？还是其他因素使然？怀着钦佩、带着好奇，在2007年浙江省残疾人福利基金会举办的一次公益活动现场，记者采访了这四个男子汉。

四个男子汉的"无臂"人生

第一篇章　湖州南浔归晓峰

尽管两臂空空,长得浓眉大眼的归晓峰看起来仍不失男人的帅气,见到记者他显得有点腼腆。今年 32 岁的归晓峰来自湖州南浔,5 岁那年,归晓峰和同伴一起玩耍,当时村里放高压电变压器的围墙破了,不谙世事的他就爬了进去,在电光火闪同伴恐怖的尖叫声中,归晓峰失去了知觉……

无臂男子汉归晓峰

昏迷不醒的归晓峰被送到医院,为了保住儿子的性命,归晓峰父母含泪接受了医院锯掉儿子双臂的现实。

锯掉了焦炭似的双臂,在鬼门关走了一遭的归晓峰苏醒了。

出院后,为了解决生活自理问题,6 岁的归晓峰开始学着用嘴巴代替手做事、写字,可是谈何容易? 直练得嘴巴肿了,破了,还是控制不住口水直流的问题……

无奈,他只好尝试着用脚做这一切。脚肿了,脚趾也磨出老茧了,"功夫不负有心人",等归晓峰 8 岁上学时他已能写出"一脚"工整的字了。从小归晓峰就喜欢书画,归晓峰说:"看故事书,我总是先看插图。"学会用脚写字后,只要有空归晓峰就会写个不停、画个不停。脚酸了、痛了,他也乐此不疲。

上初中后,同村的一个同学风雨无阻地每天骑着自行车带归晓峰到八九里外的学校上学。初二时班主任把他俩的事迹写成文章刊登在《初中生》杂志上,意想不到的是这篇文章改变了他的人生。

和陌生教授的 17 年时空对话

当时,湖南岳阳大学一位德高望重的名叫任祖念的大学教授,正巧看到了这篇文章,感慨不已,就写了一封信鼓励归晓峰。令归晓峰大喜过望的是这位古道热肠通晓美术的教授得知归晓峰喜欢画画后,不但寄来有关书画方面的书,还在信上指点归晓峰如何学书画,又让归晓峰把临摹好的书画寄过去,他再把亲自批改好的字画寄回来。每次任教授都批得非常仔细,把需要修改的地方用红笔一一圈出,又在回信上告诉归晓峰如何一一修改。如此反复,一直到教授认可了为止。

一年后,任祖念教授见归晓峰已经初步具备了进一步学习绘画的功底,决定亲自上门指点这一"关门弟子",同时也想去看看失去了双臂的归晓峰"到底是怎么生活的"。1991年,72岁的任教授千里迢迢从湖南岳阳来到浙江湖州南浔千金镇归晓峰家。乍见之下,任教授对归晓峰似乎大感意外,他吃惊地望着归晓峰,毫不掩饰地说:"我想象当中,你一定是个脏兮兮的农家娃! 我还想我这次来要给你好好地搞一次个人卫生哩!"而实际上眼前的归晓峰看起来是个非常神清气爽的小伙子。

看到归晓峰果然不但能用脚写字、画画,甚至还会游泳,任教授又是高兴又是感慨,特别是归晓峰在书画上的悟性更是让任教授欣喜不已。结果任教授一住就是25天,这段时间里,任教授不但"手把着脚"指导归晓峰,还在生活上时时刻刻照顾归晓峰。临走时,任教授又拿出2000元钱硬塞给归晓峰,感动得归晓峰一家人不知说啥好。

回湖南后,任教授仍一如既往地通过书信指导归晓峰书画。一眨眼又过了两年。这其间因为身体的残疾,初中毕业的归晓峰已被迫放弃继续求学的梦想,加上任教授也有意对画艺日益精进的归晓峰再次进行面授,1993年,17岁的归晓峰在父亲的陪同下来到了任教授的身边。当时任教授已退休在家,这位忠厚善良的教授因为"文革"时不幸被错划为"右派",新婚的妻子也离开他一去不复返,深受打击的任教授于是决定终身不再娶。退休后,任教授独自住到了岳阳汨罗乡下一个叫弼石的小镇。在那两个月的时间里,任教授不但在书画上予以指导,还负担了归晓峰的吃住,每天给归晓峰吃的鸡蛋、牛奶也定期让弟弟、弟媳送来。

两个月后归晓峰回到家时,父母欣喜地发现归晓峰白胖起来了。

"既然你是画山水的,那就一定要多见真山水!"任教授不止一次地对归晓峰如是说。可是,对归晓峰这个农家娃来讲这只是个梦想而已。为了帮助归晓峰实现心愿,一年后任教授不顾自己年事已高,再次不远千里来到浙江,带着归晓峰走访江浙一带风景名胜:杭州、苏州、绍兴、宜兴等地都留下了他们师徒俩的足迹。考虑到归晓峰画艺日渐成熟但理论尚缺,任教授又买来很多理论方面的书,想到归晓峰翻书不太方便,任教授戴上老花镜把书上的重点一一摘录下来,再讲解给归晓峰听,归晓峰感动地告诉记者:"足足记了好几万字的笔记。"

之后,归晓峰又在教授的建议下,开始攻读美术大专函授课程。

1997年,在湖州镇政府和残联等有关部门的支持帮助下,归晓峰在湖州成功地举办了迎香港回归画展,并在南浔张石铭故居成立了书画工作室。

看到归晓峰事业上取得了成功,任教授还常常在信上教导他要做个正直的人,要孝敬父母,要力尽所能地为社会作贡献。而归晓峰也总会及时地把自己一年的打算、取得的一点成绩写信告诉教授。至1997年以来,归晓峰每年都会抽时间到湖南拜访自己的恩师。如今任教授已是88岁高龄了。今年正月里,归晓峰夫妻俩又去拜访了任教授,任教授还拿出200元钱要他俩带回去,说是给归晓峰儿子的压岁钱。归晓峰对笔者说,现在我已能自食其力了,我怎么能再要他的钱呢?他告诉笔者,任教授非常乐善好施,周围谁有困难,他都会拿出自己的退休金帮助别人。有一次见到村里一个小伙子不好好念书,整日游手好闲的,就拿出2000元给他,叫他去学点理发之类的手艺。"真的,归教授这个人真是太好了!"

四个男子汉的「无臂」人生

千里姻缘书信牵

归晓峰的爱人范艳是湖南人。1993年，归晓峰在湖南弼石期间，任教授为了激励归晓峰，掏钱把归晓峰历年累积起来的几十幅画裱好后，在当地的弼石中学办了个画展，学校还请归晓峰上台给师生作演讲。

当时范艳在弼石中学读初三，亲眼目睹了归晓峰人和画，亲耳听了归晓峰的演说，范艳又是佩服又是感动。从此，这个花季少女的心头再也挥不去这无臂英俊少年的影子。

巧的是，当时范艳有一个要好的同学恰巧住在任教授家隔壁，范艳到她家玩时，《初中生》杂志上的那篇文章也被范艳看到了，范艳眼前又闪现出了无臂少年不屈的身影，就向这个同学要了归晓峰的地址，提笔洋洋洒洒地给归晓峰写了一封信，由衷地表达了自己的钦佩之情。也许是同龄人有着更多的共同语言，归晓峰马上回了信。范艳是家里的独生女，比归晓峰小4岁，一来二去，身残志坚的归晓峰就成了范艳眼里的哥哥，常常把自己学习上生活上的事和归晓峰说，两人还交换了照片。

初中毕业时范艳报考了中专，却以2分之差落选了，考虑到家里经济条件不太好，范艳决定去打工。在信上范艳把自己的想法告诉了归晓峰，归晓峰作了肯定，还在信上告诉范艳，浙江经济发达，企业也比较多，如果那边工作不好找可以过来看看。三年后，范艳果真踏上了去浙江的求职之路，辗转来到了归晓峰所在的千金镇，又在归晓峰熟人的帮助下进了一家丝织厂工作。

丝织厂离归晓峰家很近，有空范艳就会去看望这个和她通了三年多信的"哥哥"，两人成了无话不谈的好朋友。不久，范艳母亲得了重病，范艳于是辞了工作赶回湖南服侍母亲。

1997年，范艳已是个青春逼人的大姑娘，她再次来到千金镇打工，有空她仍然会去看归晓峰，朦朦胧胧地两人间有了少男少女的情愫，村民们也常常对归晓峰说，这么好的姑娘，可千万别再放她走了啊。热心的村支书也点头说："这姑娘真的蛮好的，我给你俩做媒！"就这样，当年10月，范艳瞒着父母和归晓峰领了结婚证，在千金镇举办了一场简朴的婚礼。归晓峰把喜事告诉了自己的恩师，行动不便的任教授高兴地寄来1000元礼金。

婚后，归晓峰携妻一起去拜访丈人丈母娘，在这之前范艳的父母也曾多次听女儿讲起归晓峰的事迹，父母俩都挺感动的，但万没想到竟成了自己的女婿！范艳的父亲对归晓峰下了命令："我们就当什么事也没发生！你立即回浙江！"但是归晓峰硬是"死皮赖脸"地留了下来。

到底是当妈的心肠软，一个月相处下来，范艳的母亲见归晓峰是个忠厚实在的老实人，有些松口了，但还是不放心："万一我女儿生病了，她要喝水怎么办？"归晓峰马上把他的"万能脚"亮出来，给她们倒来开水。这下丈母服了，她还偷偷给女婿面授对策，让归晓峰多叫丈人"爸爸"，多在"爸爸"面前用"万能脚"亮绝活。

归晓峰一家

终于，老丈人脸色开始缓和，思索再三决定到归晓峰家看看。到了归晓峰家，一看是户很普通的农家，心里还是不太乐意，但想到女儿已是生米煮成熟饭，也是无可奈何，临走时一再嘱咐女儿："假如你日子过得不好，你就回来！"

让老丈人感到欣慰的是，归晓峰这毛脚女婿非常争气。

2000 年，归晓峰作为湖州市残疾人唯一的代表参加西湖艺术博览会，其作品入选《第三届西湖艺术博览会》画册；并随省残疾人艺术团赴日本开展艺术交流活动，2003 年再次被评为湖州市"自强模范"；2004 年被评为"南浔十佳青年"。

2005 年 9 月，全国政协副主席王文元到湖州视察工作，参观了归晓峰的工作室，观看了他的书画表演，不但给予了高度评价，还亲笔题词："以乐观的态度面对人生，以顽强的意志攀登书画艺术高峰。"

为迎接 2008 年奥运会及残奥会，由北京奥组委、中残联主办，中国残疾人美术家联谊会和中国残疾人书法家联谊会承办的 2006 年北京奥林匹克文化节系列活动之一：中国残疾人优秀书画展。无臂青年书画家归晓峰的山水画被选送到了北京，在首都博物馆展出。

截至发稿之际，归晓峰刚刚当选为湖州市政协委员。

第二篇章　宁波镇海孔黎翔

游艺于方寸 竟能巧夺天工

生于 1972 年的孔黎翔是宁波镇海人。8 岁那年，放学的孔黎翔正和小伙伴一起玩耍，突然懵里懵懂间就被高压电吸了上去……等孔黎翔苏醒过来，他才恐惧地发现自己双臂已没了。但小小年纪的孔黎翔并没有屈服于命运，他以顽强的毅力开始了用脚代替手的人生道路。

为了能用脚吃饭、写字、做事，孔黎翔每天练得腰酸、脚痛，直至眼也花了，仍然没有放弃，他在鼻梁上架了个厚厚的眼镜继续练……克服了常人难以想象的困难。终于，孔黎翔学会了用他的脚吃饭、写字，甚至是穿针引线钉纽扣这类家务活。而孔黎翔用脚写出的漂亮工整的字，更是让学校的老师同学刮目相看。

但是因为身体的残疾，初中毕业后原本考上一所中专的孔黎翔还是被拒绝在校门外了。

付出了比别人不知多几倍的艰辛,好不容易才考上,可最终却是这样的结局,这个打击实在太大了。孔黎翔把自己关进了小房间,足足三天没有出来。三天后,孔黎翔出来了,眼里满是不屈不挠:"我一定要干出成绩来,让那些瞧扁我的人看看!"守在门外寸步不离的母亲泪流满面紧紧搂住了儿子……

从小就对书法篆刻情有独钟的孔黎翔,开始一门心思地钻研书法金石篆刻,父亲为他买来了刻刀、橡皮、石头、名家字帖。孔黎翔先是用脚捉着刀杆在橡皮上刻,直练得家里橡皮堆积如山。之后,他开始练刻石头,可石头毕竟没有橡皮柔软,捉着石头的脚趾稍控制不住,锋利的刀就划到左脚上,对于那段日子孔黎翔至今记忆犹新,他说:"常常被划得鲜血直流,但贴了创可贴继续刻……"

这之后在好心人的介绍下,孔黎翔拜宁波镇海书画院院长王惠定、篆刻家陆天波先生为师,学习篆刻技术、印史等相关知识。从 1987 年到 2002 年,十多年时间里,孔黎翔风雨无阻按时登门求教。对于这个特殊的徒弟,旁人都以为老师会给予特别的照顾,但孔黎翔说:"其实老师对我非常严格,布置的作业完成得不好,一样批评我,完全是把我当成健全人对待!"

对一个用脚趾操刀刻印的人来说,刻写意派比刻工笔派要方便,可是孔黎翔却知难而进,他的篆刻作品金石味重,笔锋遒劲,线条刚柔相济,得到了业内人士的赞誉。曾先后荣获浙江省首届中青年书法展二等奖、江浙沪残疾人书法美术摄影展一等奖等荣誉。中国美院博士生导师王伯敏教授看了孔黎翔用脚刻的作品后,盛赞之余,给孔黎翔题词:"游艺于方寸 竟能巧夺天工"。

无臂 一样拥抱爱情

失学期间,不愿放弃学业的孔黎翔,给有关领导写信反映了情况。一位领导了解了孔黎翔的事迹后,当即拍板。孔黎翔进了宁波镇海职业中学财会班。再度圆了"求学梦"的孔黎翔非常珍惜这来之不易的机会,在镇海职高学习的三年时间里,他付出了常人难以想象的艰辛,硬是用他那双神通广大的脚学会了打算盘,技术等级达到国家二级,受到省、市、区各级珠算协会的表扬和奖励,被授予"创珠坛奇迹"称号,并在毕业前夕荣获浙江省"新长征突击手"的称号,受到当时省委书记李泽民的接见。毕业后,孔黎翔成为浙江省第二建筑公司第四分公司的一名职工。

"男大当婚,女大当嫁"。2000年6月,在省残联的牵头下,孔黎翔上浙江卫视征婚,当时远在新疆的姑娘杨新慧在电视上看到孔黎翔的事迹后深受震撼,她无法想象失去双臂的孔黎翔竟能用脚篆刻出如此精致的作品。新慧打电话向电视台要了孔黎翔的地址并写信给他。想不到通过这一古老的传情方式双方都有了"来电"的感觉。杨新慧这位新疆奇女子毫不犹豫地踏上了到浙江的旅程。她一个人坐了两天三夜的火车来到孔黎翔身边。两人一见面都被对方吸引了,大有"相见恨晚"之感。就这样两人相处3个月后,携手迈进了婚姻殿堂。杨新慧羞涩地说:"残联是我俩的媒人。"

有了小家庭后,考虑到今后将面临的一系列生存问题,当然更重要的是为了开阔视野,为进一步钻研篆刻艺术创造条件,2002年,孔黎翔携妻来到杭州闯天下。经过一连串的挫折,孔黎翔终于在美丽的西子湖畔有了一间属于自己的金石篆刻店,并且生意兴隆。

孔黎翔告诉记者:"现在,我的生活虽然忙碌但非常充实。"如今生活、事业俱已稳定下来的孔黎翔打算早日当爸爸。

第三篇章　上虞陈伟强

在活动现场,记者见到陈伟强时,他正弯着腰用嘴咬着毛笔在红纸上挥洒自如地写着对联,美丽贤惠的妻子在边上不时地给丈夫递纸、拿墨水。谁也不会想到,被当地戏称是最早"五子登科"(房子、妻子、儿子、厂子、车子)提前奔小康的陈伟强当年曾一度迷茫得想到过"死"。和记者谈起过去,已是中国书画联谊会理事、省美协会员、上虞市政协委员兼美协理事、绍兴市肢协副主席的陈伟强深情地说,这一切皆缘于三个女人:母亲、张海迪、爱人。

母亲含泪的眼光让他学会了坚强

今年 38 岁的陈伟强来自上虞市沥海镇农家。5 岁那年几乎是一夜之间，厄运降临到这个贫寒的家，先是积劳成疾的父亲去世，不久在外玩耍的陈伟强突然被落地的高压电"电"掉了双臂。

在母亲含泪的眼光中，陈伟强开始了以口、颌、肩、脚等代替手做事的"魔鬼"式的训练……经过无数次常人难以想象的痛苦折磨，小小年纪的陈伟强不但学会了自己吃饭、刷牙、穿袜，还学会了扫地、洗衣等家务活。紧接着，为了实现自己的求学梦想，陈伟强开始学着用嘴咬笔和颌、肩、脚趾夹着笔练习写字的艰难历程。

当年灾难降临时陈伟强最大的姐姐才 10 岁。陈伟强的母亲硬是用自己单薄的肩膀挑起了全家四口人生活的重担。

细心的母亲见儿子常常用脚在地上画鸟呀树呀有模有样的，就四处收集废书废报纸给他当画纸练习画画。为此，陈伟强每个月要用掉废书报几十公斤，没墨水了母亲又想办法用烟囱里的烟煤加水给儿子当墨汁用，还把一年辛辛苦苦卖葵花子赚来的钱托人给他买来颜料。

"我今天走上书画这条路和母亲是分不开的。"陈伟强动情地说，母亲是他要感谢的第一个女人。

上学后，陈伟强很快在绘画中崭露头角：从 10 岁开始，陈伟强书画作品屡屡获奖。当地文化站还把陈伟强从小学到初中毕业积累的 80 多幅画作拿到镇文化中心展出。一时，观者如潮，他成了当地的名人。

张海迪给他回了信

因为身体残疾，初中毕业后的陈伟强被自己考中的高中婉拒于校门之外。看着同龄人要么上学了要么就业了，待在家里半间破屋里的陈伟强想到了两个字"死"、"搏"。迷茫的他提笔给远在山东的张海迪写了两封求助信。

想不到张海迪不但马上回了信还寄来两本书：《张海迪日记》、《闪光和青春的道路》，并在信上鼓励他，告诉他自己是怎样自学成材的。陈伟强深

四个男子汉的「无臂」人生

受感动，深受启发：原来人生的方向盘就掌握在自己手中，命运的风筝线可以由自己紧握！这位坚强的少年从此开始走上艰苦的自学生涯，仅用两年的时间他就自学完绍兴师专三年的美术课程。

"灾难可以击碎我的肉体，但无法击破我的灵魂！"陈伟强豪情满怀，"天大地大总会有属于我的天空！"

1984年，得知他情况后的镇领导非常感动，把陈伟强安排到文化站工作。工作之余陈伟强继续钻研书画，同时拜沥海中学的邵望荣为师，风雨无阻，准时到老师家登门求教。

1993年，陈伟强的中国画《绍兴水乡》在纪念毛泽东诞辰一百周年全国书画篆刻大赛中荣获一等奖。在颁奖仪式上，评委们震惊地发现作者竟是用口笔作画的无臂青年！

至此，陈伟强佳作不断，捷报频传：2002年，在首届全国残疾人书画篆刻摄影大赛中，陈伟强的《四大美女图》获大奖，中残联主席邓朴方亲切接见并拥抱了他。2004年，浙江省第四届残疾人书画大赛中，陈伟强作品《四季仕女图》获唯一的金奖。二十多年来，陈伟强的作品已先后7次获国际性大

中残联主席邓朴方在首届全国残疾人书画摄影颁奖会上与陈伟强亲切交谈

奖,20 多次获国家级奖,两次应邀赴日本参加国际书画艺术交流。在迎接 2008 年奥运会及残奥会系列活动中,作品还被选送到了北京,在首都博物馆展出。

2006 年,陈伟强被评为"中国百位优秀残疾名人"。

中国美院导师著名人物画家吴山明教授与陈伟强合影

雍东明给了他一个完整的家

令人难以料到的是眼前的陈伟强还是一个叱咤商海,事业有成的"老板",在上虞他一手创办了舜强美术广告策划有限公司、舜强包装材料厂和舜强画廊。最近又买下了 1900 多平方米厂房,准备筹建创办舜强残疾人才艺培训中心。

陈伟强告诉记者,事业的成功妻子功不可没,妻子雍东明是他生命中的第三个女人,是她给了他完整的一个家,给了他事业上的帮助⋯⋯

比陈伟强小四岁的雍东明来自四川。1991 年高中毕业后,雍东明经人介绍来到上虞阳光集团打工。单位餐厅正中的墙上有一幅名为《仙山琼阁》

的巨型油画,从小喜欢书画的雍东明就餐时常常欣赏这色彩绚丽、饱满的画。有一次一同事无意中对她说,这画还是一位无臂的人用嘴、用脚创作的呢。"太不可思议了!"雍东明忍不住感叹,她盼望着有一天能一睹这位无臂画家的庐山真面目。

机缘来了,喜欢看书写东西的雍东明经常去当地文化馆看书、借书,在这里她遇到了油画的作者——陈伟强。一回生二回熟,共同的爱好追求使他们成了无话不谈的好朋友,半年后,雍东明从陈伟强的手里借了一本路遥的《平凡的世界》,雍东明发现了一张陈伟强写的纸条:"这辈子,这里的书你能帮我照看吗?"一个礼拜后,忐忑不安的陈伟强等来了雍东明的回条:"恐怕我管不住,但我会尽力。"两人相爱了。

得知自己的女儿竟和一个无臂青年谈恋爱后,雍东明的父母把女儿叫回四川"软禁"了起来。每天安排媒人上门做媒,雍东明死活不去相亲。父母没办法了:"你自己选择的,将来苦了别回来说!"一家人商量后,雍东明在父亲陪同下回到上虞,雍东明的父亲见到了陈伟强,见小伙子不但字画好,人品也没得挑剔,没有再说什么独自回家去了。

1994年1月3日,两位年轻人喜结良缘。当年陈伟强当上了爸爸。一家子还被评上"模范家庭"。

1995年,在妻子的支持下,陈伟强辞职在上虞开了家精品书画室,凭着从小练就的百折不挠的坚强性格,陈伟强事业越做越大,相继开办了上虞市舜强美术广告策划有限公司、上虞市舜强包装材料厂和舜强画廊。

多年的磨砺,既成就了陈伟强的书画技艺和事业,同时也造就了他一颗助人为乐的慈善之心,从1987年在文化馆创办青少年书画兴趣班开始,陈伟强先后免费培训学员1000多人,不少学生还在各级书画比赛中得奖。至于十多年为乡亲义务写春联,在陈伟强看来更是分内之事。

"做人,要知道回报,我作为残疾人能有今天的成果,不只是我自己的努力,还有社会各界对我的帮助。"陈伟强如是说。

今年,陈伟强打算投资创办舜强残疾人才艺培训中心,招15岁以上肢残学生,免费教他们一技之长,至于特困生,生活费也将给予免除。

第四篇章　绍兴丁京华

36 岁的丁京华是绍兴市肢残协会的副会长。既是残疾人书法家,同时还是省残疾人艺术团的小品演员,经常要参加各种各样的公益活动:到学校讲演,与当地残疾人协会搞活动、参加捐助希望工程活动……对这些,乐观开朗的丁京华却不愿对记者多说。他强调这是自己应尽的社会责任。

认识丁京华的人都知道,他的人生和爱情颇富有传奇色彩,丁京华的丈母娘就是他的媒人。

典子,让我自强不息

1983 年,丁京华 10 岁,这是丁京华永生难忘的一年,他的命运骤然发生了改变——双臂被变压器“电”掉。人有时候很奇怪,当你拥有某种东西时,你也许不会珍惜,等失去了才会发现它的珍贵。已经上学的丁京华知道没了双手意味着什么,躺在病床上的他一度很消沉。

同病房的病友见状就约他一起去看电影,当时绍兴正巧上映日本励志片《典子》。这是发生在日本的一个真实故事,典子先天没手臂,但她克服常人难以想象的困难,创造了美好的人生。影片里有许多典子用脚代替手梳头、刷牙、翻书的镜头……这部影片给丁京华带来的影响是巨大的,丁京华说,典子对他的触动太大了,他一遍又一遍地去看《典子》,反正一天放几场,他就看几遍,直至影院不再放映这部电影。

后来,让丁京华意想不到的是,1997 年丁京华见到了来访杭州的影片中的原型,生活中的真实人物——典子。相见那一刻,丁京华恍然在梦中。

经过坚持不懈的努力,丁京华终于练成了一双闻名的“万能脚”,能像影片中的典子一样用脚代替手做各种各样的事了,然而,冬天到了,丁京华的脚长起了冻疮,他又重新学着用嘴写字,练书法……

后来,初中毕业曾一度没校可读的丁京华,又用常人难以想象的毅力,每天风雨无阻地转换两趟班车赶到几十里外著名的,有“书法圣地”之称的绍兴兰亭临摹书法。他自强的精神最终感动了当时兰亭景区的领导,收下

四个男子汉的「无臂」人生

了这一特殊的学生。

两年后，丁京华进当地一所新办的职高文秘系继续求学，毕业后丁京华经人介绍来到鲁迅纪念馆，每天或用脚、或用嘴给客人在扇子上题诗写字。丁京华有一绝，可以在一分钟内，以人们提供的名字想出一首诗，再在扇子上题诗，丁京华的题扇获得了各方人士的好评，他的题扇成了当地人馈赠客人的佳品，被誉为"中国无臂第一扇"。这期间，学习不懈的丁京华还取得了中国书法函授学院的本科文凭。

丁京华虽然没有双臂，却是一位游泳好手。"没有双臂，你是怎么学会游泳的呢？"面对记者好奇的提问，丁京华淡然笑答："我的家乡绍兴是江南著名的水乡，学会游泳是理所当然的。"然而，在这"理所当然"的背后，记者探寻到他擅长游泳的背后鲜为人知的故事：刚失去双臂那阵子，丁京华很自卑：一个人关在楼上好几个月不出家门。夏天，天气很热，看到小伙伴们在河里畅游，丁京华的心里羡慕不已。

一天晚上，他一个人偷偷溜出家门向河中央走去，一开始不敢走到河水很深的地方，几经尝试，丁京华终于在水里浮了起来！他不知呛了多少水，终于练就了一身游泳的硬本领：蛙泳、仰泳、蝶泳、自由泳，除了少了用手划水的动作以外，他游得比许多健全人都要快、要好。他先后获得了省残运会游泳项目的三块金牌。

丈母娘，是我的红娘

有一年，湖北一大集团公司的老总到绍兴旅游观光，在鲁迅纪念馆他见到了丁京华，这位富有人情味的老总深深地被丁京华的精神感动了，他极力邀请丁京华加盟他的公司。但丁京华不为所动。然而2003年的一场非典却让丁京华成了该公司高薪聘请的一名文化顾问。非典来临的当年5月鲁迅纪念馆因建造新馆歇业了。丁京华来到了武汉。

让丁京华想不到的是，在这里他收获了爱情。当时公司给丁京华租住的房子附近开着一家粮店，店里经常有人在下棋。时值酷暑，晚上，丁京华有空就会去看他们下棋。当时店主也就是现在的丈母娘得知眼前的无臂青年是一位书法家时，简直不敢相信。当她现场看到丁京华用嘴行云流水般进行书画创作时，震惊不已。她打电话给自己在广东打工的女儿李莉霞，李莉霞听了也很佩服，但她说："找残疾人做男朋友，是不可能的。"

但李莉霞母亲却一天几个电话催促她，李莉霞无奈地回了家。她第一次见到了母亲天天挂在嘴里说的千般好，万般好的丁京华，她盯着丁京华空荡荡的两臂，眼神里满是失落，整整两个小时没说一句话。

但丁京华相信自己面对人生的挫败，也会和失去双臂的典子姑娘一样，打动对方的心，最终像典子一样获得美满的婚姻。

事有凑巧。公司给丁京华请来的保姆有事要回老家，李莉霞母亲就让李莉霞去代替照顾两天。接触中，李莉霞发现丁京华虽然失去了双手，人却聪明能干。他的很多书画作品还获得了国家及省级荣誉，多次在国外展出。特别让李莉霞佩服的是，日常生活中的许多家务活，丁京华比她这双手齐全的人还干得利索。李莉霞排斥的心理消失了。

一天，无意中李莉霞看到了丁京华自己写的个人成长经历，结果，看着看着，李莉霞泪流满面。

这之后，有一次，李莉霞犯了急性胃病住进医院，丁京华不知李莉霞住哪家医院，人生地不熟地他一家一家医院地找，找到后又一刻不离地陪着她。李莉霞感动了："嫁给这样的男人，将来不会后悔的！"

2004年1月31，这对有情人幸福地走上了婚姻的红地毯，省残联和各地的残疾朋友赶来祝贺这对新人并为他们证婚。

2005年11月9日，丁京华当爸爸了！幸福之情洋溢在他的脸上。"我给儿子取名'天立'，希望他将来成为一个顶天立地的男子汉。"

尾　声

和四大无臂才子对话交流，相信你的心灵也会像记者一样，受到某种程度的洗涤。虽然他们的故事里有苦有难，有悲伤，有人生的重压，但从中真正传递出来的不是悲观、颓丧和怨恨，而是对生活的热爱和对人性美的追求，无论贫困，还是天灾，都不能动摇其对理想的执著追求，最终活出了属于自己的精彩人生！

四个男子汉的「无臂」人生

与诗结缘的三代人

——老诗人圣野和他家人的故事

  诗歌使人年轻，诗歌使人完美，诗歌使人品德高尚。当代著名儿童诗人圣野先生以诗养生，以诗育人，以诗传播理想和文明。在他的熏陶下，女儿晓波接过他的衣钵，成了我国知名的儿童文学教学与研究的教授；"对我来说，工作就是一首诗"，几十年如一日奋斗在卫生战线上的圣野的女婿刘志聪则如是说。

  在诗与童话中长大的圣野的小外孙刘天，更是从小热爱童话创作，与诗结缘的三代人，共同构筑了一个和谐、快乐的家。

祖孙三代

生活在诗中的外公：圣野

在当代诗坛，86 岁高龄的圣野先生是一位重量级人物，他在诗歌界特别是儿童诗方面造诣深厚，久负盛名。他的不少作品被译介到国外，如《凌凌的故事》被译成 5 国文字，受到了国外读者的喜爱。

圣野的诗自由、轻快、活泼、俊朗、单纯，无所拘束，天马行空。在儿童诗领域，另辟蹊径，逐渐形成了自己独特的诗体风格，被人们称为"圣野体"。

> 来一点，不要太多/来一点，不要太少/来一点，小菌们撑着小伞等/来一点，荷叶站出水面来等/小水塘笑了，一点一个笑窝/小野菊笑了，一点敬一个礼

重温这首充满童真的《欢迎小雨点》，记者仿佛又回到了童心闪烁的年代。

对许多 20 世纪 70 年代生的人来说，圣野是伴随着他们长大、耳熟能详的"大朋友"，他们就是读着圣野的诗作长大的。

孩提时代，圣野就喜欢背诵古诗，青少年时，就有了做文学梦的愿望。1942 年，还是高中一年级学生的圣野就在上饶的《前线日报》上发表了一首以自己童年为题材的处女诗《怅惘》。

弹指一挥间，当年的青春少年已成了耄耋老人，60 多年的时间，他出版了 60 多本诗文集，如今，这些诗作连同他的幼儿散文以及《诗的散步》、《诗的美学自由谈》等论著已成为我国儿童文学宝库中的一笔财富。

痴迷写诗的圣野，吃饭写诗，走路想诗，坐车写诗，甚至晚上做梦梦到的也是诗。他习惯于随身携带一个小本本，随时记下灵感来时的佳句。这样的小本本圣野有 200 多本。

2003 年，在为筹办全国小诗人夏令营去浙江武义回沪的途中，上火车时，圣野踩空了一脚，造成了大腿骨骨折。在住院的 17 天里，他仍乐呵呵地天天写诗，《摔跤》、《一个骨折病人的请求》等儿童诗接连发表。

沉浸在儿童诗的海洋里的老人，家和孩子给了他无穷的创作灵感，小外

孙天天等身上发生的故事，都变成了圣野先生笔下的儿童诗。"天天光知道张嘴吃奶/还不知道有妈妈/外公已经给天天/在写第一首诗了……"从天天生下的第一天起，外公就给天天写下了许多的诗文。

新千年的第一个"六一"国际儿童节，文汇出版社为圣野一家三代人出版了一本三人合集的《三代人的梦》。

书里记录了外公写小外孙天天的成长诗，妈妈写天天的成长故事，以及天天写得有趣的童话和日记。三代人的文学梦叠加在一起，共同组成了五彩缤纷的文学梦。

在圣野儿童文学创作50年研讨会上，中国作家协会副主席叶辛曾赞美道：偶然写一两首儿童诗不难，难的是50年一贯坚持为儿童写诗，并写出了大量深受儿童欢迎的优秀作品。

圣野创办的手抄版《诗迷报》，至今已经出了150多期，每期总要复印几百份，分送给那些爱诗的朋友。

如今，耄耋之年的圣野先生，眼明耳聪，说话声音响亮，时时给人以精神矍铄的印象。他对生活没有奢求，吃穿毫不讲究。他在接受记者采访时笑呵呵地说自己要做一个"百岁诗娃娃"。

给老爸当主编的女儿：晓波

在圣野的熏陶下，家里的晚辈从女儿、女婿到孙子、外孙、外孙女还有重孙子几乎都写过儿童诗。在浙江师范大学人文学院当教授的女儿周晓波，更成了我国从事儿童文学教学与理论研究的知名人士，主持参与了多项国家级儿童文学科研课题。

周晓波告诉记者，她永远也不会忘记是父亲圣野把她引上了儿童文学之路。上小学时，她就在父亲的潜移默化的影响之下，开始在儿童文学创作方面崭露头角，她和姐姐、好友共同发起组织成立了一个楼道演剧队，每周为楼道的小朋友演出节目。他们拉起一块床单，用玩具手操木偶自编自导木偶剧；用废弃的玻璃片自制成幻灯片，放映童话故事；遇上节日还组织有表演才能的孩子排练文艺节目。结果大受小朋友们的欢迎，把其他楼门的孩子都吸引了过来。

对女儿晓波的这些义务"演出",圣野不但大力支持,还常常乐呵呵地当一名观众,为活动写下了一首首充满童真童趣的儿童诗。比如《扮老公公》:"老公公/出来了/白胡子/白眉毛/点点头/弯弯腰/脚一滑/摔一跤/一摸胡子掉下了/乐得大家哈哈笑。"活灵活现地刻画了女儿童年生活的趣事,令人忍俊不禁。

这朗朗上口的童谣,想必,即使今天的成人读者读了也会勾起那份对童年生活的美好回忆吧。

父亲这润物细无声的支持,一颗热爱儿童文学的种子悄悄地在晓波心底生根萌芽了。

初中毕业后,晓波正赶上"知识青年上山下乡",她响应党的号召,报名去了黑龙江支边。当时北大荒条件非常艰苦,一起去的好多知青的家长经常寄些咸肉、鱼干、肉松之类的食品给自己的孩子补充营养,但圣野寄给晓波的却是从图书馆借来的中外名著。尽管命运让晓波来到了北大荒,但远方父亲殷切的期盼使晓波那份热爱文学的梦想从没有湮灭过。干完一天的活,晚上就着昏暗的小马灯,她可以忘记一天的疲劳和艰苦,看书常常至深夜。

1978年新中国恢复高考后的第一年,晓波即以初中生的身份考上了浙江师范大学中文系,从此走上了儿童文学创作和研究之路。

前不久,上海出版博物馆准备为老作家、老编辑圣野先生出一本自传,女儿晓波责无旁贷地成了父亲这本自传的主编,精心为父亲策划并编辑了这本散文体的自传《诗缘》。目前又在为父亲整理一本关于诗歌方面的论文集。

在童话中长大的外孙:天天

圣野的外孙、晓波的儿子天天可以说是伴随着诗歌降临到这个世界的。就在大家围着即将临产的晓波忙得不可开交之际,从上海赶过来的外公圣野则安坐在一旁忙着为这即将诞生的小生命抒写赞美诗:"生命/以号哭开路/小天天/用大喊大叫/威武地宣布/自己的来到"。

半个月后,圣野返回上海时,他已给小外孙留下了几十首"新生集"。而天天也没有让外公失望,自牙牙学语后,就开始了口头的创作,有心的外公和妈妈都及时地把天天的"创作"记了下来,如《学做小客人》:"丁零零/丁零

零/门铃揿一揿/来了小客人/爸爸好/妈妈好/今天有个客人到/就是你家小宝宝"。又如《两个爸爸》："我和爸爸/一起看电视/我在电视上/看见我爸爸/我一下子有了两个爸爸/当我爸爸爸爸/大声地叫/电视机上的爸爸/耳朵聋/好像没有听见"。

在大多数孩子心目中，学校里最怕的或许就是作文了。但因为天天从小受到诗歌和童话的熏陶，加上妈妈的悉心引导，从小就爱上童话创作的天天上学后就屡屡在校内外各种征文中获奖，小学期间发表在全国各类儿童报刊的作品有几十篇。其中，在一年级末就开始创作的系列童话《小象乐乐》被多家儿童报刊连载和选登。天天一时成了省内小有名气的小作者。

1998年，当地电视台专程上门为11岁的天天拍摄了专题片——《在童话中长大》，后来中央电视台国际频道还作了转播。

这次记者登门去采访时，天天已是温州医学院医学影像专业的大学生了。

原来天天是"子承父业"。天天的父亲刘志聪是金华市人民医院副院长、中国B超协会理事，素有"B超神眼"之称。这位自称"不称职的父亲"却是一个"称职的劳动者"的医学专家，是全国"五一"劳动奖章获得者、浙江省劳动模范、浙江省十大职业道德标兵。从医30多年来，他放弃了所有的节假日，一直坚守在临床一线技术岗位上。尽管附近义乌等县市多家民营医院争相向他伸出橄榄枝，以高额的报酬请他利用双休日去当顾问，但刘志聪都不为所动，把自己所有的双休日都无偿奉献给了医院，奉献给了病人。

"对我来说，工作就是一首诗"——刘志聪对记者如是说。

晓波告诉记者，天天即使在高三迎考这么忙的阶段，还忙中偷闲没忘记他的文学梦，曾构思了一部长篇奇幻小说，并写了部分章节。当记者看到那密密麻麻写在作业纸上的小说稿时，仿佛看到了一颗始终热爱文学的心。晓波说，这个暑假这部估计有10多万字的小说《血族的天空》，天天已把它打在电脑上，写了五六万字。天天还把部分章节放在他的QQ博客上给朋友浏览，结果大受欢迎。读者如有兴趣可上天天的QQ空间浏览：http//user. qzone. qq. com

我们有理由相信，在象牙塔里的刘天会把自己的医学梦和文学梦编织得更加灿烂美好。

保姆和雇主的故事(保姆篇)

保姆虽不是一个新鲜话题,但一说起保姆,仍会引起很多人的共鸣。随着电视连续剧《保姆》和《涉外保姆》的热播,有关"保姆"话题更是日渐升温。为此,记者分别采访了保姆及雇主这两个群体,以传递他们的心声。同时也给那些想请保姆的人们或有意从事保姆工作者一个参考。

李大妈的保姆经历

李大妈:当地有名的勤快之人,小学文化程度,58岁,来自金华金东区农村,育有二子一女,长子长女俱已成家,家里还有一个62岁的老伴、一个在外打工的儿子。从2001年当保姆起至今七年时间里,李大妈辗转换了五户人家,最短的15天,最长的3年,目前在杭州做保姆。

遭遇医生"洗脑":成为村里的"第一个"

我是我们村里第一个出来做保姆的,那时候我压根儿不知道保姆是干什么的。

你问我为什么会到城里当保姆,唉,说来话长——

原先我家里有好多田地,一年到头在田地里忙,家里还养着鸡鹅猪,不愁吃不愁穿就怨爹娘不给我们多生一双好干活的手。我所在的自然村一共有200来户人家,村里只有那些多读了点书的小伙子大姑娘才进城去打工。

七八年前,我们那儿村村通上了水泥路,这时我们一家三口只剩下很少的一点田地了。自从通马路后,村里那些脑筋活络的人就在田里种上了各种苗木。起先,生意挺好的,经常有车来运树苗,村里的其他人就羡慕得不

得了，纷纷种起了各种各样的苗木。我家的田离水泥路远，想到将来运树不方便，又想到自己不懂种苗木的技术，我就继续种水稻，结果水稻快成熟时，那些停在树上的麻雀，叫不出名的尖嘴巴鸟忽啦啦一下子全飞进稻田里，把还没饱满的水稻吃了个精光。

高中毕业在温州打工的小儿子知道后就让我们在田里种葡萄、草莓，说城里人爱吃水果，价钱好，种水果划算，可现在种水果，整枝、施肥、喷药，学问大着呢，没多少文化的我哪里跟得上这时代啊，种的葡萄和草莓没人家的好，那是当然的了，起早摸黑，一年下来总共才 3000 来块钱。其间目不识丁的老伴还常收回假钞，短短几年里一共收回了三张百元假钞，一张 50 元假钞，你想想我要卖多少水果啊！

这其间，同村一个常来串门的大妈就叫我去城里帮忙料理他的远房大伯——一个 71 岁的中风老人，包吃包住，每个月 400 元。比待在家里强多了。我有点心动，可老头却说，那是给人家当丫环！我想想也是，再说给一个陌生大男人倒尿倒屎怪难为情的，就没答应。

2000 年年底，大妈又请来了老人当医生的儿子给我俩"洗脑"，讲了很多道理，最后他说："像我当医生的其实也是一样侍候病人，为病人服务的，你和我是平等的，我们俩干的活只是社会分工不同而已！"这次老伴同意了，他说，你去吧，家里这点活我一个人干就行了。儿子也很支持，就这样，正月一过，我就进城"打工"了。

打定主意辞工：心病缘自塑料手套

我后来才知道，城里人管我们这种给人家做家务、带小孩、照顾老人的叫"保姆"。

老人有三子一女个个都很有出息，但平时工作也很忙。年轻时老人身体蛮好的，拉扯大了四个小孩，子女有出息后，这不就"心宽体胖"起来了，后来就得了我们农村人常说的"富贵病"高血压，再后来一不小心就中风半身不遂了。

老人中风后，孝顺的子女就腾出一套房子把两位老人接过去住，老人在城里一家大医院当医生的儿子媳妇亲自给老人看病配药，平时则由老人的老伴服侍，老伴是个很瘦小的女人，哪吃得消给八十多公斤重的瘫痪病人翻身？

老人姓宋，我叫他俩大伯、大妈，他们很高兴，一连声地叫我"孙女"。

我很珍惜这份工作，干活很卖力，再说在农村干惯了，我也闲不住，一日三餐等家务活我都包了。由于老人手会发抖，我就喂他吃，但他吃时嘴也会抖个不停，口水流下来，说实在刚开始几天我真有点恶心。

因为老人半身不遂，下半身插了一根导尿管，但导尿管常常掉下来，把床单和衣服都尿湿了。大伯很胖，每次给他换洗一次我们两人都要累出一身汗，一天下来至少得换两次衣服。

晚上，我和大妈轮流睡在大伯房间里的另一张床上，大伯有什么动静我就赶紧起床。大伯脑子时而清醒时而糊涂，有时说想大便，我赶紧过去叫醒大妈，两人一起把大伯扶到厕所，可大伯在厕所坐了十几分钟，又说没有。如此反复一个晚上要四五次，多时七八次，可大伯还是会把屎拉在裤子上。因此，自打到大伯家我一天也没睡过安稳觉。

大伯拉了尿和屎的衣裤床单放在家里的水池里根本洗不干净。我就想办法用编织袋装起来挑到婺江里洗，衣裤床单很臭，我就尽量挑人少的地方洗。

三个月后，有一天我无意中发现自己手指甲有点异样，问老人当医生的儿子才知道是灰指甲，是由于细菌感染引起的。我寻思着，一天到晚接触这么脏的东西，哪能不感染呢？

于是，我就有点后悔了，可是大伯的子女过来看老人时不停地对我说感谢的话，其中一个卖衣服的女儿还常常给我带来新衣服，再说我也觉得老人怪可怜的，谁希望自己老了这个样子啊？因此虽然动了回去的念头，但我始终开不了口。

端午节我回家时，我哥哥来看我，见我人瘦了一圈，很心疼，得知我服侍一个重病的老人，除晚上睡不好外，又得了灰指甲，就极力劝我不要干了。他说，你去做保姆我们不反对，但好好的身体千万别带了病回来，那就太不划算了。而我老伴一个人在家，不但没把田地里的活干好，还迷上了扑克麻将。

于是我下定决心不做了，回去后我就思量着如何向大妈开口。

第二天我就把自己想回家的打算告诉了大妈，大妈知道后先是留我，见我已打定主意，就说先让她找到代替我的人，再让我回去。

两个月后，大妈的子女终于重新找到了人，和新来的保姆交接班后，临走时我提醒她洗老人衣裤时最好戴手套。我还把自己的灰指甲给她看了，说老实话我私下里还是有点怨大伯当医生的儿子，不知为何没想到给我配塑料手套，这也是我闷在肚里对他们唯一不满的地方。

面对挑刺雇主：我炒了他们鱿鱼

回家两个月后我的灰指甲就好了。一天，邻居王大娘过来对我说，我女儿的婆婆有事回去了，你能不能去帮帮忙啊？大娘一个劲地说，如果是你去给我抱外孙我就放心了。

就这样我再次进城。大娘女儿在一所学校教书，女婿当律师。我的任务主要是带1周岁的小孩。因为大家知根知底，相处一直很好。

半年后，孩子奶奶回来帮忙了，我就又回到了老家。

听说我出门做过两户人家的保姆，而且相处也蛮好的，没多久，村里有个给在城里工作的儿子抱小孩的老太太就上门邀我再次"出山"。据老太太介绍，雇主夫妻俩是做生意的，有个女儿两岁。女的是义乌人，男的是金华人。而自打这女儿生下起已找过五个保姆了，我一听，情不自禁就"啊"了一声，介绍人赶紧说："你去做做看，不行就算。"又说，"你去肯定行的。"

想想自己没什么文化，但好歹做过两户人家，人心都是肉长的，只要我对人家好，他们也会好好待我的。于是嘱咐了老伴几句就跟着介绍人进城了。

夫妻俩都是30多岁的模样，女主人看起来很精明。

我到的时候，洗衣池里脏衣服早已堆积如山，我足足洗了两天。

夫妻俩对女儿宝贝得不得了，晚上都和他们睡，因为小孩很爱哭，一见不到妈妈就哭。每天早上我收拾好厨房，就抱着小孩跟着他们夫妻到店里，店不大只有十几平方米，做的又是批发生意，就更显拥挤了。我抱着小孩就干坐在店里，有时想走出店外透透气，可孩子看不见妈妈了就哭，任我怎么哄都不行。女主人一听小孩哭就不高兴了："你这人真不会抱小孩！"中午我给孩子喂饭，见孩子不吃，女主人又埋怨不止："你真不会带孩子！你喂饭她都不吃!"天天如此,听多了我也来气了:谁说我不会带孩子?我还带大了3个呢!

小孩睡觉的时候,我就赶紧争分夺秒地做家务。傍晚关门歇业前,女主人就和我先回家,她走在前,我抱着20多斤重的小孩紧随其后,他们一家住在七楼,走到二楼,抱着孩子的我就有点吃力了,速度也慢了下来,她似乎想也没想我手里还抱着个小孩,只是不断地催我:"快点! 快点!"我只好说:"老板娘,你就先上楼回家吧。"她一听口气就大了:"小孩哭了怎么办?!"我气喘吁吁地跟在后面,每次都累得够呛。

就这样过了两个星期,我拼命让自己适应他们的要求,可他们夫妻俩对我还是横挑鼻子竖挑眼,再联想到这些天,自己不曾吃过半点荤的,可他俩却每餐都大嚼鱼啊牛羊肉,我心里真是说不出的滋味,我想他们也太不把我当人看了,太欺负人了。

第二天天还蒙蒙亮,我就起床洗自己睡过的被子,整理行装。男主人发现了,男主人试图挽留,可这时的我已铁了心,纵是九头牛来拉我也不回头了。

学会挑雇主"三不原则"表达受尊重愿望

有了前面三次经验教训,回家后又陆续有人叫我出去当保姆,我不再轻易答应。我开始学会"挑"雇主,我说,生病的不干、小孩难带的不干、不尊重人的不干,工资要适中。

就这样过了半年有余,有一天,王大娘的女儿小宝回家过来串门,听了我的"三不原则",笑着说,我学校同个办公室的一个老师家你倒可以去试试。

我跟着小宝来到这户人家,一看,哎哟,家里书真多啊,客厅、书房、餐厅到处是一堆堆的书。我暗想,书读得多的人家,肯定讲道理。

教书的女主人姓李,我叫她李老师,男主人姓吕,他让我叫他小吕。第一天,夫妻俩给我明确了我要做的工作,主要是负责上幼儿园大班小孩金金吃穿接送,至于家里卫生只要过得去就行了,又和我做了思想上的"沟通",小吕说,以后我们就是一家人了,你有什么要说不要放在心里,尽管说

出来。李老师说：我这人说话直，可能会让人受不了，你就提出来。小吕又补充说：我老婆是刀子嘴豆腐心。我听了高兴地说，我也是直来直去的人，你们对我有什么要求，当面和我说，不要在背后说。夫妻俩异口同声地说，那是当然。

小吕很忙，除了休息天，平时极少在家吃饭，每次见他都是一副好脾气的样子。李老师脾气果然就很像我，讲话直来直去。

就这样过了一年，虽然我一个月可以回去看一次老伴，但迷上扑克的老伴却不争气，每次都让我生气。有一次，我肿着眼睛回来，李老师察觉到了，问我咋回事，我就把老伴不干活光玩扑克的事告诉了她，之后我又嗫嚅地提出能不能帮我老伴也找一份工作。李老师答应了，让我给她点时间。第二学期，在李老师的帮助下，我老伴成了李老师学校的一名勤杂工，这事让我特别感激李老师。可惜的是我老伴在农村自由惯了，有点不适应，老是想回去，一个学期后就不干了。

有一天李老师郑重地告诉我，下学期他们一家就要到杭州了，自己看看有没有合适的雇主，如果有可以先走。这之前我已有感觉，可亲耳听到了，想起两年多来的点点滴滴喜怒哀乐，我心里就有了要和亲人离别的那种感觉涌上心头。

一天，李老师回家高兴地告诉我，她已帮我找到一户"好人家"，是小吕的朋友。

赚钱不是唯一：追随旧主到杭州

就在李老师一家搬到杭州那天，我的新主人也开着一辆很洋派的车过来把我接走了。

这时我的普通话已说得很顺溜，和新主人一家交流丝毫不存在问题。为此他们一家三口对我非常满意。

夫妻俩长得相貌堂堂，听李老师讲两人都是"企业家"。13岁的儿子涛涛星期一至星期五放学后都在老师家吃饭补课，我每晚8点坐公交车到老师楼下等。老板娘嘱咐我一定要早点去接。

我后来才知道这是户很有钱的人家，一辆车便上百万，房子全国各地都有,工人有好几千。

尽管涛涛的外公外婆爷爷奶奶都有高血压、糖尿病,可他们口味还是很重,每餐必少不了大鱼大肉,烧出来的菜一定要像油里捞出来一样,最爱吃炸的、辣的,味精更是当白糖放。因为以前听过李老师和我讲的一些养生知识:高血压一定要吃得清淡。再说我也不喜吃辣,辣的吃多了就上火,在他们家那段时间,我是三天两头长口疮。一次吃饭时,我忍不住就和他们说了,反被老板娘抢白了一句:"人活在世就是要吃好穿好!"

不过,对胖乎乎的儿子,夫妻俩也可能意识到了吃太多不好,因为每次他们出差前总要嘱咐我,让涛涛少吃炸鸡什么的,可我一个做保姆的哪好意思多说。老板娘见此,就半真半假地说,阿姨啊,万一将来涛涛得了高血压、糖尿病,你可要负责的哦。我一听就懵了。

有段时间,涛涛奶奶外公分别因高血压、糖尿病住进了医院,我好像有预感似的对涛涛的外婆说,我这段时间脑袋老是晕乎乎的,会不会也有高血压?涛涛的外婆说:"不会不会!"

4个月后我回家参加村里每半年一次的体检,当医生告诉我血压偏高时,我大惊失色,医生赶紧安慰我,160汞柱不到,不严重的。

不久,我碰到李老师的公公婆婆,知道李老师一家在杭州正准备搬新家找保姆呢,于是我就再次毛遂自荐。

就这样,我追随旧主到了杭州。在杭州我听到了很多有关保姆的新鲜话,什么"找保姆比找媳妇还难"、"保姆荒"等等。总而言之,找个保姆不容易,其实我们当保姆的找个好东家也不容易,有时候真的靠缘分,当然最主要的是靠互相理解互相包容了。

保姆和雇主的故事(雇主篇)

说说我家的保姆

亲爱的读者,你看过《田教授家的二十八个保姆》吗? 一个保姆一个样,个个不同! 说起雇用保姆的经历,家住杭州桂花城的孙女士深有感触。孙女士有一个才12个月大的外孙女,为了给外孙女请个称心的保姆,一年时间里,家里像走马灯一样换了9个保姆。时间最短的只有12个小时,最长的为半年。这些保姆有本省各地市的,也有来自安徽、江西的。

孩子还没出生,就已相中一个

2006年春节,孙女士女儿离预产期还有几个月,一家就已未雨绸缪开始四处物色"月嫂"——月子保姆。经多方打听,在一家口碑不错的月子公司预订了一名四十来岁的月嫂,衢州人,高中文化。每个月交给公司3000元(公司拿提成800元)。听说公司是一家妇保院退休的护士长所办,这名月嫂训练有术,非常能干,做家务、母婴护理,手脚都很麻利。两个月下来,颇让孙女士一家满意,和这名月嫂言谈时孙女士又觉得她有些文化素养。考虑到找一个称心的保姆不容易,孙女士就想用重金把她留下来成为长期的住家保姆。可好事没成,因为公司早已提防雇主这招,保姆所有证件都是被公司扣留的。

四个月后,月嫂走了。通过中介公司,孙女士找了个来自开化的保姆,也是四十多岁。可没几天就发现这个保姆做事力不从心,天气才入秋,但她老是不停地喊冷并且经常咳嗽,再看她穿的衣服,一点不比我少啊。

听保姆自己讲，这之前她是做月嫂的，是跳槽到这家中介公司的，健康证也被之前的公司扣留了。我和女儿就有点发毛，会不会身体不好呢？10天之后，女儿就和她结清了工资。临走时，保姆恋恋不舍地说："我和你们一家是没缘哪。"

心态没摆正的统统下课

没几天孩子的爷爷奶奶就帮着找了一个保姆，来自龙游，三十七八岁的年纪，个子高高的，模样看起来挺不错，言语也不多，我第一眼也很中意。可没几天就发现这个保姆很内向，半天没有一句话，简直就像哑巴。有一次，女儿身体不好，想让她早点带着孩子睡觉，可她晚饭后待在卫生间直到9点也不肯出来。女婿敲门把她叫出来后，问她怎么回事，她祥林嫂般反复地说："我丈夫若不死掉，我会出来做（保姆）？"我后来通过中介公司了解到，这个保姆原来在家养尊处优的，可有一年丈夫突然暴病而死，为了生计，不得不出来当保姆。看着别人一家团团圆圆的，她心里就很不是滋味，觉得老天待她太薄。我想，一个保姆和小孩朝夕相处，即使干活再好，如果心态不好，也是不能容许的。半个月后，我们就让她下课了。

孩子的爷爷奶奶知道情况后，赶紧又帮女儿物色了一个，安吉的，四十出头，看起来也还干净利落。中介公司介绍说她是初中毕业生，有点文化的，可几天相处下来我就觉得事实并非如此。她好像不知道和人"交流"是咋回事，做保姆似乎也是不情不愿。因为她烧的菜不好吃，我就和她交流，"这个菜你真不会烧吗？""不会！""我教你吧。""不用！我学起来又没用！"我们一家人每天早出晚归上下班，她当你们是透明人，从来没有一声招呼，起先我不以为然，觉得这种保姆也好，不烦人。因为爱管闲事的保姆谁都讨厌。但有一次，我女儿起床后找我没找到，就问她："阿姨，我妈妈呢？""不知道！""我妈是不是去上班了？""上不上班和我有什么相干？"我女儿被她硬邦邦的回答惹恼了："你这个脾气换了哪个东家都不喜欢。"想不到她脖子一横居然说："那你为啥还不把我辞退？！"于是，女儿就"成全"了她，让她卷铺盖走人了。

第五个粉墨登场了。估计前两个都是本省却都不行，爷爷奶奶这回就找了个江西的，也是四十多岁，给人感觉是个朴实本分的人。可爷爷奶奶好不容易千挑万选"觅"来的保姆还是让一家人心里堵得慌。这个和前两个有点相似的地方是，沉默寡言，不善与人相处。我拎着大包小包去看女儿，可她开门后，朝你看一眼，仿佛不认识我这个孩子外婆似的，扭头就走，更不用说帮你手中的东西接过去了。俗话说，"跟好人学好人，跟端公跳大神"。幼儿处于模仿期，保姆的胸怀、处事原则、行事方法等都可能成为模仿对象，耳濡目染地影响孩子的性格；尤其是保姆性格的优缺点更有可能为幼儿今后性格打上一生的烙印。

一个星期后，我们只得"挥泪斩马谡"，予以打发。想不到，这保姆前脚刚走，她的丈夫后脚就打来电话找她，我说，她走了，已不在我家干啦。你猜她丈夫怎么说？在电话里不停地发牢骚："她怎么搞的，这次又才做了一个星期就走掉！"

两个都是离家出走的

但是这次我们让保姆下课后，孩子的爷爷奶奶知道后有些生气了，亲家在社会上也是有头有脸的人，在单位也是重量级人物，可找个保姆居然看走了眼，而且连着三个！这下他们甩手不管了。

于是，我和女儿决定到杭州最大的保姆市场——杭州市朝晖家政市场一探虚实。这里果然名不虚传，中介所一家挨着一家，老的小的，丑的俊的，一群群站在那里等着雇主挑。可孰为李逵孰为李鬼，我和女儿实在真假难辨。我和女儿正自发呆，忽然一群人就围上来，问我们是不是想找保姆，得到肯定的回答后，旁边的人一哄而上拉住我和女儿不放："说说看，什么条件的？""45岁以下。""要什么文化程度？""初中毕业。"话音未落，这些人就你一言我一言群起而攻："什么？初中毕业还来给你当保姆？"我和女儿只得落荒而逃。

几天后女婿从中介公司领回第六个保姆，也是江西的，四十岁不到，勤劳肯干，也懂礼貌，很快她便博得我们的好感，我们暗暗庆幸这下终于找到了一位比较称心如意的保姆。相处了一些日子，她渐渐告诉我们她来当保姆的真实原因。原来，她是和丈夫闹矛盾，一气之下抛下儿子，跑出来的。

一提到儿子，她的眼圈就要红，眼泪也随之而来。不久，她的丈夫主动打电话认错，请她回家。为了让她母子团圆，一家重归于好，一个月后我只好让她回江西。

第七个保姆则纯属是把我们家当成包吃包住的旅馆了。那天我下班回家，看见女儿新找来的保姆时，凭我的经验预感此人是做不长的。保姆看起来很年轻，二十五六岁的模样，女儿说安徽的，28 岁，老家有一个上小学的 8 岁孩子，丈夫在外打工。我悄悄对女儿说，这个年龄段的妇女，正是应该在家照顾小孩的时候，很难做久的，说不定又是家里闹矛盾赌气跑出来的，在一个陌生的城市，无亲无故的，当保姆不过是暂时找个歇脚的地方。女儿有些不信。可是不信归不信，事实就是事实。两天后，保姆接到一个电话，接完电话，她就期期艾艾地开口，提出要走。果然是两口子吵架离家出走的！我女儿听了苦笑，家里情况才刚刚熟悉，她就要走，这也太没职业道德了吧。

没办法，人家要走你总不能不让她走吧，于是，找寻第八个保姆的事被全家提上议程。这次全家倾巢出动，多方取经，各自出击，把每人相中的保姆集中研究，最后定下女儿找的来自安徽的章阿姨。章阿姨 44 岁，初中文化，有两个儿子，一个已成年在外打工，一个在上高中，丈夫则在务农，出来当保姆就是为了挣钱，因此心态比较好。半年相处下来，彼此都还满意。过完年回来后，根据她的表现，我们还给她加了工资。

12 个小时的临时保姆

说到第九个保姆，孙女士气就不打一处来，连连说，哎呀，真是要让我气死啊！而把他们一家气得够呛的这个保姆其实在孙女士家总共才待了 12 个小时。

过年了，孙女士家的保姆也挡不住回乡潮，早早回了乡下。孙女士看了报纸上介绍的"临时保姆"的信息后，一家人商量了一下，马上开着车浩浩荡荡来到劳务市场找"临时保姆"。孙女士说，春节期间，家中其实比平常更需要保姆，因为春节来访的亲朋好友较多，特别需要保姆帮忙照看小孩、料理家务。

这个保姆在一群人之中是最年轻的，模样看起来也最好，孩子的爷爷奶

奶一眼就相中了她，于是我们就过去和她交谈，让她大年二十八至初七这段时间里到我家工作，每天80元。她面露喜色，但嘴上却说，我不太会做事的哦。我一听，就问她，不会做，那你为什么出来干？但她就只管笑没回答。我心里就觉得这人有些不实。但看亲家满意的样子我也就没有多说什么，心想反正也是不做长久的，付了30元中介费，而且把她的30元中介费也付了。一切已办妥，我们正准备带她回家的时候，她突然说，等等，我还要带行李。一转身，她不知从哪里拖了个巨型编织袋过来。我们一时呆了，问她是什么东西，她支支吾吾地说是她的生活用品，衣物什么的。我想了想算了，不过家里多占点地方罢了，就让她把编织袋放在车后行李箱里。

回到家已是晚饭时分，我就让她烧个菜再烧个汤，中间她从厨房跑出来打了个长途电话，结果吃饭时，才发现那个汤居然没盐。吃了饭，她筷子一丢碗也不洗就急急忙忙地拖着她的大行李袋到卫生间，结果从晚上6点一直到深夜11点，家里的洗衣机就没停过。第二天一大早，全家都被卫生间洗衣机发出的噪音吵醒了，我起床一看，天啊，阳台上挂满了花花绿绿的衣服，而洗衣机还在洗，更让人可气的是，这保姆自己却躺在床上蒙头大睡，叫她半天没反应，把烧早饭一事也忘了。女儿说，算了，我们自己累点，给她打的费，让她走吧。可请神容易送神难，她说啥也不愿意，说除非给她一天的工钱。女儿赶紧给中介公司打电话，中介公司一听，说你让她来接电话吧，你给她2元钱的公交车费就行了。

第二天，中介公司打来电话问我还要再雇一个保姆吧？我想。哪敢啊！中介公司知我无意再请，竟说，她又不是我们推荐的。

曾有人不无调侃地说，三只腿的蛤蟆难找，两条腿的保姆遍地都有。是啊，随着农村富裕劳动力的增多，现在进城当保姆的确实是越来越多了，可是，要找一个称意的却很难。任何事情没有身临其境，是很难体会到这种真实感受的，请保姆亦是如此。如今，我终于逐渐地体会和理解到同事和朋友所说的"保姆难请"的含义了。幸运的是，找啊找，我总算找到了一个。总结经验：人无完人，主要看对方在关键方面是否好，比如人品、责任心，其他能过得去的就不要太苛求，我们一家和章阿姨至今仍和睦相处，她也觉得遇上我们这样的家庭比较幸运……

杭城：一个和谐家庭的"国际歌"

　　这是一个其乐融融的三口之家：父亲在17岁的女儿俞秋丹眼里是一个最棒的父亲、一个良师益友，而父亲俞润源也自豪地说：父女就像朋友，没有代沟，没有隔膜……秋丹妈妈总是笑着这样打趣父女俩说："这两个人啊，一个是大孩子，一个是小孩子。"

　　和他们在一起交流，你会觉得这父女俩确实挺有意思的，说起话来真就像两个小朋友在对话，大的说这件事是这样这样，小的则说不是，是那样……

俞秋丹父女与外国友人

从小秋丹就跟父亲进行自助游,已经游览过很多省份。后来,自助游延伸到了国门以外。2007年夏天,父女俩游览了死海边上的以色列。最近女儿俞秋丹只身前往香港、韩国参加美国举办的SAT考试。在所有中国考生中,俞秋丹是唯一不要大人陪同的。

工程师老爸:"女儿教育工程"做到国外

"如果父母只重结果不看过程,那么培养出的孩子常常就会不择手段。要把孩子变成社会的财富,而不是把财富留给孩子!"说这话的是俞秋丹的父亲俞润源,一位普通的杭州市民。

今年48岁的俞润源早年从华东工程学院毕业,是杭州中野电子电器公司的工程师。他在接受采访时笑嘻嘻地对本刊记者称自己的心理年龄是26岁。采访当中,俞润源时不时妙语连珠:"成长比成绩更重要!""成人比成功重要""经历比结果重要""孩子是一列不断前行的列车,做家长的要及时搭上他的车"……语言精练深刻,体现了他崭新的教子理念。

都说现在的孩子缺乏独立精神,但俞秋丹身上独立、自信、坚韧、充满爱心的特征展示鲜明。

记者问,当初对女儿的培养是不是有过规划?

老俞笑了,向记者娓娓道来:"说实话,我这是无心插柳柳成荫。我对孩子的要求非常低,快乐是第一条。让孩子有出息不是教育的目的,让她生活得快快乐乐才是目的。她读书我从不要求她死记硬背。"

俞秋丹满脸幸福地说,从我懂事有记忆的那一刻起,我脑海里浮现出的全是和爸爸在山上密林里穿行、在雪地里打雪仗、在沙坑垒城堡的情景。

俞秋丹母亲韦国芝告诉记者,女儿从小到大老俞从没给她报过任何兴趣班,每天陪着女儿玩;秋丹上幼儿园后,她看周围和女儿年龄相仿的孩子忙着上这样那样兴趣班,她也想给女儿去报名,却被老俞阻止了。

秋丹上小学后,韦国芝本以为父女俩玩性会收敛些,老俞这下会抓一抓女儿的学习了,可让她想不到的是,玩够杭城的父女俩还往城外跑了。

每天,秋丹放学回家,书包一扔,就跟着老爸出去玩了。因为老俞对女儿的要求是只要完成老师布置的作业就行了。为了能让老爸带她出去玩,秋丹的作业都是在学校里争分夺秒地完成的。因此,小学 6 年的时间里,秋丹几乎从没在家看过书做过家庭作业。而老俞也从来不去检查女儿的作业,妻子要去管,他总是说,不要管,跌倒了才知道爬起。碰上老师让家长写评语,秋丹说什么,老俞就写什么,还美其名曰,是让女儿开动脑筋。

为了免得韦国芝啰嗦,父女俩出去玩时,能瞒她的就瞒,常常和她玩猫捉老鼠的游戏。至于上不上兴趣班老俞也随女儿的喜好,她高兴去就去,不想上就拉倒,所以当年的秋丹还学过跆拳道呢。不过总算让她妈妈欣慰的是,小学里女儿自己选择参加学校的长笛乐队,一直坚持了下来。记者去采访时,秋丹还像模像样地给大家吹了一曲。

让韦国芝哭笑不得的是,有一次开家长会,班主任还郑重地对她说,你女儿在学校里这么用功,可成绩不怎么样,是不是学习方法不对,你们家长要帮她找找原因。韦国芝告诉记者,小学里秋丹成绩很一般,没有一次被评上三好学生,常常哭丧着脸回来。每当此时,我总是忍不住数落他俩,并对他们下禁令:"以后不准出去玩了!"

可老俞斩钉截铁地说:"考试只是用来检验学习情况的,只要自己认为学到了新知识就不必在意分数的高低,成绩差,相当于把好名次让给了别人,那么我们就为别人取得好成绩而感到高兴,再说这次成绩不好,下次才有进步的余地嘛。"

末了,老俞还振振有词地说:"成绩好要出去玩,成绩不好更要出去玩,因为成绩差说明智商低,出去玩能开阔眼界,提高女儿的智商。"

在老俞看来,人生就像万花筒,出去旅游不但能够开阔孩子的视野,体会到生命的乐趣和宝贵,培养孩子乐观、开朗的性格,还可以锻炼孩子独立、自主的能力。古今中外无数事例都已证明品格比成绩更重要。

有一次,父女俩出去玩,要爬一陡山坡,五六岁的秋丹爬上去、滑下来,再爬上去又滑下来,可老俞看着筋疲力尽的女儿一副若无其事的样子。秋丹说,当时,我是多么渴望他拉我一把,但我知道那是不可能的。所以为了山坡另一边的风景我只好一次次冲刺,最后我终于爬了上去。那一刻,成功后的自豪感胜利感,让我记忆犹新。

秋丹告诉记者,平时跟着老爸出去玩,碰上磕破皮什么的,甭指望得到老爸的爱怜,他还会雪上加霜忍不防在秋丹的伤口上再打一下:"这样,好得

更快！"

所以，秋丹小小年纪就知道，有些事撒娇是没有用的。老俞的理由是"要欣赏彩虹的美丽，就不要吝啬给予风雨的考验"。

随着出去次数的增多，秋丹的独立性越来越强。后来，父女俩出去旅游，小到出去带什么随行衣物，大到旅行路线、账目，全都由秋丹全权负责。

但秋丹说，如果以为我爸爸真一点不在乎我的学习，那就错了。

上初中后，面对学业压力，秋丹一度自信心不足，那时候老俞就帮她想办法，让女儿选择从英语突破。老俞认为，学语言，只要多练就能办到，再说，语言是用来交流的，学好了，就等于多掌握了一种沟通的工具。

从那一天起，老俞每天早晨准时把女儿叫醒，拿着录音机陪女儿一起读英文、背单词。

这样坚持下来，秋丹英文成绩提高了。慢慢地，她的其他科目也好起来了。高一时，已考上学军中学的秋丹为了检验一下自己的外语水平，参加雅思考试，取得了7.5分的好成绩（满分为9分）。

俞秋丹告诉记者，我们家经济条件并不宽裕，但当初父亲让她参加外教口语班一点也不吝啬。事实证明，父亲当初的决定是明智的。出国自助游，没有一口流利的英语，几乎寸步难行。而且，和不同的外国人交流，也开阔了我的视野，思想也全球化了，和各种各样的人沟通，还练就了我开朗、大胆、健谈的性格。这种性格让我受益匪浅，走到哪里，都容易成为受大家欢迎的交谈对象。最终，有了后来的非常之旅——以色列之行。

走出国门：父女冲浪"多元文化"

从秋丹小学高年级起，俞润源就和女儿开始出省旅游。出去时，两人总是自己打理一切，从不跟从旅行团，也不住高级宾馆，一切从简。老俞说，这样的过程才是锻炼一个人独立精神的机会。

初三暑期，父女俩决定走进那片神秘而古老的土地——西藏。那时青藏铁路还未开通，交通很不方便，出门一定要大家包车出行。当时父女俩入住的拉萨青年旅店，墙上的一块告示板上，贴满了旅客们大大小小一起包车的留言条。在父亲的鼓励下，15岁的秋丹撕下了一张用英文写的字条，并按上面的地址,找到了隔壁青年旅社的两个以色列人和一个33岁的德国女人。

两个以色列人中,亚西四十出头,阿什尔和老俞年纪相仿,都是五十岁左右。来自不同国度的人,年龄经历各不相同,但大家在路途中聊得很投机。

道别时,亚西和阿什尔邀请老俞父女俩去以色列。父女俩就和他们约定,只要他们来杭州,父女俩就一定去以色列。

没想到,阿什尔在游览西藏一个月后,如约来到杭州。

阿什尔到杭州那天老俞专程去车站把他接到家里,这使阿什尔非常感动,好客的老俞一家还请阿什尔吃住在自己家。一个星期的时间,父女俩抽时间带阿什尔游西湖、品龙井。而韦国芝烧的地道的中国菜,更是让这位"独在异乡为异客"的老外乐不思蜀。

这次阿什尔的杭州之行,更增加了他们结下的友谊。

之后,热心的阿什尔就开始帮父女俩打理出行以色列的纷繁复杂的签证材料。最终,阿什尔成功地促成了这次非常之旅,父女俩在今年夏天坐上了飞往以色列的班机。

秋丹说,因为以色列对中国不开放旅游,以驻中国大使馆也不办理旅游签证,从开始商讨此事,到我们成功出行,隔了两年之久。其间,没有一样不是要阿什尔帮忙操心的,"我能结交这么好的犹太人朋友真的很幸运。"

秋丹告诉记者,到达以色列的当天,阿什尔和在一家大公司当财务总监的妻子亲自开车来迎接,在以色列的18天时间里,父女俩吃住在阿什尔家,阿什尔和家人常在百忙之中抽出时间陪他们游玩,但老俞总是尽量只让阿什尔他们给画出旅行线路图,两人自己行动。比如到红海,父女俩就是自己去的。

老俞说,咱出去代表的是一个国家的形象,能自己做的就自己做。

有一天,阿什尔一家陪父女俩参观坐落于耶路撒冷城西的"犹太人大屠杀纪念馆",参观完毕,阿什尔问他们有何感想? 老俞就说:"不忘记这件事,并不是为了报复。"秋丹翻译给阿什尔听,阿什尔听了立刻连声说他讲得好。

以色列之行使父女俩真切地感受了犹太文化、宗教和民族的独特面貌。踏访这片神奇的土地让他们受益匪浅。

回国一个多月后,秋丹独自踏上了去韩国参加美国 SAT 考试的路程。

出发之前,老俞问她:"是跟旅行团去,还是一个人自由行?"秋丹毫不犹豫地选择了一人自由行。但秋丹妈妈还是十分担心,一因为考场临时变动,换到了一个偏远的小城;二是韩国并不流行讲英语,秋丹流利的英语也许只会是聋子的耳朵成摆设;三是以女儿的个性,秋丹不会在韩国为3天的时间花几千元钱租只手机。

老俞一锤定音:"如果没有独自一人走出国门的勇气和经历,何来站在全球角度看问题的目光?"

事后证明,秋丹的只身韩国行,颇让家人自豪:三天的时间里秋丹交了三个韩国朋友。在候机厅,在飞机上,秋丹总是有意识地和人攀谈。在飞机上结识了一个在义乌做生意的韩国人,对方对眼前这小女孩敢于独闯天下的勇气大为赞赏,下飞机后,这位韩国人亲自开车送秋丹到考场。

在赶考的60多名中国学生中,唯有秋丹是独自一人前往的,很受人注目,两位学中文的韩国女生还主动找她攀谈。秋丹说,韩国女生充满激情、奔放、爽朗的性格也深深感染了她,三人成了无话不谈的好朋友。

对此,秋丹深有感悟:"心有多大,人生的舞台就有多大","心本善良,一定能找到善良的朋友","任何负面的例子都不能否认提倡人与人之间和睦互助是人类永恒追求的美好目标"。

平等和谐:三口之家主旋律

"我真的很庆幸自己拥有一个宽松、自由、民主、平等、和谐的家庭,开明的父母给了我一次次独闯世界的机会。"秋丹说。

已是奔知天命之年的俞润源,在妻子眼里是位有责任感的丈夫,在女儿心目中,是天底下最好、最伟大的父亲,在亲戚朋友眼里是个值得信任和尊重的优秀男人。

秋丹在日记《我的爸爸》一文中深情地说:"我的爸爸虽然是一个160厘米的矮个子,但在我眼里他比姚明还要高大。"

幼时,当秋丹能理解"理想"一词的含义时,她的理想是当一名公交车售票员。中国有句俗话,"不想当元帅的兵不是好兵",当母亲的韦国芝听了多少有些失落,可作为父亲的俞润源听了总是满脸笑容地连声夸她:"很好!

很好!"结果秋丹的这个公交车售票员梦差不多伴随她的整个童年,直至公交车成了无人售票车。

秋丹上初中后,她每晚做作业时,老俞总是同样坐在旁边默默地看书、学习,有时秋丹做作业到深夜,老俞也始终陪着。

能去成以色列,秋丹告诉记者,也是因为我有一个好老爸。中东经常有战乱,安全都得不到保障,若不是父亲开明,恐怕难以成行。

生活中,父女俩的关系就像朋友般亲密,几乎什么话都直来直去。女儿称父亲为"憨爸",父亲唤秋丹"傻女儿"。在云南旅行时,父女俩遇到一个在北大求学的日本女留学生,她看到秋丹父女俩每天说说笑笑,打打闹闹,很感慨地说:"我真羡慕你们!我和我的父亲是永远不可能处得像你们这样融洽。"

这么多年来,老俞从没有因为秋丹的学习而指责过她。每天秋丹去上学,老俞总要亲一下她脸颊。有一次,秋丹急着要走,蹲在门口系鞋带,让他别过来了,老俞却跑过去,双腿跪地,将脸颊和女儿的脸颊亲了下。那一刻,看着父亲那一半花白的头发在自己眼前飘过,秋丹倍感父爱如山。

老俞说:"其实女儿3岁时,因为品行问题我也用打惩罚过她,但我从没因为女儿的成绩而责罚过她。自女儿有自己的思想后,看到她有做得不对的地方,我也从不打骂,而是通过摆事实讲道理让她明白是非。"

"前年她为了考雅思,参加了一个培训班,我下班回家却看到她在看电视。我什么也没说,给她写了一封信,里面是三个励志故事,第一个讲的是牛不会爬树的故事,道理是如果自己没有把握,就不要参加考试。第二个讲的是一个傻女儿的故事,暗示你若空有雄心抱负,做父母正好不用太辛苦。第三个故事讲的是麝香的由来,意为任何美好的东西都是经过磨炼得来的。"

信交给女儿,老俞就若无其事地出门去了。女儿看了信后,就不停地给他打电话,但老俞一看是家里的电话就挂断了。

"快要11点时,我回来,女儿小心地问我,爸爸是不是生气了?我说,哪里啊,我去西湖边喝老酒了。经过这么一回,她注意抓紧时间学习了。"

韦国芝说,起先看到丈夫一天到晚没大没小地陪女儿跳皮筋,踢毽子,心里很排斥,加上出去旅游也费钱,没少和老俞口角,但看到女儿越来越独立,慢慢地对丈夫的教育方法由理解到支持。而女儿也非常懂事,多年前,夫妻俩因为一点小事闹了点矛盾,互不理睬,女儿就代他们俩为对方写了检讨书,逗得两人开怀不已。这几年为了支持父女俩的工作和学习,韦国芝内退回家专职当了一位家庭主妇。

至今,他们一家三口还住在 43 个平方米的老房子里,可韦国芝毫无怨言。

余秋丹和英国朋友在一起

王定侯夫妇：小家庭演绎大美德

对幸福每个人都会有不同的理解，但相信对绝大部分人来说，幸福的含义就是你爱的人和爱你的人，在你青春不再时不离不弃陪伴你左右；就是在你美丽容颜消逝时仍能对你款款深情地说"海枯石烂心不变"……

王定侯李凤岐夫妇就是这样一对幸福的人，不论是在磋砣的岁月里，还是在平淡的日子中，他们彼此依托、相濡以沫、不离不弃携手走过了四十多个春夏秋冬。

小家庭演绎大美德

四十年的牵手，四十年的星移斗转，四十年的相互包容，完美演绎了爱的真谛：执子之手，与子偕老……

人生能有几个四十年？在这个大家都唱着《如果我老了 你还会爱我吗》的浮躁年代，是什么让他们在结婚四十年后还能彼此款款深情地说"海枯石烂心不变"？带着疑问，带着感动，带着祝福，在这个寒意越来越浓的冬日，记者登门拜访了这对爱侣。

爱情萌芽在物质匮乏的年代

1964年9月，19岁的李凤岐被下放到当时的金华县苏孟乡合山头大队当知青。当时跟李凤岐同一批下放的还有45人，其中有一个就是王定侯。

王定侯祖籍山东高唐，长得浓眉大眼，既有北方汉子特有的男子汉气质，又有着南方人细腻的性格。

那年王定侯23岁，原本就读于江西地质学院，三年自然灾害期间，国家大办农业，学院撤销了。当时王定侯在部队里当军医的父亲已转业到金华中心医院当骨科主任。而他出身于名门望族的母亲（系吕公望之女）早已去世。

回金华后，王定侯曾在金华县财政局农业财务股当临时工，1964年国家开始下放知识青年，当年9月，王定侯也成了一名知青。

当时一起被下放在合山头大队的46人，后来又被分成了四个小队，王定侯和李凤岐与另外21人分到了同一小队。当年这些下放的知青年龄最大的30岁，最小的才16岁。那是一个物质极度匮乏的年代，繁杂的劳动、单调枯燥的业余生活，却阻止不了这群年轻人对爱情的向往。活泼、开朗的李凤岐和王定侯相爱了。

李凤岐告诉记者，年轻时的王定侯相貌非常英俊。采访中，李凤岐拿出王定侯当年的照片，果然就是老电影里面翩翩少年的模样。李凤岐说："王定侯除了相貌好外，人又善良，而且还有个好脾气，因此当时很多女孩子都喜欢他，可他却偏偏喜欢上了我。"这时一直静静地坐在旁边听老伴述说的王定侯深情地望了望老伴说："我们有缘。"

然而好事多磨，李凤岐的家人得知他们相恋的事后却表示反对。母亲苦口婆心地劝李凤岐:你自己被下放到农村已经很苦了,如果找个城里工作的说不定就有希望改变环境,再找一个在农村的,恐怕永远都回不了城,而且两个人都务农,家庭没有经济来源。当时,王定侯在农村每天挣的"工分"是8分,折合成人民币1角6分钱,李凤岐5分,只有1角。

李凤岐知道母亲是真心为她好,可她放不下这份感情。亲情爱情她哪样也不想放弃。李凤岐把王定侯领到母亲面前,她相信母亲看了一定会认可自己的选择。

果然,李凤岐的母亲对王定侯赞许有加:模样正、脾气好,这小鬼真当不错!

可让李凤岐难过的是,尽管母亲认可王定侯,还是不同意两人交往,只因为担心女儿嫁给王定侯后一辈子回不了城!

李凤岐说,在我感到无力、绝望、心灰意冷的时候,王定侯始终对我们的爱情矢志不渝,他常常对我说"海枯石烂心不变"。终于,我的父母不再反对我们了,母亲只是说:"将来你自己苦了别后悔。"

寒窑虽小能避风雨

1967年,李凤岐和王定侯结婚了,婚房是合山头一间知青住的小房间。两人拍了一张照片,给小队里的人分了几颗糖,王定侯去钓了几条鱼,请好朋友过来一起吃了顿饭(双方的家人都没有过来),喝了点自己做的米酒,两人的终身大事就算定了。

婚后两人是"你买菜来我做饭",有空还会走很长时间的田埂路去石门农场看场黑白影片,夫妻琴瑟和谐,日子虽苦犹甜。

不久,两人的爱情结晶——女儿出生了。这时王定侯已在大队加工厂里当会计,李凤岐在小学里当代课老师。为了生计,他们不仅在房前屋后种上蔬菜,还养猪、养鸡,最多的时候两人一共养了30多只鸡。王定侯对记者说,在乡下的那几年里,"我们一共养了6头猪!"

每个月夫妻俩回城去看望父母,坐车要2角9分钱,两人舍不得花这个钱,就背着女儿,拎着自个养的鸡、自个种的蔬菜,走一个多小时的路到城里。李凤岐说,我们一直很知足,当时饼干4角一斤,女儿想吃饼干,我们就卖掉几

只鸡蛋，换一点饼干给她吃。那个时候，能吃上饼干已经比较奢侈了，所以觉得自己女儿还能吃上饼干，日子已经比土生土长的农村孩子好多了。

几年下来，两人有了一点积蓄，这时他们的小儿子也已出生，夫妻俩就齐心协力，用手头的积蓄和当时国家给的补贴，建了两间 40 平方米左右的小土房。李凤岐说，新屋落成后，两人看着自己一砖一瓦造起的房子，觉得特满足特有成就感。李凤岐告诉记者，今年他们这些还健在的知青一起搞了个聚会，重温故地，看到自己当年造的小房子至今还在，抚今追昔，真是感慨万千。

1976 年，夫妻俩相继返城，李凤岐先是进市食品厂，后来又进了市服装二厂工作。王定侯则顶他父亲的职到市中心医院工作。夫妻俩带着一双儿女，住在李凤岐父母家。

1979 年，医院分了一间 10 多平方米的房子给王定侯，晚上，夫妻俩就带着儿子挤在李凤岐父母给的木板床上，女儿仍留住在外婆家。

两年后，医院又分了一套 20 多平方米的房子给王定侯夫妻。李凤岐说，当时我们的收入都很低，还要抚养两个孩子，因此家里是一件像样的家具也没有，连睡觉的一张大床也是自己动手用木板搭起来的。

都说贫贱夫妻百事哀。可在那清贫的岁月里，王定侯李凤岐的爱情之花依然绽放不凋零。一家四口小日子过得有滋有味。"寒窑虽破能避风雨，夫妻恩爱苦也甜"，就是他们最真实的写照。

"我们从恋爱伊始就特别合得来，老王脾气很好，相识这么多年从没对我发过火，我性子急，有时话说得过头，可他从来不接下去，不跟我吵，于是我也不好意思再说了。过日子，难免磕磕碰碰，可我们 40 多年来几乎没有红过脸。"李凤岐如是说。

"印象中唯一一次让我心里有点疙瘩，是 1980 年老王得阑尾炎开刀的时候。经济上很困难。医院领导叫他写个困难补助申请，可他不肯，我怎么劝说都没用，我弟弟回来看望他，听说后也劝他写报告，可他仍坚持不肯写，说是不能给单位添麻烦。我心里就有点怨他，可后来一想，不能因为一点钱让他违背自己做人的原则，也就谅解他了。"

"夫妻间宽容谦让最重要，有问题多看好的方面，少看不足的一面，这样过日子才会和和美美的。"王定侯笑着说。

1988 年，医院实施房改，结婚 21 年的他们终于有了一套完全属于自己的房子,67 平方米,不算大,可在他们眼里已经是天堂了。夫妻俩欢欢喜喜地立马把已是古稀之年的李凤岐父母接过来一起住。

小家庭演绎大美德

"老王他对家人,特别是对老人真是太好了。"采访当中李凤岐数次对记者说。

当时刚到金华市中心医院工作的王定侯被分配到锅炉房。锅炉房的活既脏又累,还要上夜班,但他尽心尽责,毫无怨言。就这样,王定侯从最基层干起,在当了食堂司务长之后又到生活科当科员、科长,还成了院工会委员和后勤支部委员。虽然工作越来越忙,责任越来越重,但他一直孝敬长辈,体贴爱护家人,家里的重活、粗活都一手包了。对子女也是连重点的话都舍不得讲,更别说打骂他们了。

王定侯回城时,其父亲已经中风卧床。他和兄弟轮流给父亲守夜,有时王定侯夜班刚下来,就直接去父亲的病房了;有时是白天刚照顾好父亲又连着上夜班,一直到 6 年后他父亲去世。当时,李凤岐在市服装厂食堂上班,每天天还未亮就要赶到单位做早点。轮到王定侯值夜班的日子,李凤岐就背着 5 岁的儿子上班。但她体谅丈夫,毫无怨言。李凤岐说,天寒地冻的,我却这么早要叫醒儿子,当时只觉得太对不起儿子。所幸的事,后来李凤岐从食堂调到了服装大烫组,不用再早起了。

李凤岐说,我的母亲身体一直不太好,王定侯听医院的医生说老人吃牛奶有益健康后,就每天从医院取了牛奶走半个多小时的路送到我母亲手里(20 世纪 80 年代初,牛奶还是比较稀少的,王定侯丈母娘所住的地方没有牛奶订送服务),不管刮风下雨,一年 365 天从不间断。后来,为了方便看望老人,王定侯还特地从杭州买了一辆旧自行车。

为了丰富两位老人的业余生活,1987 年,夫妻俩还带着 72 岁的母亲、82 岁的父亲到北京、青岛、上海游玩。两位老人玩得非常开心。李凤岐告诉记者,当时我们的邻居朋友知道后,都说:"你们胆子真大,竟把这么一大把年纪的老人带出去玩!"但至今让夫妻俩遗憾的是,两位老人跟着女儿女婿坐火车、乘轮船却没坐过飞机。当时杭州到北京的飞机票是 104 元,可勤俭惯

了的老人嫌贵，舍不得买。

1988年，王定侯把李凤岐父母接过来住进了现在的房子。之前考虑到老人上下楼不便，特地挑选了临街一楼的房子。李凤岐父母住进来后，夫妻俩把朝南的最大的那间房让给了父母，自己则住进了另在房里搭起的阁楼。

李凤岐母亲既有高血压又有心脏病，治疗期间凡跟医院有关的事情：挂瓶、输氧、化验、取送氧气罐等都是王定侯来回奔波一手操办。为此李凤岐父母逢人便夸：我女婿真好。

每当李凤岐因为王定侯买回家的菜不合心意嘟哝几句时，老人就把她批评一通："你不要讲了，这个家全靠他撑着。"李凤岐说，结婚40年来，家里的钱都由他掌管，我从不沾边，却从来没有不放心过。

1996年，李凤岐81岁的母亲去世了，但老人走得没有遗憾。

李凤岐告诉记者，自打她父母住进来后，这么多年来，王定侯一日三餐都要赶回来烧给两老吃。她母亲走后，90高龄的父亲仍一直住在他们家，全家只要有空就会陪老人。冬天，怕老人在家洗澡冻着，王定侯就带着老人去敬老院洗。晚年老人腿脚不便，在床上躺着时，王定侯就经常过去帮忙翻身，有空又用轮椅推着老人出门晒太阳、玩儿。李凤岐动情地说，老王他真的是把我的父母当成自己的亲生爹妈对待！去年我101岁的父亲去世后，常有人问我父亲能活到这么高寿的原因，我想这跟王定侯20多年的细心照料分不开。

榜样的力量是无穷的。如今王定侯李凤岐的一双儿女对他俩也是孝敬有加，为了丰富他们的退休生活，儿子还给他们买来两台电脑，并教会两人上网。夫妻俩不出门旅游时，通常，上午两人是买菜烧饭锻炼身体，有空也到女儿开的饭店转转，下午喜欢看电视的李凤岐就在网上看那些热门的影视剧，爱看戏的王定侯则相约几个朋友骑车到郊外看戏，4点后到幼儿园去接孙女放学。晚上祖孙三代相聚在饭桌上其乐融融。

临别，记者请他俩向《当代家庭》读者传授家庭"和谐秘籍"，两老相视一笑，不约而同地说，"家和万事兴"，家庭和谐的关键是夫妻之间要相互包容，相互信任，凡事要多站在对方的角度着想。

"年纪慢慢大了，我们会更加仔细地照顾对方。"

朴实的话语，包含了40年不变的情怀。

情·画
——农民油画家黄子元的故事

　　美丽的少妇装束朴素典雅、温婉深情，却有着凝重的意境；年轻的姑娘，一览无余的胴体，却表现得健康而洁净；庄严的伟人，眺望着远方，似乎对苍茫大地发出了"谁主沉浮"的呐喊；慈祥的老妪，脸上镌刻着勤劳、坎坷和善良……

　　这，就是黄子元笔下的人物肖像画，其间蕴涵着人类生命的意象与价值，流淌出作者对人性的渴望。

他的画作带给人们的不仅是视觉的享受，还会启发人类对有限生命的更深层次的思考。

睹其画观其人，记者很难相信这一幅幅生动的画卷出自于眼前这个憨厚木讷的"农民"，可是，这是一个事实，这个事实同这些画一样，同样能够引起人们心灵的震撼……

因为情，他拿起了笔；因为孝，他在清贫中固守着自己的理想……

情定江西

眼前的黄子元一身粗布服装，看起来有些老成，黑瘦的脸上有几分沧桑。在农村，像他这样年纪的人早已是娶妻生子，可三十好几的他至今还和80岁的父亲黄栽生、77岁的母亲盛琚花住在一起。

1973年，黄子元出生于素有"书画之乡"美誉的浦江县前吴乡章山村一个贫寒的农家，儿时的黄子元个子小小的，老实本分，被同龄人欺负是常事。14岁初中毕业后，黄子元开始在家务农，担起了赡养父母的义务。因为村里时不时有野猪出没，收成不好，黄子元就去做手艺活：帮人加工锡箔。

2000年8月，孑然一身的黄子元经人介绍离开家乡，来到江西乐平一家锡箔厂打工。

2001年正月，老板决定扩大再生产，在当地农村招来了十几个年轻的磨纸工，八女二男。黄子元邂逅了生命中这场注定没有结局的爱情。

其中有一个叫王艳的姑娘，1.54米的个子，皮肤白白的，衣着朴素，给黄子元的第一感觉是一个朴实漂亮的农村姑娘。不久，厂里业务不景气，尽管也有人来"挖"王艳，许诺给她更高的工资，但王艳却留了下来。这使黄子元心头对这富有人情味的姑娘充满了异样的情愫："今生若能和这么善良的姑娘结缘，那该……"

当时王艳做的是压纸的活，这在锡箔厂里算是"技术含量"最高的活了。见王艳不熟练，黄子元就像大哥哥一样每天主动帮她。慢慢地王艳对这位热心忠厚的大哥也充满了好感。两人逐渐成了无话不谈的好朋友。一天，黄子元壮着胆当着大伙的面半真半假地说："嫁给我好啦！"王艳羞红了脸，但少女的矜持促使她说："不。"

几天后，两人一块儿去挖春笋，竹林深处，黄子元拉起了王艳的手，深情地说："王艳，当我的女朋友吧，你是我这辈子的第一个女朋友，也会是我唯一的一个，青山作证，我这一辈子永远会对你好。"一丝红晕飞上王艳的脸颊，她幸福地依偎在这个男人并不宽阔但却是真诚的胸膛上。

可惜"好花不常开，好景不长在"。一个月后，得知消息的王艳母亲突然来了个棒打鸳鸯，把女儿从厂里带走"藏"了起来，一连四五天没有王艳任何消息的黄子元，夜不安寝，食不甘味。

就在黄子元度日如年、一筹莫展之际，黄子元突然接到王艳的电话，他激动得语无伦次，但王艳只简短地说了一句"我在姑姑家"，就挂断了电话。

王艳的姑姑家离这儿足足有40多公里，而且那个村很大，近千户人家，怎么找？好心的老板就让自己的舅子带上黄子元骑着摩托车挨家挨户地找，也许是上天怜悯这对恋人吧，两人竟然碰到了出门到溪里洗衣服的王艳。

黄子元带上王艳骑着摩托车狂奔到村外，焦急地说："跟我到浙江去！"王艳稍迟疑了一下，同意了，就这样王艳什么也没带跟着黄子元回到了厂里。

吃罢晚饭，忽然眼尖的老板娘对他俩尖叫："快逃！快逃！"

原来是王艳的父母带着一帮亲戚追上门来了。

两人吓得立即躲了起来。很快，黄子元和王艳在老板的帮助下连夜赶往县城，坐上了从江西开往浙江的火车。

棒打鸳鸯

得知儿子找了个女朋友，黄子元老家两个七旬老人乐得合不拢嘴，拿出了家里所有的积蓄，在村里盖了两间两层的红砖毛坯房。

不久，王艳的父母和一帮亲戚找上门来，扑了个空。无奈，黄子元带着王艳"躲进"了亲戚家。有一天，想家的王艳打电话向家里报了个平安，让王艳高兴的是母亲竟丝毫没有责怪她。

一天，王艳的母亲突然从天而降，但这次她的态度有了180度的转变，她说，她已想通了，她这次来是想让两人到江西把一切该办的都办了。黄子元

有些不信,但看到王艳雀跃的样子,他同意了。

果然,一上火车,黄子元就被王艳的母亲有预谋地隔开了,直到江西下车,黄子元也见不到王艳的面,王艳的家人冷冷地对他下了逐客令:"你可以走了。"

无奈,黄子元只好请求和王艳通最后一次电话。

但不知什么原因,王艳只说了一句"没可能了",就挂了电话。

人生地不熟的黄子元只好心灰意冷地打道回府,路上有好心人点拨他:也许电话里王艳不方便吐露真话,一定要和王艳见一面。

本就不死心的黄子元当即返回江西,并买了礼物上门要求见王艳一面,但王艳的家人把东西扔了出来。那时正值酷暑,骄阳下黄子元就站在门口痴情地等着王艳;夜幕降临,蚊子开始肆虐,黄子元没有躲避;后半夜天下起了雷阵雨,黄子元浑身被淋得湿透,有好心的邻居看不下去了,让黄子元进屋避雨,但他没去。邻居报了警,派出所来人后,问明原因,知"清官难断家务事",劝说了黄子元几句就走了。

第二天,黄子元再次经受日晒蚊叮雨淋,可王艳家的门始终没开,村民里三层外三层过来围观,邻居怕闹出人命,再次报了警。

这次民警来后,把他带进了派出所,并把王艳和王艳一家也叫到了派出所。

黄子元请求民警让他和王艳单独相处几分钟。

出乎黄子元意料的是,王艳只说了一句:"你走吧,不可能了。"

那一刻,黄子元听到了自己心碎的声音。

黄子元说:"如果不是想到家里还有两位白发苍苍的老人,当时,我真想死了算了。"

好心的民警把失魂落魄的黄子元送上了开往浙江的班车。

半路出家

黄子元的祖父写得一手好字。

从小受家庭环境的熏陶,黄子元 80 岁的父亲黄栽生也写得一手漂亮的毛笔字,村里谁家新添了个箩筐、扁担,都会找黄栽生帮助给写个字。

从小学到初中期间,黄栽生每天都让儿子临摹字帖,写毛笔字。但黄子元不上学后就再也没碰过笔。

备受失恋打击的黄子元回到老家后,把自己关在屋里,闭门不出,独自舐着流血的伤口。一天,他无意之中拿起父亲的毛笔,信马由缰地在纸上涂鸦,令黄子元想不到的是涂完之后,心里却有一种豁然开朗的感觉。自此,黄子元一发不可收,没日没夜地写个不停,之后他又反复临摹父亲珍藏的颜真卿、王羲之等名家字帖。黄栽生见到了儿子写的字,激动不已:"儿呀,真想不到你的字会写得这么好!这真是无心插柳柳成荫啊!"

2001年农历大年三十前几天,逐渐走出失恋阴影的黄子元在老父的肯定之下,决定"检验"一下自己的书法水平。他来到浦江县城闹市区,摆出了自己写的春联,想不到两天半的时间里,黄子元一直应接不暇,写了八九十张红纸,五六百副春联,写一张红纸4元钱,共赚了300多元钱。

之后为生计,黄子元重操加工锡箔的本行。但这时黄子元的生命中已多了一份牵挂,一份精神寄托,那就是练书法。他开始收集更多的名家字帖,广泛研读名家生平事迹。受他们的影响,他又开始如饥似渴地研读孔子、老子的著作,一本崭新的《道德经》没多久就被翻烂了,黄子元又去买了一本。

黄子元说,这些中国文化精髓让他学到了很多做人的道理,他所崇敬的王羲之受儒家入世观和道教出世思想的影响就很深,这使王羲之在不得意时能以道家出世思想求得超脱,不为红尘烦恼所羁绊,在文学书法艺术上多一份潇洒与飘逸,从而光耀千古。

不久,黄子元无意中在《浦江报》上看到一则由县委宣传部牵头,在当地著名的"书画村"礼张村"招收画工,带薪培训"的消息,黄子元欣喜若狂。

礼张村是名副其实的"书画村",自清末以来,这里画家辈出、蜚声中外,张爽甫、张书旂、张振铎、张世简等书画大家都出自礼张村。

自古书画本相通,现代画家黄宾虹也曾说:"书画同源。"史上"画圣"吴道子就曾师承书法名家。

满怀希望的黄子元来到了"礼张村油画基地",教他们画画的是各地美院的老师。在这里,黄子元如鱼得水,他以近乎宗教一样的虔诚精神投入到绘画中去,潜心钻研名家书画,画艺日臻成熟。两个月后,投资的老板就以每天 60 元的工酬让黄子元画壁画及商品画了。

当初，黄子元执意画人物画时，老师同学都劝他，不要去画人物，人物画很难。

黄子元就以摄影作品为样本，画了一幅美女肖像及一幅女人体，结果惟妙惟肖，甚至比照片上的更生动传神。稍微懂得一点书画知识的人都知道，肖像画是人物画里面最难的，人体画也很难，女人体更难。这下大家都折服了，对黄子元在画画上的悟性和天赋大为惊叹。

但不久，油画创作培训班基地因故停办。老师走了，同学也改弦易辙了，只留下黄子元一个人孤独地画着廉价的商品画。

而这点经济来源对黄子元来说解决自己的温饱都勉强，更不用说赡养双亲了。

顶着寒风酷暑，黄子元拿着自己创作的油画来到城里，在"书画一条街"一家一家地推销，店老板看了油画后都认可，但得知作品出自眼前这个无名小卒时，就冷淡地拒绝了。

黄子元说："赔尽了笑脸，吃够了白眼，仍没有一家愿意代销。"

就在黄子元山穷水尽之际，意外地黄子元接到了有生以来的第一个"订单"：兰溪市横溪镇一个 80 多岁老太太拿来了自己的照片让黄子元给她画一幅肖像。一个星期后，黄子元交出了画，老太太看了喜不自禁，爽快地付了几百元的"报酬"。

从此，黄子元走上了专业替人画肖像的艺术之路。

清贫乐道

黄子元的油画作品慢慢地在当地有了点小名气，尤其受到那些尚不知油画为何物的老年人的欢迎。县城水门口三辰油画店等一些书画专卖店也开始经销黄子元的油画作品。

在摄影业日趋发达的今天，黄子元的人物肖像油画能在乡镇悄然走红，究其原因，是因为自油画作为一个画种诞生那天起，就被赋予为人物传神写照的重要功能。黄子元的油画所塑造的人物形象，不仅以绘画的方式传递了被表达对象的人物神情，而且融入和渗透了画家这个艺术主体的思想情感与艺术创造。而这是再高超的摄影术也难以达到的。

在黄子元的笔下，每幅人物油画作品，形象皆生动传神，充满了一种安谧、大气的美，似乎还有一种只可意会，不可说破的禅机。

对黄子元的悟性和成绩，当地的一位名画家解释说，一个真正的艺术家并不取决于他师从哪个名家，关键在于自己的修养和悟性，作为人物画家，画家学会的不仅仅是绘画的技巧，更加重要的是做人。那就是画家对绘画要投入感觉，对描摹的对象有真情，学会善意地对待别人，这是一个人应具备的品质。黄子元正是因为有了这种品质和关怀，因而他的作品在感动他自己的同时，也感动了许多人。

自古画家多清贫，这几乎成了不争的事实。如果说死后能成名，也还算幸运，大多人，至死无人知。"在当今市场经济社会，人心浮躁，人们急于求成，忙于'出名'，很少有中青年画家能像黄子元这样甘于清贫、寂寞，潜心研习传统的。"当地美术家协会的一位负责人如是说。

"画着快乐着然后再画着"，这是黄子元对自己创作状态的总结。

黄子元说，现在一天给我 80 元去做小工我也不愿意，但一天只给我 20 元让我画画我很愿意！

七年来，通过亲朋好友牵线搭桥，黄子元也见了几个姑娘，但对方都嫌他家穷。对此，黄子元并不在意，"一切随缘，"他说。

记者问，那你今后有什么打算？

"边务农边画画，"黄子元说，他的愿望很小很小，能够生存下去，能够画下去就行了。"如果能遇到名师指点，我会非常开心。"

父母虽然不能给黄子元物质上的帮助，但是在精神上还是非常支持的。八十高龄的黄子元父亲对记者说，儿子喜欢画画，他由衷的高兴，"万事开头难"，以后儿子肯定会走出一条自己的路的。

黄子元说："我不像有些人特别注重结果，也许艰难挣扎的过程也是人生的意义所在。"

这是传奇的一家子：86 岁的民间剪纸艺人刘秀兰在丈夫家当了 82 年的"媳妇"，抗日战争时期曾是敌后抗日队员，后又千里迢迢追随丈夫到抗日前线。她 88 岁的丈夫周易跟随张爱萍将军抗日剿匪；56 岁的儿子周坤曾是许世友将军的警卫员。2007 年 4 月 29 日，刘秀兰一家接受记者专访，首次独家披露了他们鲜为人知的传奇经历。

当年：父亲跟随张爱萍　母亲当上娘子军　儿子护卫许世友

而今：父亲爱上养花草　母亲恋上剪纸花　儿子成了钢琴师

"英雄之家"今成"艺术世家"

2007 年 4 月 29 日，记者来到金华老城区铁路新村，在当地朋友陪同下，费了一番曲折，终于在一条看上去十分陈旧的小巷里找到了抗日老战士刘秀兰的家。

这幢建于 20 世纪 80 年代的职工宿舍仅有 40 平方米。几乎没有什么装修，家里的陈设也十分普通，甚至有些陈旧，但却给人一种温馨的感觉。唯一显眼的是贴在墙壁上琳琅满目的剪纸作品。

在老人平缓的述说中，记者仿佛回到了那个烽火连天的岁月……

千里寻夫为抗日：死里逃生

1922 年 5 月 22 日，刘秀兰生于安徽泗县刘圩镇，4 岁时被父母送到本地比她大两岁的周易家当童养媳。刘秀兰说，她比较幸运，婆婆一直把她当亲闺女看待，婆媳相处和谐。

1937 年，16 岁的刘秀兰和 18 岁的周易成了亲。不久抗日战争爆发。1940 年 3 月，周易加入当时在安徽一带抗日的新四军九旅二十七团，成了一名战斗在抗日前线的战士。周易自豪地告诉记者，当时带他们的旅长就是我国著名的张爱萍将军，国务院原副总理、国务委员兼国防部长。

1941年，为建立并巩固淮北抗日根据地，根据新四军军部的命令，新四军第三师第九旅奉命进驻江苏，肃清洪泽湖一带的匪患。周易也随旅长张爱萍来到江苏。老人强调说此洪泽湖非彼洪湖（注：洪泽湖位于江苏泗洪县境内，是我国五大淡水湖之一），比湖北的洪湖要大几倍。洪泽湖在历史上就非常有名，相传宋代抗辽女将穆桂英曾在此建墩点将、演兵。抗战时期这里是淮北苏皖边区抗日民主根据地政治、经济、军事及文化中心，淮北行署、新四军四师师部均驻于此，除张爱萍之外，刘少奇、陈毅、张震等老一辈无产阶级革命家都曾在此亲临指挥战斗，彭雪枫、江上青等3000多位烈士英名就镌刻在这块热土上，震惊中外的血战朱家岗战役，先烈们血染洪泽湖的壮举，都给这片土地留下了辉煌夺目的史页。

1941年5月，周易参加了洪泽湖上清剿顽匪一役，并取得了胜利。此战役引起了毛泽东的高度重视。从此，洪泽湖变成了中国共产党领导下的水上抗日民主根据地之一。

当年，周易离家去参军时，妻子刘秀兰已怀孕。5个月后，刘秀兰生下了长子周平。刘秀兰说，当时战火纷飞，鬼子、国民党军、土匪出没。丈夫参军后就杳无音信。但刘秀兰义无反顾地参加了地下革命，成了抗日后方的一名宣传员，帮助游击队送信和散发传单。有一次，刘秀兰给新四军送信，半路上碰到了鬼子，想逃已无路可逃，眼看着鬼子越来越近，怎么办？刘秀兰急中生智，把身上的信揉成一团，塞进嘴巴咽进了肚里。

1942年，日军加紧了对我根据地的"扫荡"，推行"三光"政策，再加上蒋介石消极抗日，不断制造事端，包围封锁解放区，中国人民抗日战争进入最艰难的时期。当时华北地区又连续遭到严重旱灾，一批又一批的难民四处逃荒要饭，百姓生活朝不保夕，吃了上顿没下顿，天天挖野菜充饥。但大白天日寇照样进村杀人放火抢劫，有一次，汉奸带着日本鬼子来找粮食，正逢刘秀兰一家正在吃野菜，饿极了的她只管自个吃，小日本叽里哇啦朝她叫了一通，土鬼子（汉奸）就朝她吼：猪都没你吃得多！

除此之外，日本鬼子还在汉奸的带领下天天挨家挨户搜查抗日战士和后方宣传队，每次鬼子拿着枪进来，就逼着他们一家老小："说！是不是宣传队的？"问不出什么就把他们家的东西乱砸一气，又恶狠狠地朝刘秀兰打去，刘秀兰说鬼子好狠哪，都让我落下后遗症了，至今每逢阴雨天被打的地方还会隐隐作痛。更可怕的是只要鬼子觉得有点嫌疑的，就统统抓起来，把他们集中在操场上用机关枪扫死。

有一次，鬼子得知该村一名妇女的丈夫是"共军"，把这名妇女和5岁的儿子抓来审问后，杀人不眨眼的鬼子把母子俩活埋了。刘秀兰说，当时鬼子活埋百姓，一个坑活埋60个人，那些侥幸逃走躲在山上手无寸铁的村民只能眼睁睁看着亲人被活埋。

后来，鬼子不知是从哪里得知了风声，说刘秀兰是宣传队的，就上门来抓，扑了个空，鬼子逼问刘秀兰婆婆："你家媳妇是不是宣传队的？""不是！""把人给我找来！""不晓得逃荒到哪里了？"见问不出什么，鬼子就劈头盖脸地把婆婆打了一顿。当时好险呀，刘秀兰其实就躲在隔壁邻居家。

鬼子走后，刘秀兰带着才4岁的儿子连夜告别年迈的公婆"出逃"，可是满世界兵荒马乱的，能逃到哪里去呢？刘秀兰决定去找丈夫，可丈夫生死未卜。刘秀兰只能抱着一丝侥幸，下决心走到天边也要找到丈夫。

刘秀兰之前听人说新四军九旅到江苏洪泽湖打仗了。可洪泽湖在哪呢？她也不知道，她只知洪泽湖在安徽的东面。于是，她背着儿子一路乞讨着往东面赶。她不敢走大路，只拣小路走，一有动静就往高粱地里钻。有一次碰到国民党，实在没办法躲藏了，只能一边"老总老总"地叫，一边不停地哀求，幸而他们还算有点人性，把她娘俩臭骂一顿就放行了。刘秀兰说，碰到鬼子就完蛋了，她亲眼看到躲藏不及的老百姓被鬼子用刺刀活活挑死的惨状，末了还把小孩的尸体挂到树上。这样血腥的场面，一路上刘秀兰常常碰到。

也不知走了几天几夜，母子俩终于碰到了新四军，那一刻她仿佛看到了救星。费了一番周折，一个姓马的主任又通过营长帮她打听出来：周易还活在人世！

之后，丈夫部队就把刘秀兰安排在部队后勤处，鬼子来洪泽湖扫荡的时候，她是一名不折不扣的娘子军，跟着部队连续33天在芦苇荡里和敌人浴血奋战，取得了中国革命战争史上著名的33天反"扫荡"斗争的胜利。

剪的都是幸福花：苦尽甜来

尽管生活条件一直很苦，但从小刘秀兰就心灵手巧，尤其喜欢剪纸，没纸她就拿树叶当纸剪。看到村里其他大妈大婶剪了新花样，她看过就能学会。刘秀兰除了会剪各种各样的花鸟动物外，没上过一天学的她还会剪福、禄、寿、禧等字，刘秀兰说自己是剪一个字学一个字，有空就向识字的人请教，不管是大人还是小孩。如此"不耻下问"，今天的刘秀兰已能阅报写字了。

"工夫不负有心人"，几年的树叶剪下来，刘秀兰剪的东西开始有模有样起来。四邻八乡的乡亲家里遇到红白喜事都会跑来请她帮忙。刘秀兰也将剪纸技术"学以致用"，开始摸索着替人做绣花鞋、绣花枕头，深受乡亲们的欢迎。

到了丈夫的部队后，刘秀兰就给战士的枕头、军帽、军鞋上绣红五星，刘秀兰说，当年从首长到战士无不夸她心灵手巧。

新中国成立后，丈夫从部队转业，为了支持丈夫的事业，刘秀兰全身心在家照顾四子二女。平时附近居民需要帮个忙剪个纸什么的找她，刘秀兰总是乐呵呵的有求必应。热心的刘秀兰为此还成了社区居委会的小组长。

子女一个个有出息长大成家后，周大伯也离休回家了，闲时就养养花草，不巧的是记者去采访时，88岁的周大伯腰部骨折躺在床上休养已有一段时间了，但巧的是有一盆放在窗台上周大伯养了好多年的仙人球开了对白花，那花儿在夕阳照耀下，闪着银光，令人称奇不已。

现在，刘秀兰除照顾老伴和参加社区活动外，几乎所有时间都花在剪纸上，有时一天甚至要剪上百幅。为此，家里的墙上、门上都贴满了老太太的作品。记者去采访时，带路的朋友一看门上贴满了纸花，马上肯定地说这就是刘奶奶家了。

采访中，86岁的刘奶奶左手拿起红纸，右手拿起剪刀，一会儿工夫，一只只花篮就从刘奶奶手中"溜"了出来。刘秀兰的儿子周坤对记者说，我母亲还会画画哩。说罢，拿出一大叠刘奶奶的画摊开：什么"鹊桥相会"、"猴子献桃"、"过奈何桥"……简直就像办中国民俗画展，看得人眼花缭乱。

「英雄之家」今成「艺术世家」

73

周坤说,20世纪80年代,母亲的右眼因为白内障而失明,家人就劝她,现在眼睛不好使了,不要再剪了。但刘秀兰"不听",有空还是剪啊剪,剪个不停,她说:"我能有今天,全托了共产党的福,我剪的是幸福花。"

一家人生活充实快乐:心怀感恩

周易兄弟两个,大哥当年是骑兵连连长,却在1946年解放安徽泗县的战斗中不幸牺牲了。采访时,周大伯几次提起自己的亲哥哥,思念之情溢于言表。

新中国成立后,周大伯先后在上海铁路、杭州军分区,铁路、公安局等部门工作,最后从金华铁路武装部长的岗位上退下来。20世纪50年代,夫妻俩把18岁的长子周平送到福建前线去当汽车兵。之后,"文化大革命"开始,一家老小为了躲避"武斗",又从浙江逃回了安徽老家。

1968年,老三周坤18岁,当时南京军区警卫营在安徽招警卫兵,招兵的负责人看到周坤后很喜欢,就动员他报名。于是,周坤又从大哥的手里接过衣钵,成了一名军人,来到南京中山陵8号当了一名警卫兵。

一年后的某一天,首长把周坤叫过去说:"现在派一个任务给你,从今后你去给许世友将军当警卫员。"能给这位富有传奇色彩的将军当警卫员,周坤说,当时我是既激动又高兴。

就这样,从1969年至1971年,周坤一直是将军的贴身警卫,后来还成了警卫班班长。周坤说,许世友将军每日清晨都要起来练武,雷打不动,他真的很佩服将军的毅力。在周坤眼里,这位少林弟子出身的将军是位平易近人的首长。

周坤从小就很喜欢文艺。在南京,周坤是部队里的文艺积极分子,既会拉二胡又会拉手风琴,有空周坤就在大院里自拉自唱自编的歌曲。

有一天,连长郑重其事地找他谈话:"交给你一个任务,教许华山(许世友将军女儿)拉手风琴。"当时比周坤大两岁的许华山在北京空军三十四师开运输机,那段时间刚好回南京休养。于是,周坤成了将军女儿的手风琴老师。每天到南京富贵山军区家属大院教许华山拉手风琴。直到一个月后许华山重返北京部队。

1973年周坤退伍后,组织上把他安排到金华机械厂工作。痴迷音乐的他白天有空就在各处琴行转悠,晚上则到舞厅当乐手,先是弹电子琴,后来是弹钢琴。随着技艺日臻成熟,一些高档酒店纷纷向周坤抛出了橄榄枝,邀请他去当专职钢琴师。2000年,周坤索性从单位出来成了一名职业钢琴手。前年,比利时国际十大钢琴家尚·马龙先生到金华作艺术交流,大师不但和周坤作了面对面的交流,还给周坤颁发了荣誉证书。周坤不无骄傲地说:"我和尚·马龙先生交流的照片还上了报纸呢。大师对我的钢琴水平作了十分肯定!"

周坤自豪地说,我们一家还是艺术之家,除了我,我的兄弟姐妹也都会一手好乐器。

在无锡的67岁大哥周易,样样乐器都会来一手;在铁路上当列车长的大弟弟能打一手好鼓;49岁的小弟初中时就已获过浙江省吉他大赛二等奖,如今是金华吉他协会会长、省吉他协会理事;姐姐妹妹也是文艺爱好者,弹得一手好古筝。兄弟姐妹的才艺,都是自学成才的。

进取心、平和心和感恩心,使刘秀兰一家子虽生活得不富裕,但也充实快乐。

"马寅初传人"马秀娟的故事

五月，是劳动者的节日。在一个阳光灿烂的日子，本刊记者特赴马寅初的故乡嵊州市，在市人口计生局陈玉萍副局长陪同下，采访全国劳模马秀娟。

得知来意，马秀娟热情地把我们迎到家中。马秀娟虽年近六旬，但看起来依然精神矍铄、神采奕奕。在窗明几净的客厅里，她和我们谈起往事，开始显得有些腼腆，说着说着就流露出埋藏在心底里的那份执著和自豪，让我们仿佛看到了她那段激情燃烧的岁月。

1949年12月，马秀娟出生于嵊州崇仁镇马仁村一个多子多女的家庭，兄弟姐妹共8人，她是老大。因为孩子多，家里经济条件不好，马秀娟初中没毕业就被迫辍学，在家带弟弟妹妹。马秀娟的家距马寅初的老家仅五六里路，饱受多子多女之苦的马秀娟对家乡这位贤哲的学说有说不出的佩服。1970年马秀娟当上了分管计划生育工作的村妇联主任。1977年，马秀娟被选拔担任春联乡计划生育专职干部。后来，她先后担任区计生专干、市计生指导站站长等职务。

作为马寅初故乡的一名计生干部，她深知自己肩上的担子。马秀娟的文化程度虽然不高，但她非常热爱学习，尤其注重在实践中获取新知。在实际工作中，马秀娟摸索出了一套行之有效的方法：一是勤用腿，起早贪黑，走家串户，跑遍全村育龄妇女家庭。二是勤用嘴，把计划生育法规、政策、计划生育科普知识等送到了家家户户。三是勤用手，把计生用具等及时送到计生服务对象手中，热情主动地为群众提供优质服务，如办理生育证、流动人口婚育证等。

马秀娟有一个绰号叫"马到成功"。那个年代，在农村做计生工作的

"难"是出了名的。有一次,马秀娟和同伴去做一位计划外怀孕妇女的思想,回来时夜色已浓,路上马秀娟和同伴一不留神摔进了露天粪缸里。两人湿淋淋臭烘烘地爬起来依样精神抖擞:"这次还没做通工作,下次再去!"第二天,马秀娟和同伴再次上门,但其家人冷不防把她俩关进屋子,并把孕妇转移了出去。对此,马秀娟不怨不怒,继续对育龄妇女的家人动之以情,晓之以理,最终做通了孕妇一家的思想工作。

担任春联乡计生专干后,马秀娟感到自己身上的责任更大了。春联乡共有 19 个村,15000 多人口。当时,正是全国人口生育的一个高峰期,"多子多福"、"养儿防老"的旧观念在群众中根深蒂固。为了让群众冲破传统思想的禁锢,马秀娟和同事们一起动脑筋、想办法,结合村情民情,组织成立计划生育宣传队,一村一村地巡回宣传,一户一户地上门做深入细致的思想工作。

和育龄群众打交道,难免会有受气的情况。某村有一位已生了 3 胎的育龄妇女,有隐性精神病史。这位妇女病情发作的时候,她丈夫因为心里烦躁,就天天找马秀娟骂,年三十还找上门来。但马秀娟骂不还嘴,看到他们一家经济条件不好,在自己生活也不宽裕的情况下,还拿出一些粮票资助他们,并多次带着这名育龄妇女到医院治疗。后来,马秀娟又和他们结成了互助对子,把他们当成自己的亲人看待,"马大姐"成了这一家人最信得过的朋友。

在市计划生育指导站工作期间,有一天下午,计生站来了一对少男少女。因为缺少对有关法律知识和青春期健康知识的认识,小年轻居然跟医护人员吵了起来,大家怎么劝都没用,后来小年轻还对医护人员动了手。有人赶紧跑去叫时任站长的马秀娟。马秀娟赶过来一看,这小年轻头发黄黄的一副营养不良的模样,就"将"了对方一军:"我看你自己还是个孩子呢,哪有孩子养孩子的!"那小青年一听愣住了。"瞧你头发黄黄的,自个都营养不良没发育好,小孩生下来会好吗? 将来小孩今天生病,明天生病,你如何带啊!"见小青年安静下来,马秀娟就把他俩拉到一边,既和气又耐心地向他俩讲解了优生优育的知识,足足讲了一个多小时,最后这对小年轻心平气和地主动要求做了引产手术。

有一次,马秀娟在深更半夜接到了一个陌生电话,电话里的女音十分稚

嫩，说话吞吞吐吐的，她马上想到这可能是一位未婚先孕者或者是一个早婚早恋者。就以极其温柔的话语与对方通话。为了了解真实情况，以便开展有针对性的帮助，马秀娟主动约对方到计生站面谈。来到站里一看，对方果然是一位未婚的少女！马秀娟站在医生的角度，从生理学、心理学等方面，为对方讲解早育的危害性；又像母亲一样，循循善诱地讲解恋爱婚姻家庭的责任，女孩要如何学会自爱、自强、自重和自立。少女在马秀娟的帮助下，终于放下包袱，做了引产手术，开始了新的生活。

从基层一路走来，马秀娟对计划生育工作始终充满感情。她的真诚，坦荡、热心，使很多育龄妇女成了她的好朋友，成了计划生育的义务宣传员。风风雨雨30年的敬业奉献，马秀娟受到了国家和省、市的多次表彰：全国劳模（1989年由国务院授予全国先进工作者称号）、"全国三八红旗手"、省劳模、省计划生育先进工作者等。

回首往事，马秀娟说，为了工作，她一直愧对家人，因为家人为了支持她的工作，作出了很大的牺牲。

当时，为了支持马秀娟的工作，她身强力壮的丈夫和50多岁的父亲带头做了男性长效避孕手术，这在群众中引起了不小的震动。马秀娟一天到晚忙于工作，自己的两个儿子从小到大都是公公婆婆带的。两个儿子先后考上异地他乡的大学，她连给他们准备行李的时间也没有，更别说送他们上学了。马秀娟说，当年17岁的大儿子到河南上大学后，放寒假时，儿子的同学叫他先好好玩几天再回去，懂事的儿子却说："我还要回家给我妈洗棉被呢！"大儿子读大学其间，家里还没装上电话，马秀娟忙得给儿子写信的时间也没。后来儿子有一次写信回来说："妈妈，儿子雏燕初飞，妈妈您却不管。每天我去邮箱看信，可永远都没有您写给我的……"读罢儿子的信，马秀娟泪流满面。

马秀娟说，两个儿子在成长的过程中，自己作为母亲付出太少太少了，就连过年都没法好好给儿子做点好吃的，这是她至今仍深感愧疚的地方。好在两个儿子都很理解母亲，学习和工作都很有出息，大儿子如今已成当地一家银行的副行长，小儿子浙大研究生毕业后在上海一家大公司工作。马秀娟对名利十分淡泊，她的爱人至今仍是一名乡村教师。

马秀娟讲到了自己的妹妹，说起的时候，她几度哽咽，令记者为之动容。

马秀娟有一个从小最疼爱的妹妹,那一年,妹妹和妹夫因为家庭矛盾闹离婚,一时想不开的妹妹生病住进了医院,尽管妹妹住的医院离马秀娟的家和单位不远,但妹妹住院的 3 个月时间里,除了丈夫和儿子去看过几次外,忙于工作的马秀娟自己却一次也没有去探望。妹妹出院时,马秀娟的丈夫和儿子把妹妹接到家里,妹妹满脸哀怨地对马秀娟说:"姐姐,我在医院很想你,你为什么一次也不来看我?"面对妹妹的哀怨,马秀娟难过得无言以对。

妹妹住在她家的那几天,马秀娟照样天天在外面奔忙。见此妹妹就独自回家了,没几天时间,就传来妹妹自杀的噩耗!马秀娟怎么也没有想到,妹妹一走,居然就成了永别。马秀娟伤心地不停自责,假如我去医院看过她、假如我开导过她,假如我送她回去……

妹妹的逝去,成了马秀娟永久的伤痛。

马秀娟说,我只是一名普通的农村妇女,从基层一步一步走过来,荣誉是属于大家的,不是我个人的。这里面,有我的家人,包括我妹妹的一份。同时,大家把我推了出来,我只是代表了全体奋战在人口和计划生育战线的同志们。马秀娟感慨地说,现在的人口计生工作跟过去相比,有了翻天覆地的变化,群众的生育观念有了根本的转变,自己 30 多年的心血付出很值得。作为一名共产党员,当初选择搞计生工作决不言悔,我只是做了自己应该做的事。

2004 年马秀娟正式退休,退休在家的她含饴弄孙,有空就陪伴着孙辈,祖孙三代其乐融融,算是对家人亲情上的"补偿"了。

假离婚变成真离婚　痴情女偏遇无情郎

三女初长：走进社会思婚嫁

我叫小玲。

晓玉是我高中时的同班同学，我俩生于1970年。那时，同班里还有红、晶和我俩比较要好。于是我们就以姐妹相称。1988年我们参加高考，除了红金榜题名外，我们三人都落榜了。晓玉通过亲戚关系，进了一家幼儿园当老师，我和晶则通过招工考试分别进了国有企业上班。

说心里话，在当时，晓玉的父亲是我所见到过的长得最难看的一个男人，简直是我小时候在黑白战争影片中常看到的那些"汉奸"、"卖国贼"的标准版本。但他每次见到我们这些孩子就低头笑眯眯的。晓玉的母亲长得非常漂亮，只不过看起来比她丈夫成熟，她对我们也很热情。晓玉家有幢位于市中心的楼房，三层，很宽敞，再加上晓玉单独有一间连客厅的卧室，因此我们很喜欢到她家串门。

尽管晓玉继承了母亲窈窕的身材，其父丑陋的相貌也多少传给了女儿。我不知道她本人是否意识到这点。晓玉的母亲看晓玉时常常是一副怜惜的样子。那时，是压根儿想不到还会有今天的"人造美女"的。其实，在今天看来，晓玉的脸只要动个小手术就行了，把塌鼻子垫高，小眼睛开成双眼皮，就是个大美人了。

晶是我们四人当中相貌最出众的，也是男孩心目中的"白雪公主"，自然追求者众。很快，上班不到一年的晶，就挑了个在银行工作的英俊又潇洒的男友。

晶把男友带到晓玉家让我们"过目",晓玉的妈妈很羡慕的样子,对晶说:"什么时候吃你们的喜糖啊?"

晶和男友走后,她半开玩笑地问我:"小玲,你也快有了吧?"我赶紧摇头。

她就自言自语地说,到底是人长得好看吃香。

也许是因为找了男友之故,晶去晓玉家的时间越来越少了。

有一次在晓玉家,我俩说起晶,冷不防她母亲插嘴:"哟,自己找了个这么好的男友,也不帮我们晓玉介绍一个。"晓玉有点尴尬,她母亲意识到自己说漏了嘴,忙改口说:"还是好朋友呢,也不帮你们好朋友找一个。"又说:"红是肯定很吃香的。"

这时,大学毕业的红回到家乡,分配在政府机关工作。

后来,我报名参加了自考,也就不怎么去晓玉家了,有空也就转到红那儿。

子夜寻女：可怜天下父母心

我后来知道晓玉的母亲是离婚改嫁给晓玉父亲的,年纪比晓玉父亲大好几岁,两人婚后只生了晓玉一个女儿。

很快,我就收到了晶发的结婚请柬,这时耳闻晓玉也找了个男友,然而,一直没有去她家证实。

有一天,红突然跑到我单位,说:"晓玉的母亲这段时间老是来找我和我妈,说什么我文化高,讲话有水平,让我劝劝晓玉,不要和那个叫什么贾军的'男友'来往。""为什么?""她妈妈说,这个男的除了人长得英俊,什么都没有,比晓玉还大好多岁,据了解是个社会上的混混。唉!你说我怎么劝啊?"我忽然想到了晶,说:"晶是过来人,她有阅人的经验!让她看了再说!"

晶马上就答应了,说:"我去看了肯定就知道了。"

我们三人到晓玉家,假装不知情,三人一唱一和,以半是玩笑半是"拷问"的语气,终于"撬开"了晓玉的嘴,"好,我带你们去见见他。"

几天后,晓玉带我和红、晶到其男友住处,敲门,没人,玉说,他很忙的,今晚可能在××朋友家玩了。说毕,带着我们三人走进一条弄堂,在漆黑的，间或有几盏昏暗的路灯照耀下的窄窄的小巷里钻来钻去，我倒真想不到，自己所在的小城还有这么幽深的地方，心里不知怎的有点怕怕的，终于在一间透着暗黄色灯光的老房子前，晓玉示意我们停下。她很轻地敲了敲门，门没有开。她又重重地敲了敲，门仍紧闭着。最后，她大着胆子叫着男友的名字，没人应，但门开了，满屋的烟味，再看摊在桌上的扑克、麻将，我悚然这些人在聚众赌博啊。我们赶紧退出门外，一会儿，晓玉与一个中年男子走出来，我听见晓玉略有点不安地说，她们一定要看看你，到你宿舍玩。男子在昏黄的路灯下朝我们几个溜了一眼，沉默，算是答应了。

到了男子的家后，我发现里面简直是家徒四壁，只有最简单的起居用品，我后来知道原来这房子是租来的。

屋正中的四方桌上摊着扑克，那男子——晓玉"男友"在晶身上停了几秒钟，建议玩扑克。晶答应了下来，晓玉"男友"面露喜色。

我们开始打扑克，晓玉"男友"指挥晓玉给我们烧开水、拿吃的。在家饭来张口、衣来伸手的晓玉乖乖地做完一切后就待在"男友"身边看我们打扑克。

其间，我多次无意中瞅见晓玉"男友"往晶脸上、胸脯上溜。再看晓玉，一副置若罔闻的样子。

我们三人开始打呵欠，晓玉提议让我们回家休息，但她"男友"狠狠地瞪了瞪晓玉，晓玉赶紧不再吱声。

终于我们三人强烈要求走了，晓玉"男友"恋恋不舍地跟出来，看着晶，说："有空多来玩！"晓玉也附和着说："有空多来玩！"其男友好象突然反应过来旁边还站着晓玉，他厌恶地对晓玉说："你还不走?!"但晓玉什么也没说，自己转身进了屋。

走出一段路后，晶用厌恶兼有点得意的口吻说："贾军肯定是很花心的。"

这之后有一天，我在马路上碰到晓玉的母亲，很憔悴的样子，她拉住我，不停地和我说着晓玉的事儿，末了一再说："你们老同学，帮我劝劝晓玉，不要再和那男的来往啊。"

一个冬日的深夜，睡梦中的我突然被阵阵急促的敲门声惊醒，当夜正巧就我一人在家，我蜷在被窝里，吓得不敢开门。后来，左邻右舍都被惊醒了，我才战战兢兢地开了门，原来是晓玉的父亲，他急促地问我："晓玉在你家吗?"我一头雾水，说："晓玉怎么会在我家呢?"他边探头进来边失望地说："真的不在吗?"我不住地点头。

将近凌晨，伴随着晓玉母亲叫我的声音，我再次被敲门声惊醒。我开门后见到了晓玉的表姐和母亲，我把她们让进屋，晓玉母亲疲惫不堪的脸上有哭过的痕迹，我告诉她，晓玉爸爸来找过了。她一下子瘫坐下来，原来晚饭时，因为贾军的事，母女俩产生了冲突，晓玉丢下筷子就冲出了家门……

失败婚姻：满腔痴情向谁诉

1993 年，一个春暖花开的日子，我收到晓玉的喜柬。婚礼上，邻座来宾瞧着晓玉微微隆起的肚子悄悄地议论不休。我看着喜气洋洋的新娘与一脸高深莫测的新郎，不知怎的，有一种不祥的预感。

婚后，理所当然的贾军住进了晓玉家的那幢楼房。

夏天到了，晓玉生下了一个白白胖胖的儿子。

这其间，婚后的晶先是怀孕四个月后自然流产，调理好身体，再次怀孕七个月时又被查出是"葡萄胎"终止了妊娠。结果晶盼孙心切的婆婆就没好脸色了。更不幸的是，没多久晶的丈夫居然被查出得了血癌，晶的婆婆知道后不知是否伤心过度，竟口不择言，骂晶："不会下蛋的母鸡还是扫帚星，尽克夫!"晶哭哭啼啼地打电话让我们去陪她。我和红只好一趟趟过去看她，晓玉那儿我们也就没时间再去了。最终晶的丈夫被病魔夺走了年轻的生命。

在晶的丈夫的丧礼上，我看着哭肿了双眼的晶，直哀叹人生的不幸，感慨命运的不可测。意外的是我居然看见了晓玉。她看起来瘦了很多，成熟了很多。

如我所预料的，婚后的晓玉生活得很不幸福，儿子 1 岁后发现得了眼疾，缘于贾军是这种眼疾的携带者。为给孩子治病。晓玉与父母花光了积蓄。

既为了让游手好闲的贾军有点事做，也为了挣孩子的药费，晓玉父母借遍所有亲朋好友后筹了一点资金，让贾军贩卖当地著名的土特产。

谁知贾军贩茶叶到内蒙古，借来的钱血本无归，回到小城后居然还带着一个蒙古女郎日夜嫖宿在旅馆。后来，晓玉被知情者告知，半夜寻夫到旅馆，遇到那蒙古女，两个女人大干了一场，直斗得天昏地暗。

这之后贾军就消失了。

但半年后，贾军突然出现在晓玉面前，他痛哭流涕地告诉晓玉他是被逼的，请晓玉看在年幼的儿子上原谅他。

善良的晓玉真的原谅了他。贾军也安分守己了一阵子。

这其间贾军曾试探地在晓玉父母面前提到用房子抵押去银行贷款一事，但被晓玉父母拒绝了。这之后，背着晓玉父母，贾军对晓玉很冷淡。

痴情的晓玉却极力讨好他，居然把父母的房产证、户口簿偷出来，给他拿到银行去抵押。

贾军把贷来的钱挥霍一空。看到再也榨不出油水了，贾军就和晓玉"商量"，因为银行要来催款了，为保证晓玉家拿去抵押的房屋不被没收，说暂时假离婚，等他赚了钱，还了账，夫妻就团圆。贾军对晓玉信誓旦旦地保证，他绝不会抛妻弃子的，他是打心底里爱她的，虽然她的父母不喜欢他，但他毫不介意。他还写了一张收据交给晓玉保管。于是他俩就携手到居委会协议离婚。

我听后默然。我是不相信世界上有假离婚这回事的。破镜哪能重圆呢？

果然，这之后贾军就像人间蒸发一样消失得无影无踪了，直到银行派人来查封晓玉家的房子，晓玉才如梦初醒。

我们来到晓玉家，远远地看见夕阳下的小楼依旧，只是残破了许多。走近了，只见油漆过的栏杆，许多地方已剥落，显然是无人料理的缘故。我听见屋子里有小孩的声音，我敲了敲门，开门的是晓玉的母亲，看起来老了好多，她抱着一个戴着眼镜的三四岁的男孩，肯定是晓玉儿子无疑了。她见到我，先是吃了一惊，继而马上高兴地让我进去，自言自语似的说："贾军永远走了，我们一家人就像做了一场噩梦一样。"晓玉也喃喃地说："现在我才知道，他从未真心地爱过我。"

走出晓玉家，眼前一抹血红的夕阳。

九旬画家施明德的"健身秘诀"

九旬老人施明德先生是浙江画坛知名的金华籍画家,虽已93岁高龄,但仍精神矍铄,面色红润,谈诗论画,思路敏捷。

对于养身之道,施明德老人有许多经验之谈。缘于经常有学生、朋友、画友问施老身体好有什么办法秘诀,施老在86岁高龄时根据自己多年摸索出来的经验,动手写了一本有10多页的《施明德养生秘诀》,我到他家采访时有幸一睹其真容。

九十高龄的施明德先生在作画(朱一虹摄于 2007 年 1 月 12 日)

要说身体的底子，施老其实并不好，小时在读初中二年级时因患肺病吐血而休学一年。1957年在金华女中执教时又有"内风"、高血压等病。因为身体不好，施明德看了许多有关锻炼身体的书，有中国的有外国的。施老认为，中国人体质与外国人有共同的地方，也有不同的地方，我们老祖宗传下来的锻炼方法才是最适合我们中国人的。

荀子的《天论》对施老触动很大，"天行有常，不为尧存，不为桀亡……养备而动时，则天亦不能使之病。"意为一个人能吃饱粗茶淡饭，能穿暖布衣而又有及时的劳动与运动锻炼，那么天叫你生病你也不会生病了。这是一种人定胜天的思想。而"动时"二字包括了各种锻炼身体的方法：太极拳、气功……各种养生之道都包括在内了。

施老认为，体育锻炼不是一两天的事，要坚持几个月乃至几年、几十年才会取得良好效果。由于坚持不懈的体育锻炼，施明德的高血压、神经衰弱等症状竟奇迹般地消失了，浑身似乎有一股使不完的劲。

气功、冷水浴、干沐浴是施老锻炼的主要项目，但不是同时进行的。

气功：20世纪50年代至60年代，施老练《内功疗法》中的"小周天"，这十二节气功动静结合，可以自己做，不会出毛病。施老觉得中国的气功同印度的"瑜伽功"有关，随着佛教的传入而先流行在佛教的"坐禅"，也同道教的修炼成仙有关，容易蒙上神秘、迷信的色彩而为神道设教及邪教坏人所利用。但几千年积累下来的宝贵经验拂去历史尘埃，用来强身延年益寿却很有价值。施老体会到气功反应时的呼吸同普通呼吸不同，是"胎息"，就是恢复到在娘肚皮里时的呼吸方法。气功反应时丹田热起来，全身和暖，严寒酷暑也不怕。

施老现场给我们演示了《内功疗法》中的一套"简易易筋经"。舒展自如，令我们大开眼界，施老觉得"简易易筋经"一般人练习后都可以做到。具体做法如下：

1. 伸手就把洞门关（动二臂肌肉，实际是抽二手肌肉的筋）

2. 两手分开竽两肩（动二肩及背部肌肉，是抽二肩及背部的筋）

3. 葫芦向下轻轻按（动胸腹的肌肉，是抽胸腹的筋）

4. 老汉弯腰去摸丹（动二腿及腰部肌肉，是抽二腿及腰部的筋）

5. 双手托起太行山（全身运动，又动胃的下口）

6. 整理运动

施老说，我做了之后才体会出来，七个字口诀很好，把这一要领都概括在内了。例如"老汉弯腰去摸丹"，既然是丹就很小，那么要差不多摸到地，又不到地。我练了三四个月后，双脚并拢靠实膝盖不屈，上体下弯双手手指可以碰到自己的鞋尖及地，后来握拳也能及地，而一般青壮年他们都做不到，这是他们没有练过，我是逐渐练出来的。

施老说，《内功疗法》中还有练耳、练眼、练齿、练腰及治阳痿的。我认真有恒坚持，都取得意想不到的效果。

如练耳：双手掌紧闭双耳，急剧拉开十下，又以二手食指紧塞双耳，急剧拉开3下。施老说，以前在耳朵近处放鞭炮，耳朵就嗡嗡作响很难过，练了之后，再次碰到耳边放鞭炮，耳朵就不难过了。

又如练牙齿，叫做扣齿：上下牙齿相击36次，有巩固牙床的作用。施老练了之后牙齿至今完好，近年才坏了3个。

冷水浴：20世纪60年代到70年代，冷水浴是施明德养身的一大特点。从1965年开始，他坚持了20多年。早上一起来不管室外温度是零下几度就入塘游泳洗澡，有时上来浴巾已冻在石头上了。从当年10月开始到次年春暖花开为止。有时下塘入水时雪花都飞到身上来了。后来施明德改为每周五下午3时到大溪中去洗。施老说，冷水浴后新陈代谢加快，饭量大增；冷水浴可锻炼勇敢与无畏，思想苦闷时去洗，浴后马上开朗起来。

干沐浴：80年代后期则以"干沐浴"为主。施老极力向我们推荐干沐浴。因为干沐浴很容易，人人能做，只要持之以恒一定有效。工作忙，白天没有时间锻炼的人更适宜。

具体做法：

"干沐浴"每天起床前仰卧床上做即可：

① 双手掌相对擦热后，先以右手过头顶去拉擦耳朵，左耳壳十四下，再用擦热的左手拉擦右耳十四下。

② 左右手指屈曲像理发师一样去洗头十四下，这节可叫"理发师

洗头"。

③ 两手掌相对擦热以食指及手掌从下巴经嘴角向上到鼻梁两边，到额头、头顶，向后沿颈拉回前面，这节叫"猫洗脸"。

④ 右手擦左手臂十四下，左手相同。擦肩、擦胸、擦腹都十四下。擦腹时用左手以脐为中心（丹田）逆时针方向十四次，以右手顺时针方向十四次。双腿尽量伸直，双手伸向大腿根向上擦三四次。

⑤ 坐起，两手擦热擦腰三十六次，再擦左大腿十四次，右大腿相同。左右小腿相同。再屈左腿擦脚掌心"涌泉穴"八十一次，右脚掌相同。

"干浴法"在早上做，睡床上做，衣服少方便，更大意义是一夜睡了心跳、呼吸都降到最低程度，这时微小运动比其他日中运动量都大。做"干沐浴"时间很省，不到 10 分钟。

施明德还在"养生秘诀"中谈到了身体健康要注意的其他问题：心态平衡，为善最乐，做好事最乐，心胸要博大宽广。施老本人非常热心公益，每有慈善公益活动，他都要积极参与；还用自己的退休金资助"春蕾女童"。年高德劲的施老，由此获得"画坛人瑞"、"人间仙家"之誉。

生活要有规律，生活规律乱了容易损害健康，尤其是通宵达旦地打扑克、搓麻将、上网、泡吧之类，最损身体。

热爱大自然，多到大自然中去，多同大自然接触，不但对身体有利，而且志趣人格也会高尚起来。施明德生长于山区，自小爱山水而画山水。20 世纪 80 年代后曾游历武夷山、黄山、峨眉山、青城、九寨沟、漓江、三峡等名山大川，九寨沟是 83 岁去的。施明德所作山水作品浑厚华滋，具沉雄之气。施明德先生的儿子施晨光说，他的父亲在作画上能取得如此成就，与其健康的身心不无关系。

五十年笔耕不辍　百万字述说人生

当今世界,普通人出书已算不上什么大新闻,古稀老人出书似乎也不稀奇,可"一个普普通通的老人,一些普普通通的作品"却被国家图书馆及清华、北大等多家知名院校图书馆收藏就少见了,更让人稀罕的是与其他为了圆文学梦、"出书梦"的老人不同的是,写书出书居然是这位八旬老人的健身秘诀之一。

一辈子以写作为乐

一个年近八旬的普通老人,正是含饴弄孙安享晚年夕阳无限好之际,却退而不休,自己筹资 2 万多元出了共 50 余万字的 4 本书,出书目的一"不图卖钱,不求扬名,只为对历史,对祖宗、对子孙有个交代",二充实自己的晚年生活,使自己永葆健康的身心。

前几天,记者在老人女婿、金华八中校长吴琦引荐下见到了老人。眼前的老人红光满面,嗓音洪亮,看不出已是 77 岁。

老人名叫陈洵琳,字佩玉,1931 年出生于浙江省绍兴府新昌县桂溪乡西坑村一书香门第,幼年丧母,却和同父异母的兄姐相处融洽,之后历经抗战、土改,打土匪、文革等重大事件,建国后先后供职于新昌供销社、浙江省委党校、丽水土改委、农民大众报、金华报、浙江省师范大学图书馆等单位。1991年老人退休后,又拿起笔杆子,先后担任过市场报、中国经济报、消费时报等特约记者。

谈起出书的事,老人打开了话匣子。老人一生读书、买书、用书、管书、写书,和书结下了不解之缘。尽管"文化大革命"家中藏书被毁了好多,但至今仍藏有古今中外各色书籍上万册。对传奇文学、名人传奇、历史传奇之类，老人情有独钟，特别喜欢看。老人还有自己崇拜的偶像呢，鲁迅、巴金、冰心、丰子恺……谈起自己的偶像，老人津津乐道，"鲁迅有远见、文笔犀利；巴金敢于讲真话；最喜欢看丰子恺的散文，他细节写得好……"

自 1955 年起，老人开始养成了写日记、记笔记的习惯，50 多年的时间里，每日一记，累积写了上百本、几百万字。可惜的是"文革"时遗失了一部分。

说起当今年轻人已没有记日记、写信的习惯时，老人很有自己的看法。老人认为书信日记是我国传统文化之一，是人们心灵对话或独白的真实记录，是人们社会实践活动的第一手资料，具有很高的历史价值和一定的文学价值，值得保存和弘扬。

正是因为这一理念，老人退休后，萌发了出书的念头，并得到了老伴、子女的支持。

2004 年 10 月，老人第一本《佩玉文选》面世，印了 200 册。此后，老人出书的热情一发不可收，2005 年 3 月、10 月，2006 年 7 月，《佩玉文选》第二、三、四卷陆续面世。老人自豪地说，《佩玉文选》的封面封底都是我自己设计的。

自序里，老人这样表达了编纂这个文集的初衷："把亲身经历的事和人真实地记录下来，或用文艺形式演绎出来……原汁原味反映当时的历史风貌，……给人们一点启示，给社会一点影响。"

老人一再强调："我出书不卖钱，不扬名，只想对历史、对祖宗、对子孙有个交代。做人一辈子要无愧天和地。这也是我对国家、对社会、对人民的一个交代。"

四本文选包罗万象

《佩玉文选》的内容以体裁划分为散文诗歌卷、通讯特写卷、小说剧本卷、书信日记卷。打开陈洵琳老人的《佩玉文选一》散文诗歌卷，一股朴实清新的气息迎面扑来。作者采用白描手法，深情地回忆了祖父、父母、兄长姐妹以及自己的人生经历。

家庭是社会的细胞，家史也是国史。作者的《爷教我读书》记述了自己在祖父（爷）的呵护操心下，从开始识字一直到考取省立宁波中学的详细过程。

这段史实让读者看到了从抗日战争一直到新中国成立那段烽火连天的岁月里，一个普通学子求学的艰难，百姓生活的艰辛。因为老人曾当过老师，又从事过新闻工作，写时笔端带着感情，书中常有精彩之笔。例如，他写"过年和祖父"，"腊月廿三，是灶司菩萨上天的日子，拉开农历过年的序幕。那天午夜前，祖父在灶头前的小桌子上摆好供品，点燃香烛，虔诚地膜拜，口中念念有词：'上天奏百好，下界保平安。'当时我正在看《水浒传》，上面正好有句'上天无路，入地无门'的成语，就随口把它念了出来，祖父脸有愠色，问道：'你从哪里听来这句话？'我连忙指指书解释：'书上说的。'祖父转而微笑着说：'小孩乱话三千，不作数的，'随后小心翼翼地把旧的灶神爷从灶头上撕下来，连同青油灯搁釜，放到天井里焚烧……"宛如一幕生动的电影画面呈现在读者眼前：过年，慈祥的老人，顽皮的小孩……

如果说《佩玉文选一》像一条潺潺的山间小溪，那么，通讯特写卷《佩玉文选二》则有如一条澎湃激荡的大河。通讯特写是时代的记录，历史的缩影，它们犹如无数绚丽的小水滴，是汇集成波澜壮阔的历史长河的源泉之一。《佩玉文选二》大多是他在新闻单位工作时发表过的文章，内容涉及了20世纪50年代到21世纪的各行各业，为了尊重历史事实，文中有些涉及的单位和人物尽管发生了变化，老人坚持按原文刊出。

《佩玉文选三》小说剧本卷，收集了两个文学剧本和一篇长篇小说，剧本创作于20世纪80年代，原汁原味地反映了历史风貌。小说是老人退休后完成的，作品始终贯穿着老人热爱祖国热爱生活的积极人生观。

古人云："烽火连三月，家书抵万金。"可见书信在中国人眼中之重，《佩玉文选四》书信日记卷，不但有亲属间的，还有亲友、同学之间的。让读者会心一笑的是老人也没有避讳和从前两位恋人之间的通信，大方地让其"亮相"。

书出来后还分别给从前的两位恋人各寄去一套。

写书是"健康长寿十字诀"之一

要把几百万字的日记、笔记以及历年写的文章整理出来，工作量之大可

想而知，这要归功于老人有一副健康的体魄。至今老人已坚持健身34年。退休后每次在单位组织的体检中，老人各项指标在同龄人当中都是最好的。老人说，自己自打健身后平时连感冒之类的小病小痛也很少了。根据历年的健身经验，老人还自创了"陈氏健康长寿十字诀"，采访时他滔滔不绝地向记者念了起来：一"懒"："懒"于计较，难得糊涂。二公里：80岁半小时能走二公里。三笑：每天开心笑三次以上。四勤：勤动脑、手、脚。五快：吃得快拉得快……

为了证明自己健身有方，采访现场，老人还请在座的男士捏他的腰呢，老人很骄傲地说："我的腰肌就像钢板那么硬吧！"

因此，出书对老人来说，是顺理成章的事，因为这就是健康生活的一部分，出书的过程正是老人"健康长寿十字诀"中"四勤"付诸实际的过程：动脑、动手、动脚。"生命在于运动，运动包括动脑，写书出书就要思考，思考就要用脑，多用脑不会得老年痴呆症。"这些老人都毫无保留地把它们写进了书里。

在《文选》编纂整理过程中，老人从不给自己规定时间，从不因为编书而把自己该锻炼、休闲的时间挤掉，也不因为自己要出书而影响家人的工作和休闲。总之，有空就写，顺其自然，不给自己压力。用老人自己的话说，写作出书是一个"平（和）、和（谐）、缓（慢）、宽（松）、（宁）静、（安）定、（快）乐"的过程。

整理日记写书出书，其实是一个检阅过去岁月的过程，往事的酸甜苦辣一幕幕在老人脑海里重温，那种大悲大喜不是常人所能想象的，不是有写回忆录的老人为此痛哭流涕夜不能寐的吗？可陈老却能如大彻大悟的高僧一般从容淡定。

《文选》被国家图书馆收藏

记者见到老人时，老人刚和老伴从马来西亚、越南旅游回来。在接受记者采访时他不无骄傲地说，世界上每天最新发生的事我都知道。还让我们现场"拷问"他。至今老人仍每天坚持听几个小时的广播，并自费订了多份报刊。

老人素喜交游，书出来后，分别给一些亲朋好友或送或寄了去，大家看了都说好。家住余姚的一个旧时同学还写信来说，看了这些书"好处多多"，"既有生离的信息；也有宝贵经验；夫妻恩爱、尊老爱幼；科学养生；培育下一代，学以致用，价值无限"。为此，老人感到了莫大的欣慰，还把自己的书寄给了国家图书馆和清华、北大，北师大、浙师大等高等院校图书馆。想不到，对方都给老人寄来了收藏荣誉证书。清华大学图书馆在给老人的回函中说："您的赠书丰富了清华大学图书馆的馆藏，将对我校的人才培养和科学研究发挥重要作用……"

老人高兴地对记者说，人生最快乐的事莫过于自己想做的事都做了，自己想尽的责任都已尽完了。"生命是有限的，人再长寿也总是要走的，多留点精神食粮给后人是我最大的心愿。"

目前，老人又在整理编辑《佩玉文选五》，内容共分五个部分：校园随笔、散文述编、调查评论、文革岁月、七彩花环。

爷爷：新中国第一部彩色电影《梁山伯与祝英台》的技术指导，周总理家的座上宾

父亲：张罗全球最大的昆剧票友会，编导说唱样样精

女儿：上海戏剧学院戏曲学院当班长，立志要做"新昆剧人"

一户人家的百年昆剧史

人们常说，一个家族的历史其实就是共和国社会发展史的一个缩影。在杭州市西湖区府苑新村，住着戏剧家薛年勤一家。这是一户真正的艺术之家：爷爷薛传纲是新中国第一部彩色电影《梁山伯与祝英台》的技术指导，是周总理家的座上宾，名扬上海滩的中国昆剧一代传人；父亲薛年勤曾张罗全球最大的昆剧票友会，编导说唱样样精，是杭州市群艺馆的研究员；女儿薛白，现为上海戏剧学院戏曲学院艺术管理班班长，从小立志要做"新昆剧人"。

曾经教过薛白的杭州市学军小学的音乐老师贾敏和叶青老师说，凭薛白的天资和学习成绩，上其他重点大学的热门专业完全可能，但她一门心思要考上海戏剧学院的戏曲学院，其目的只有一个：做艺术传人，把祖国的非物质文化遗产昆剧艺术发扬光大。"女儿的昆剧情结，是长期家庭艺术氛围熏陶的结果。"薛白妈妈孙丽娟如是说。说起昆剧剧目，一家人如数家珍。

在薛年勤家里，记者发现其整壁的书柜里有著名昆剧泰斗俞振飞的昆曲曲谱（工尺谱），周传瑛、王传淞的昆曲表演书籍，蔡正仁的《无悔追梦》，著名画家马得的《姹紫嫣红》昆曲人物画集和五六百张新中国成立以来出版发行的戏曲光碟：《十五贯》、《西厢记》、《牡丹亭》、《长生殿》等应有尽有。一家人骄傲地说："这是我们全家最大的财富！"

爷爷：导演了"化蝶"

"彩虹万里百花开，花间彩蝶成双对，千年万代分不开，梁山伯与祝英台。"梁祝这个凄美、动人的爱情故事可以说是家喻户晓，从古至今一直被人们传诵。

看过越剧或电影《梁山伯与祝英台》的观众一定还记得，祝英台被迫出嫁时，绕道去梁山伯墓前祭奠，在祝英台哀恸感应下，风雨雷电大作，坟墓爆裂，英台翩然跃入坟中，墓复合拢，风停雨霁，彩虹高悬，梁祝化为蝴蝶，在人间翩跹飞舞。我们感动于他们对爱情的至死不渝，最终化蝶双宿双飞，观众泪水中带着幸福的微笑、感动。

这场经典的戏——"化蝶"就是薛传纲构思导演的。

1954年5月，周恩来总理率中国政府代表团参加日内瓦国际会议。周恩来认为，新中国已迈出了主动走向世界、了解世界的可喜步伐，但同时也应有意识地让世界更多地了解新中国，进而使他们走向新中国。因此，为了让出席日内瓦会议的与会国家代表团和新闻记者了解中国悠久的传统文化艺术和新中国成立几年来所呈现的新气象、新面貌，周总理特意指示中国代表团带去了国内刚拍出的第一部彩色电影《梁山伯与祝英台》。

《梁山伯与祝英台》走出了国门，被世界人民誉为中国的"罗密欧与朱丽叶"。

同年，薛传纲还参加了由袁雪芬、范瑞娟主演的越剧《西厢记》的排练，担任技术指导，当时毛泽东主席和周恩来总理等中央领导观看了《西厢记》演出，上台亲切接见演员，祝贺演出成功。上海越剧院的青年演员纷纷抢着把薛传纲推上舞台参加接见。第二天，薛传纲和袁雪芬、范瑞娟等被邀请到中南海总理家作客，总理和邓颖超设宴招待了他们，席间满堂洋溢着笑声，给薛传纲留下了永生难忘的记忆。

1990年8月31日，薛传纲这位13岁即师从昆剧名家吴义生、沈斌泉、林树棠等工净角，20世纪30年代初成为仙霓社昆班的四名净行演员之一，一生为中国戏曲作出了巨大贡献的老艺术家在苏州病逝，终年81岁。

薛传纲给后人留下了宝贵的精神财富。"父亲的人品艺品以及创新精神永远值得我们学习。"薛年勤深情地说。

父亲：接过艺术衣钵见到周总理

出生于昆剧世家，薛年勤从小就受到昆曲艺术的熏陶，15岁时就拜浙江昆剧团团长周传瑛为师学昆剧，后成了浙江省昆剧团的青年演员，曾在《白蛇传》中饰许仙，《长生殿》中演唐明皇等等。

1964年6月7日，薛年勤在杭州饭店演出《红灯传》，演出结束后，薛年勤和当年的父亲一样受到了周恩来总理的接见，他为此激动不已。

但后来让薛年勤伤心不已的是，因"文革"开始，剧团解散了。之后，薛年勤进了杭州市群艺馆。薛年勤以他的家庭熏陶和在昆剧团打下的功底，很快成为较出色的群文干部，但他始终未能忘情于昆剧。从20世纪80年代至今，由浙江昆剧研究会出面举办的全国性的业余昆曲大赛，包括有港、澳、台及美国、日本、新加坡等地华人和外国人参加的几项大赛，薛年勤从艺术活动的策划、组织、实施及地区的确定、人员的安排、节目的选定，借排练场地到生活安置，事无巨细，都是他一手经办的。

1987年，薛年勤主持举办"杭州市业余昆曲培训班"，尽管当时薛年勤的爱人孙丽娟怀孕挺着大肚子，但薛年勤仍旧忘我地工作，深夜回家饿了就吃一碗拌面，一瓶啤酒填肚子。爱人孙丽娟说，老薛是工作狂，艺术是他的生命，昆剧是他的灵魂。

1989年，薛年勤在杭州筹备举办全国昆剧票友大赛，中国大陆各地的昆剧迷来了，港澳台地区的昆剧迷来了，新加坡、美国的海外华人也来了。想不到，这次昆剧票友大赛竟成了全球昆剧票友会。当时为举办这个大赛，有关部门曾拨下来几千元，可这点钱对大赛来说是杯水车薪。为了让大赛圆满成功，薛年勤四处拉赞助，顶着寒风酷暑把湖州、安吉、德清等地的企业都跑了个遍。薛年勤说，累倒不打紧，让人伤心的是有些企业根本不知昆剧是何东西，还有的企业说昆剧太古老了，已是古董了，早已没人看，没必要搞活动。薛年勤一遍又一遍地向他们宣传：昆剧是我们中华民族的国粹，每个中国人都有继承和发扬的义务……终于有企业家被打动了，就这样，这家五千、那家六千、一万地凑了十多万元,使大会如期举行,并获得圆满成功。

薛年勤告诉记者,让他至今感动不已的是,一位76岁远在大洋彼岸美国旧金山的楼惠君老太太,她虽是靠养老金生活的人,但听说祖国要举行昆剧研讨会,寄来了300美元。

2001年5月18日,中国昆曲艺术被联合国教科文组织授予首批世界文化遗产,即"人类口头遗产和非物质遗产代表作"之一的殊荣。作为昆剧传字辈弟子的薛年勤感到了莫大的欣慰。

如今,已退休的薛年勤宝刀不老,继续驰骋在广阔的艺术舞台上,继续为祖国昆剧这朵独特的艺术奇葩辛勤工作。最近,薛年勤为《中国文化报》撰写了一篇有关昆剧的评论。

女儿:立志要做"新昆剧人"

那是1995年的年底,一场大型演出在杭州隆重举行。说其隆重,是因为演员阵容十分强大,包括刘晓庆在内的许多当红明星纷纷登台献艺。当时,薛年勤的女儿薛白还是杭州市学军小学的一名学生,因为父亲的缘故,她来到了演出现场。

正在台上演唱的刘晓庆发现观众席上的小薛白非常可爱。她边唱歌边迈步走向观众席,拉起小薛白的手,问她:"小朋友,你会唱歌吗?"薛白点点头,大大方方地说:"阿姨,我们合唱一首《春天在哪里》吧!"

一曲唱完,观众席上爆发出雷鸣般的掌声。唱完歌,刘晓庆似乎还意犹未尽,她俯下身去问道:"小朋友,你将来干什么?""和你一样,当明星!"薛白朗声回答。多年以后,这一晚会上的插曲还为业内人士津津乐道。

都说父母是孩子的第一任老师。从小的耳濡目染,从小的亲身感受,使薛白与昆剧有了不可割舍的情感。对于戏曲行家的说唱做打等真功夫,薛白模仿起来像模像样。

这个温馨的家给了薛白艺术天分,薛白则给家里带来了无穷的欢乐。她非常注重自我修养的锻炼和综合素质的提高,她在广泛地接触戏曲艺术的同时,认真学习科学文化知识,从小学到高中,文化课成绩一直名列班级前茅。她最喜欢看名人传记和电视人物访谈节目,"他人的成功经验会给人

很多启迪。"薛白如是说。

2006 年 6 月,薛白以专业课、文化课皆第一名的成绩如愿考上了上海戏剧学院戏曲学院艺术管理专业。上大学后,学校内的实验剧场是薛白每周必去的地方。作为班长,她对戏曲的热情直接带动了全班同学学戏曲的热情,她联合几位同学一起搞了一个"戏剧工作室"。寒假里,她抓紧时间写一篇以自己家庭为生活原型的多幕话剧,以反映这个戏曲世家的风风雨雨,现已写了 10000 多字。这是她寒假里最快乐的事情。

"最近好像有一个歌星把苏轼的《念奴娇》给唱错了,是谁呀?""是伊能静。她把羽扇纶巾的'纶'唱成了'伦'。""看来你比较关心时事嘛!""一个艺人如果缺乏足够的文学修养是要闹笑话的。"说这话时,薛白一脸的严肃。看来她是一个学习目的性很明确的女孩。"大学毕业后你想干什么?""搞电视传媒,传播昆剧艺术。"薛白不假思索地回答。

爱，创造生命奇迹

"这么不离不弃的恩爱夫妻不
多见！""这么孝顺懂事的女儿不知
是老徐几代修来的福。"在金华浦江
县坛下小区，附近居民只要提起徐
根花徐方冬一家子，无不竖起大
拇指。

2005年初，徐根花突然中风昏
厥，经抢救，虽然捡回了一条命，但
不幸成了"植物人"，四年多来，丈夫
徐方冬倾尽家财，和女儿一起用爱
情和亲情，给爱人徐根花治病。父
女俩联手创造了医学奇迹：徐根花
不但清醒了，而且还站了起来，目前
她已能依靠拐杖缓慢地走上10分
钟……

恩爱夫妻相濡以沫

每当晨光微露或夜灯闪亮之时，在浦江县城文化广场总能看到一对年
届五旬的夫妻，丈夫步履缓慢地推着轮椅，坐在轮椅上的妻子面带微笑。时
不时地，丈夫笑容满面地和妻子说上几句，小心地搀起轮椅上的妻子散步，
这样的情景，四年来在文化广场从未间断过，深深地感染了人们的心。

一个秋雨绵绵的下午,记者跟浦江县计生局有关负责人一起,到浦江坛下小区寻访了这对患难夫妻。雨中,远远地,我们看到了感人的一幕:寂静无人的巷子中,一幢小楼下的屋檐下,一个男人和一个女人一前一后慢慢地来回走着。穿大红运动衫的女人右手挂着拐杖,身材瘦削、头发半白的男人牵着女人后背上的衣服,小心翼翼地帮着她稳定重心。由于他俩专注于走路,根本就没注意到越行越近的我们一行人,直至我们上前和他俩打招呼。

妻子徐根花今年 47 岁,丈夫徐方冬今年 52 岁,来自浦江县黄宅镇八联村,走进他们不到 10 平方米的出租屋,屋内除了两张床,几只纸箱,一张桌子,几把椅子,别无他物。

徐方冬和徐根花从小青梅竹马,对于两人的婚事,开始徐根花的父母极力反对,理由是他家里人口多,穷,担心女儿嫁过去受苦。但徐根花却认准了徐方冬人品好,非徐方冬不嫁。1979 年,这对心心相印的年轻人终于走到了一起。虽说"贫贱夫妻百事哀",但他俩是"恩爱夫妻苦也甜",两人相濡以沫,靠着辛勤劳作,在老家造了一栋泥土房。两人的爱情结晶大女儿和小女儿也先后来到了这个世界上。

随着孩子的长大,家里开销也大了起来。为了多挣点钱,20 世纪 90 年代,夫妻俩把上学的孩子托给孩子的外婆,从老家来到省城杭州"掘金",经过几年的拼搏,两人在杭州三里亭做起了蔬菜批发生意。丈夫在外组织货源,妻子在家批发。虽然聚少离多,但两人感情依旧很好。两个乖巧懂事的女儿,一个中专毕业后在杭州找到了一份工作,一个则跨进了杭州一所大学的校门。正当一家人憧憬着日后的幸福生活时,无情的病魔却悄悄地降临了……

突遭变故丈夫救妻

2003 年 3 月 23 日下午,正在杭州三里亭蔬菜批发市场过磅的徐根花突然晕倒在地。徐方冬起初以为妻子是操劳过度所致,后经浙江省人民医院诊断结果是高血压引起的中风。而这之前,身体一向健壮的徐根花平时连感冒都很少有,哪会知道自己有高血压呢。

到医院后经抢救徐根花清醒了过来,但不停地喊:"头疼,头很疼。"就在护士拿来温度计,放到徐根花嘴里量体温之际,徐根花突然头往后一仰,咬断了嘴里的体温计,说时迟,那时快,就在徐根花要闭上嘴的紧急关头,一直守在身边的徐方冬已迅速把手伸进妻子嘴里,不幸的是半根温度计还是被徐根花吞了下去,失去知觉的徐根花狠狠地咬住了丈夫的手,但是徐方冬任凭妻子咬着,没有把手从妻子嘴里抽出来,他担心妻子会咬断自己的舌头。当时,正是医生交接班时间,等护士叫来医生,徐方冬的手已被咬得鲜血淋淋……

徐根花因脑血管爆裂,虽经抢救保住了性命,但从此大小便失禁,成了一个毫无知觉的"植物人"。医生告诉徐方冬,像徐根花这种情况,可能会在床上过一辈子,恢复站立行走的可能性基本为零。末了,医生又好心地劝他,你们赚点钱也不容易,不如早点出院吧。

徐方冬下定决心,只要妻子有一线希望,他就要帮助妻子从病床上重新站起来。从那以后,他每天为妻子喂饭、穿衣、擦屎端尿,妻子有时大便拉不出,他就用手去抠。为了防止妻子生褥疮,每隔20分钟,徐方冬就给妻子翻身活动身体,陪毫无反应的妻子"说话"。

也许徐方冬的爱心感动了上苍,半个月后徐根花居然睁开了眼睛,虽然一点意识也没有,但徐方冬却欣喜若狂,他对在杭州上大学即将毕业的小女儿说:"你先不要工作,我们一起护理妈妈。"小女儿毫不迟疑地答应了,就这样,两人一个白天,一个晚上轮流照顾徐根花。大女儿下班了有时间就过来给他俩替班。

两个多月后,家里的积蓄和借来的78000元钱已全部花光。不得已,徐方冬把妻子接回了杭州的租住房。这时,徐根花已能无意识地开口说几句。由于停止治疗,出院后没多久,徐根花的双眼失明了,经医院治疗,徐根花一只眼睛恢复了视力。因无钱住院,徐方冬只能再次把妻子接回了家。幸好,后来徐根花另一只眼奇迹般恢复了。

为了省钱,徐方冬把先前面积较大的出租屋退掉,换了间底楼面积较小的。听说中医针灸按摩对瘫痪病人有好处,他就在附近找了家中医诊所,买了一辆轮椅,每天坚持把妻子送到诊所做针灸和按摩,同时,他还向老中医学习按摩方法。回家后,继续为妻子四肢做按摩。学习按摩每天的学费要60元,坚持学了两个月,他已经能熟练地用按摩手法帮着妻子按摩了。这一

爱,创造生命奇迹

按就是四年多，四年来，不管自己有多累，他都会准时给妻子做按摩，一天也没间断过。

爱情创造奇迹

苍天不负有心人，在徐方冬的精心照顾下，一年半后的一个晚上，徐方冬在给徐根花按摩时，忽然感觉妻子的脚趾似乎动了一下。那个晚上，徐方冬一夜没合眼，不停地帮妻子活动四肢，眼睛一眼不眨地盯着妻子。也许是心灵感应，也许是徐方冬的幻觉，徐方冬发觉妻子的手也动了一下。

"医生，我老婆的手和脚会动了！"他兴奋地跑到医院，告诉当初给徐根花治疗的主治医生。

"这是不可能的！""真的！"徐方冬急了，他把自己的发现仔细地向医生作了描述。"没用的！"医生见他"执迷不悟"，还耐心地用田鸡的实验原理告诉徐方冬，这是类似抽筋的条件反射。但徐方冬仍坚持，医生无奈地说："除非是奇迹！"

但是奇迹真的一个个发生了。徐根花不仅手、脚会动，身子也能够转动了，家里的人也认得了。徐方冬把妻子送回医院复诊时，主任张医师连称"奇迹！"

为了让妻子尽快地恢复过来，徐方冬还自制健身器材，在床头床尾用绳子固定了一段毛竹，让躺在床上的妻子每天抬手去拉一下。起先徐根花根本做不到，她哭着说："我抬不起，还不如让我死了。"徐方冬就像哄小孩一样劝妻子"一天只要拉一次哦！"

为了节约开支，徐方冬从杭州搬回浦江老家黄宅镇乡下。一段时间后，由于在乡下生活实在不方便，在女儿的支持下，他又从老家搬到了浦江城里。就是现在住的出租屋，每月200元。因为在城里生活锻炼方便，有助于妻子恢复健康。凡是有助于恢复妻子健康的，徐方冬都愿意做。

从第一次肢体有知觉，到手、脚会动，再到思路较清晰地和人交流，最后到目前能依靠拐杖缓慢地走上十来分钟，一个个奇迹的出现让徐方冬格外兴奋，妻子病情的好转也增强了他们战胜病魔的信心。

住在坛下小区的郑大妈和他们同一个村。每当忙完手头的活，郑大妈总要到徐方冬夫妻那里坐上一会。在郑大妈眼里，徐根花是幸福的，"她有一个好老公！"

住在徐方冬夫妻楼上的邻居王大姐告诉记者，徐根花现在对老公可"黏"了，她睡着时老公出去买点菜，托邻居照看一下，徐根花醒了，就吵着闹着要跟去，怎么劝都劝不住。徐方冬总是爱怜地看着妻子说："她神智还没有完全清醒嘛。"为了让妻子神智早日清醒，徐方冬也费了不少脑筋，比如有空就教她算账，背诵乘法口诀，认字，等等。

为了治病，徐方冬家中早已一贫如洗，还欠了债。因为要照顾妻子，徐方冬不能做生意了，衣食开销全靠两个女儿资助。当年，成绩优秀的大女儿为了早日减轻家里负担，放弃重高，就读中专，平时节衣缩食，每个月的生活费还不到300元。中专毕业后，大女儿在杭州下沙的一家企业找了一份工作，月工资不到2000元，除了自己必需的开销，都寄给父母。大女儿给自己定的伙食费是每天早上1元钱，中饭晚饭各5元钱。因为加班可以拿到双倍的工资，她就申请加班，每天留下来加班一两个小时，休息天也不例外。

原来在杭州读大学的小女儿毕业后，放弃工作在家和父亲一起照顾母亲，后来又随父母回到浦江。一年后，徐方冬让小女儿在本地找了份工作。小女儿上班前、下班后，代替父亲照看妈妈，徐方冬就利用这段时间赶早市晚市摆地摊卖点东西。

虽然徐根花现在的身体逐步恢复，但徐方冬仍旧很担心，因为妻子的大脑还有再次血管破裂的可能。医生告诉他，为防止第二次脑出血，应该进行开颅手术。可7万块的手术费，对现在的徐方冬来说差不多是天文数字。

在好心人的提醒下，徐方冬已向民政局打报告申请拿到了1000元的补助。徐方冬一家是双女户，面临着实际困难，县人口计生局有关领导也表态可以按政策通过计划生育公益金给予补助。

爱仍在延续。徐方冬和他的一家人，还将用爱创造新的生命奇迹。（合作者　吴旭光）

爱，创造生命奇迹

"学雷锋第一家庭"的故事

　　一对虔诚地追随雷锋足迹的老人，一对执著地宣传雷锋精神的老人，47个春夏秋冬，这对老人以惊人的恒心和毅力，倾己所有，收藏了近5000件和雷锋有关的物品。这些藏品中有价值10万元的"镇馆之宝"，有雷锋大会发言的原声磁带，有不同历史时期人们学雷锋的宣传品。耄耋之年，两位老人又把自己毕生收藏的雷锋藏品奉献出来，在热心人的支持下，办起了纯公益性质的雷锋纪念馆。

著名画家吴山明教授(左二)为雷锋纪念馆题词
左一为李克孝老人

与雷锋结缘

1963 年 3 月 5 日，对许多中国人来说是一个难以忘却的日子。因为这一天，一个不朽的名字——雷锋，感动了他们。

浙江嘉兴市的李克孝，就是当年千千万万个被感动的人之一。就在这一天，他从《人民日报》、《中国青年》杂志上认识了雷锋，熟悉了雷锋。

时光流转，斗转星移，李克孝如今已是 78 岁的老人。回想当年，李克孝还是非常激动。他说："雷锋精神值得我们永远学习，我父亲和大哥是烈士，我也当过兵，做过钢铁工人，我和雷锋有类似的经历。"

如今，这两份报刊成了李克孝最早收藏的雷锋藏品。

采访时，李克孝小心翼翼地拿出了当年的《人民日报》和《中国青年》。一报一刊都用层层透明薄膜包裹着的。

那份近 50 年前的《人民日报》已微微发黄，头版醒目的位置有毛主席号召全国人民"向雷锋同志学习"的题词。

《中国青年》刊名下面写着一行字："学习雷锋专辑"，李克孝小心翼翼地拆开了上面的透明薄膜，翻开杂志，里面掉出了一张写着"向雷锋同志学习"的印刷品。

李克孝透露了一个"秘密"。他说，当年毛主席写"向雷锋同志学习"是用红色竖条纹宣纸写的，现在我们看到的已没有"红色条纹"了，这是经过技术处理掉了。他还拿出了当年毛泽东亲笔书法照片为证。"这张照片是见过真迹的张峻拍下来亲自送给我的。"因为收藏雷锋藏品，李克孝结识了很多雷锋生前的战友、朋友，张峻是其中的一位，他是拍雷锋照片最多的人。

李克孝说，其实那个年代收集雷锋物品的人很多，只是我坚持了下来。这一坚持就是 47 年。现在的李克孝已成为全国收藏雷锋物品最多的个人。李克孝说，学雷锋精神贵在坚持。学雷锋做好事，每一个人都可以做到，他干的并不是什么惊天动地的事，都是很平常的事，关键就在坚持。

至今，李克孝收集的雷锋藏品已近 5000 件。它们有党和国家领导人给雷锋的题词，媒体对雷锋的报道，雷锋照片、书籍，雷锋用过的物品，雷锋纪念章、邮票，印有雷锋肖像的瓷器、书签、电话卡等。这些藏品除了极少数是雷锋生前的战友朋友转送,"中国雷锋精神研究会"会员间的互赠,其余都是李克孝和家人掏钱购买的。

为了收集藏品,李克孝和老伴蒋涵英几乎投入了所有的业余时间,也投进了一辈子的积蓄,几个子女长大结婚买房,他没出过一分钱。他说,他非常感谢妻子儿女的理解和支持,一家人只要听说哪里有关于雷锋的物品,马上就会告诉他,儿子出差在外,看到了还会帮着买,有时买重复了,他就转送给朋友。

记者去采访时,李克孝正细心地擦拭着一个雷锋瓷像。李克孝说,这个瓷像是他在 1968 年到景德镇出差时,花了 150 元钱买的,这是他当时一个月的收入。"走到哪里,就收集到哪里"。李克孝还几次花钱从废品收购人员那里"淘"到了雷锋藏品。

李克孝有一个"镇馆之宝":一个中间印有雷锋像的瓷盘。李克孝说,这个瓷盘是清朝年间的,雷锋像是他在 20 世纪 60 年代,请景德镇研究所的专家设计制作上去的。有买家开价 10 万想买走,但他一口谢绝了。

办了两家展览馆

追寻雷锋的足迹,搜集雷锋藏品 47 年,使李克孝深刻地领悟了雷锋精神,他说,"学雷锋并不只是学做好人好事,更重要的是学他的做人。"

李克孝平时爱看报纸和电视新闻,还会上网查资料,70 多岁的蒋涵英是 20 世纪 60 年代上海师范大学毕业生,电脑更是运用自如。

李克孝感慨地说,现在的社会,有些人道德观念淡薄,缺失了人与人之间应有的关爱。建设和谐社会,需要雷锋精神。

2004 年,李克孝参加了嘉兴当地关工委组织的一个活动。和小学生闲聊时,他问:"雷锋你们知道吧?"不料,答案五花八门:"是香港明星!""台湾演员!""体育明星!"李克孝坐不住了:"这些孩子可是祖国的未来啊!"

没多久,李克孝在嘉兴秀洲中学初中部举办了第一场"雷锋生平回顾展"。这之后的三年时间里,李克孝拖着 200 多斤的雷锋藏品,先后办了 60 多场"雷锋生平回顾展"。一个 70 多岁的老人,拖着 200 多斤的物品挤公交,3 年坚持办"流动雷锋展"的事迹引起了媒体的注意。

杭州天地农副产品公司董事长马水泉在报上看到了李克孝的事迹,决定投资 20 万元为李克孝提供一个办馆场所。

2007 年 12 月 1 日,在杭州市天目山路 396 号杭州山水人家会馆的二楼,杭州雷锋纪念馆正式挂牌。这是全国唯一由个人提供展品、民营企业投资的社区雷锋纪念馆。一年下来观展人数已超万人。随着雷锋纪念馆知名度的提高,前来参观、交流的人越来越多。李克孝说,马水泉看他忙不过,还特地招聘了一名大学毕业生给他当助手。如今,雷锋纪念馆已成杭州市爱国主义教育基地、中小学"第二课堂"实践基地。

不得不提的是,雷锋纪念馆的很多展品,最初是直接放在展台上的,但半年下来就发觉丢失了不少。记者问他是不是有些可惜,但他表示,或许只是小孩的无意之举,喜欢雷锋,想拥有雷锋的东西吧,只要他们欢喜就行了。不过,为了可以让更多的人了解雷锋,学习雷锋,现今藏品都已放进玻璃柜。

为了办好这个纪念馆,李克孝离开嘉兴长住杭州,每个月只能抽几天的时间回去和家人团聚,家人也非常理解。李克孝嘉兴的家只有 70 多平方米,屋内除了一张床,几乎都摆满了雷锋藏品,就像是一家"家庭纪念馆",当地人经常慕名前来观看。李克孝在杭州办了纪念馆后,就把馆里的藏品拍成了照片,原有的照片又复印了一份留在家里。他说,这样,嘉兴的老百姓还是可以在家门口观赏到雷锋藏品,迄今为止,已有数万人登门观展。李克孝自豪地说:"家里的雷锋纪念馆可以说是办了 40 多年,我爱人就是这个雷锋纪念馆的馆长!"

半个世纪的志愿者

"做事之前想雷锋,做事之中学雷锋,做事之后比雷锋,一生立志做雷锋",这是李克孝印在自己名片上的话,也是他的座右铭。他用行动证明自己是一个说到做到的人。

47 年来,李克孝不遗余力地学雷锋,弘扬雷锋精神,曾先后 4 次专程赴雷锋的家乡湖南望城县,和雷锋至今健在的婶娘、堂哥深入交流。每年都自费参加全国各地举办的纪念雷锋活动。

谈起前年炒得沸沸扬扬的"雷锋初恋女友"一事,老人气愤地说:"纯粹

是胡说八道！"老人说，为此我们还曾找过被传为雷锋初恋女友的当事人，对方否认了这种说法。其实，作为那个年代的过来人，谁都知道雷锋当年根本不可能这样谈情说爱。雷锋在自己日记里也否认了这事。为了还真相于世人，老人向有关部门反映，参与制止社会上拿雷锋炒作的不良行为。

做了半个世纪的志愿者，李克孝老人在很多人的心目中已成为雷锋精神真正的传人。记者在采访中感觉到，老人行事低调，不事张扬。想请他多举几个自己乐于助人的例子，老人总是三缄其口。

跟老人交流，记者强烈地感受到老人本身就是一位新时代的活雷锋。记者曾两次拜访李克孝，老人穿得都很朴素，而且是同一套。老人笑着说，在生活上，他对自己的要求一向是低标准，只要吃饱穿暖就可以了。其实，老人说的这句话，雷锋日记上就有"在工作上，要向积极性最高的同志看齐；在生活上，要向水平最低的同志看齐"。

李克孝曾出资捐助多名贫困生，其中有一位已念完4年大学，参加工作后，还来看望他，这让老人颇感欣慰。

有一次，老人邻居家煤气瓶着火，他闻讯后冒着生命危险第一个冲进火场关闭了阀门。面对记者的"刨根问底"，老人不愿多说什么。他说做好事的确不难，难在一辈子做好事。"社会上存在着'雷锋三月来四月走'的现象，我们要从身边平凡小事做起，把学雷锋做好事当成一种习惯。"

老人坐公交车时，看到年纪大的人，总会站起来给对方让座。之后，他又会走到那些年轻人身边，礼貌地请他们给他让座。李克孝说，我这样做就是在提倡雷锋精神。记者问他，有没有碰到过不肯让座的年轻人？李克孝乐呵呵地说，目前为止没有。不过，他也劝告周围的老人，没什么急事，不要一大早去挤公交车，年轻人也不容易。

在老人的言传身教之下，李克孝的三子一女都成长为遵纪守法为社会创造财富且乐于助人的好公民。当过兵的儿子，只要各地战友到浙江来找他，都是尽心帮忙。女儿在单位是一个部门的负责人，对属下平易近人。说到孙子孙女，老人很高兴，因为孙女李晨毓的表现活脱脱就是一个小"活雷锋"，小小年纪的她，每天放学，都会拿起扫把，把公用道楼扫得干干净净。

李克孝说："雷锋是英雄，杨利伟是英雄，翟志刚是英雄。但雷锋离我们最近，每个普通老百姓随时随地都可以成为活雷锋。雷锋好人好事在我们日常生活中是可以学习和模仿的,比如多劳少得、助人为乐、做好事不留名、默默地为集体作贡献……"

　　自从在杭州办了纪念馆后,李克孝更忙了,除了接受省内各单位、个人的邀请去做交流讲课外,上海、江苏的很多社团也慕名来邀请他。只要有利于雷锋精神的弘扬,老人总是乐呵呵地答应,自己掏腰包付差旅费且不收讲课费。为此,李克孝牺牲了很多个人时间,他有个在贵阳的哥哥,已快90岁,李克孝遗憾地说,已有七八年没见面了,大哥年年打电话过来让我们夫妻俩去他家,但一直抽不出时间。

　　是什么样的力量激励着老人无私奉献?是雷锋精神!李克孝说:"学雷锋乐在其中。只要身体允许,我会继续努力,把雷锋纪念馆办得更好。毕竟我年纪大了,希望有年轻人能到纪念馆来工作,使纪念馆的事业后继有人。"

　　红光满面、声若洪钟的李克孝,看起来要比实际年龄年轻。结束采访时,记者向他讨教养生方式,他朗声说:"多做好事,心情就愉快,心情愉快,身体就好!"

杭城"太极一枝花"

一个杭州女人，东渡扶桑，应邀参加"日中国际文化交流活动"。她表演中国传统的太极拳功夫，每到一地都掀起一股旋风，日本市民争相一睹中国功夫的风采，就连报道这次活动的当地电视台收视率也由此猛增……

痴心太极 "闻鸡起舞"

脱下战袍，载誉归来。眼前的刘月兰，给人的感觉却像是我们的"邻家大姐"。与她交谈，就像是走进了中华太极文化的海洋；看她打拳，那刚柔相济的一招一式又是如此令人神往。

刘月兰原籍丽水市松阳县。生性活泼开朗的她从小就热爱运动，参加工作后业余时间就跳交谊舞健身。

20世纪80年代，刘月兰随丈夫到杭州。丈夫雷土生不在家的日子，刘月兰就去跳舞健身放松自己。丈夫在家时，刘月兰则尽量在家陪丈夫。有一次丈夫无意中对她说"咦？我出差时你跑出去跳舞，我在家里你怎么不出去跳了？"刘月兰说，我是个比较传统的妇女，为避免丈夫误会，他那天一说，我就再也不到舞厅去了。

刘月兰家楼下住着一位叫姚兰珠的大妈，有一天她见大妈背着一把剑正欲出门。"大妈，您干啥去啊？""到公园练太极剑去！"姚大妈朗声回答。"我跟您去！"

刘月兰清楚地记得，那是1991年的一个清晨，她跟着姚大妈来到了杭州采荷公园。刘月兰说，也许我与太极拳有缘吧，第一天，我只是依葫芦画瓢跟着老师学，想不到大家都夸她有悟性，一学就会，动作架势也颇有太极的味道。自此刘月兰一发不可收，即使工作再忙，第二天也是风雨无阻地起早赶去练拳。

不久，老雷对妻子的行为言语间有些微词了："你赶什么时髦啊，家也不管了……"

刘月兰非常理解丈夫的心情。练太极拳每天清晨就要起床，不但影响了丈夫的休息，上六年级的儿子也吃不上妈妈烧的热乎乎的早饭了。因为刘月兰两个小时前烧好的早饭，等父子俩起床，早已冷了，后来刘月兰索性就让儿子自己买早点吃。刘月兰是个很爱整洁的人，没练拳之前家里一直搞得井井有条，如今既要上班又要练拳，家务事自然也做得少了。刘月兰说，丈夫有时看到家里乱糟糟的，心情不悦发几句牢骚那是人之常情。

许多太极爱好者知道，20世纪90年代初期，像刘月兰这个年纪的人练太极拳还是凤毛麟角，当时她36岁，大家都亲切地唤她为"小师妹"。

常言道："十年寒窗九年拳，九年太极不出门。"这说明太极拳的功夫是很难练的，要练好太极拳非下苦功不可。当年练太极拳的刘月兰其练拳刻苦程度简直是到了"走火入魔"的境地：做饭切菜时，跨马步、"金鸡独立"；看电视、叠衣服时，练搁腿；走路练拳时腿上绑个沙包……为了使动作准确到位，她在家中对着镜子一招一式反复琢磨，有时一个动作要重复上百遍。

"梅花香自苦寒来，宝剑锋从磨砺出"。坚持不懈的刻苦练拳，终于换来了丰收的果实。从1995年以来、刘月兰在全国、全省性的大赛中屡屡折桂，斩获奖牌多达数十枚。如：1998年、1999年参加第五届、第六届中国永年国际太极拳联谊会太极拳、剑比赛，荣获4金3银1铜；2002年参加中国武当山国际联谊大会武术比赛，获一等奖；参加亚太地区武术交流大会，获太极

杭城「太极一枝花」

拳、剑金奖；2003 年参加浙江省国际传统武术交流大会，获太极拳金牌；2004年赴香港参加国际太极拳交流大会，获女子杨式太极刀第一名；在福建武夷山参加国际体育总局武术管理中心举办的全国太极拳械武术交流大会，荣获 42 式太极剑金牌；2007 年代表浙江省参加"亿万妇女风采展示"；获太极拳比赛一等奖；参加"正超杯"全国传统武术交流大赛，获一等奖；参加在辽宁兴成举办的全国中老年太极拳大赛，获第一名。

2004 年经考核评审，已是太极拳一级教练的刘月兰成为浙江省武术协会涉外特级教练，同时被聘为浙江省传统武术一级裁判，多次在各类太极拳大赛中担任裁判工作。

刘月兰由此也被大家褒赞为"太极一枝花"。

师出名门　锲而不舍

"在学拳上，丁水德老师是我的师傅，毫无保留地教我拳技，在生活中他就像我的父亲。"提起自己的恩师丁水德，刘月兰总是一脸的尊敬和感激。

丁水德今年 78 岁，是中国大陆乃至港澳地区知名的杨式太极拳第五代传人，在武术界享有"太极大师"的尊称。丁水德 13 岁即开始练太极拳，师承杨式太极拳第四代传人、我国著名的太极宗师牛春明。

刘月兰在拜识丁水德老师之前，曾师从丁水德的学生费月仙。1993 年，刘月兰成了丁水德的学生。在丁老师的指点下，刘月兰的拳艺日益精进。有道是"名师出高徒"，1995 年，刘月兰在丁老师的推荐下，第一次参加省里的太极大赛就拿下了银牌。第二年，刘月兰又凭自己的实力拿到了多块金牌。当年底，丁水德正式收刘月兰为徒。刘月兰虔诚地奉上了红底黑字的拜师贴。

1998 年，刘月兰所在的单位改制了，刘月兰不得已选择了内退。为此，刘月兰一度有些迷惘。丁水德就安慰鼓励她，"现在你从工作岗位上退下来，正可以好好地学拳"，"拳艺精进了，将来会有收获的，趁我现在还教得动，你可以多学点，等我年纪大了，恐怕你想学都难了。"

在师傅师母的鼓励劝说下，刘月兰最终打消了出去找份工作的念头。横下心来，一门心思地钻研拳艺，丁师傅也把自己毕生所学的拳经倾囊相授,自此,她的拳艺突飞猛进。

悉心传教　德艺双馨

从 1993 年开始,刘月兰就开始教授杨式太极拳、剑、刀等各式套路。除了长年累月在杭州采荷公园、庆春广场教拳外,先后被浙江省人民政府、浙江大学、浙江省农业厅、杭州铁路公安处等多家单位邀请教授太极拳、械,并受邀请赴衢州、建德、嘉兴、桐乡等地教拳。十多年来,已培养学生 3000 余人,率领学生参加全国太极拳、械比赛及浙江省国际传统武术大赛,共摘得金牌 50 余枚、银牌 20 枚、铜牌 16 枚。

"桃李不言,下自成蹊"。随着刘月兰的太极拳功夫的日益精湛,四面八方前来求学、交流之人,络绎不绝。除了国内之外,还有海外的一些武术爱好者,慕名登门请教。

来自法国、爱好中国文化的艾伦,经人介绍向丁老师和刘月兰学太极拳。来自法国巴黎的东方,最先是看艾伦练拳的,见识了刘月兰表演的太极拳,钦佩万分,足足跟刘月兰学了两年,其间还把在浙江省中医院进修的加拿大朋友一峰介绍过来。一峰回国之前还曾邀请刘月兰去加拿大讲学。刘月兰培养的这些外籍学生中,英国人波罗斯参加"浦发杯"武术比赛,获金牌 1 枚;艾伦获银牌 1 枚;东方参加"青春宝杯"国际武术大赛,获金牌 2 枚;日本学生参加"瑞立杯"、"青春宝杯"比赛,获金牌 3 枚。

古人云,未曾习武,先备武德,又说德艺双馨。接触过刘月兰的人,都能够得出一个印象,就是刘月兰总是那样平易近人。对于拳艺,本来刘月兰有许多是花费了不少工夫与时间学来的、练来的、悟来的,是独得之秘。然而刘月兰对自己的学生是倾囊相授,从不保留。

作为杨式太极拳第六代传人,刘月兰并没有门户之见,总是博采众长,还与不同流派的拳家共同切磋交流。在她的观念里,拳艺是与有缘人共同分享的。

由于刘月兰在太极拳领域的出色表现,其业绩成就被收入《中国民间武术家名典》、《中国太极人物志》、《共和国专家成就博览珍藏版》、《中华热土》、《中国改革与建设成就巡礼》等书。

舍远求近　亲情无价

刘月兰有今日成就，她说，这和默默支持自己的丈夫雷土生是分不开的。刘月兰痴迷于太极拳，经常顾不了家，雷土生默默地承担起家庭和教育儿子的责任。刘月兰参加各类比赛，大多要自己掏腰包，丈夫从来没有怨言，每当她外出比赛，雷土生总是吩咐她要多带点钱。

刘月兰记得，她第一次参加大赛夺得金牌的时候，雷土生也跟她一样开心。刘月兰说，丈夫虽然不善言辞，很少当面夸她，但背后还是常常对同事朋友夸赞她学拳的毅力。经常有朋友传话给她："老雷又在我们面前夸你了，说你又拿金牌了呢。"

有一次，刘月兰参加太极拳比赛，打电话告诉雷土生说拿了一块银牌，老雷还风趣地说，要把名利看轻一点，你已经拿了这么多金牌，也该把机会让给人家了。

1999年，雷土生单位房改，可以分到比现在住的老房子大许多的新房，改善一下住房条件，这可是刘月兰夫妻俩梦寐以求的好事。可刘月兰后来一打听，新分的房子离丁水德师傅家和她每天练拳的地方比较远，刘月兰左右为难，最后觉得还是要优先考虑练拳方便，就对丈夫说算了吧。雷土生为了妻子最终忍痛放弃。

谈到儿子时，刘月兰脸上马上露出慈爱的表情。刘月兰说，当初，她学太极拳时儿子还在上小学，自从她练拳后，儿子就吃不上她做的热腾腾的早饭了，每天她就给儿子一点零花钱，让儿子自己到外面买早点吃。刘月兰说，儿子很懂事，从小到大，从没拖过她的后腿。如今儿子也已参加工作，还常常关心地问她："妈妈，你拿了那么多的金牌，累不累啊？"起先，刘月兰有些不明白，后来她仔细想想，原来儿子牵挂的是她的身体，怕她在外参加比赛累着。

家人的关心、支持和鼓励，是刘月兰传播太极文化的精神力量。如今的刘月兰成了弘扬中华民族精武精神的使者，为光大太极文化不懈地努力着。

他俩一个 81 岁,一个 93 岁,分别来自永康和宁波;他俩的人生都历经风雨、饱经岁月沧桑;离休后,他俩走到了一起,共同选择了一个特殊的方式为社会发挥余热——

十年"养生经" 两位执著人

2007 年岁末,记者在金华杨思岭社区见到了两位鹤发童颜的耄耋老人——杨富芝、曹学然。谈起两人自掏腰包用十几年的时间整理出版图文并茂的《按摩保健养生法》(上中下三册),全部免费赠送众乡邻一事,杨富芝、曹学然乐呵呵地说,人生最快乐的事莫过于老有所为,老有所乐。

杨福芝:人生一宗旨——健康和奉献

"中年丧子、老年丧妻",人生的两大痛,81 岁的杨福芝都经历了。逝去的岁月里,杨福芝可谓饱经人生大起大落、尝尽人世间冷暖甘苦。但谈起往事,眼前的杨老伯满脸是参悟人生后的淡然。

1943 年,13 岁的杨福芝离开家乡永康随父亲到昌化。第二年春天,杨福芝考进昌化师范,毕业后,杨福芝成了永康芝英镇前山村的一名教师。当时有新四军地下党在村里活动。老人说,在一个叫应飞的新四军干部宣传介绍下,杨福芝离开家乡到缙云新四军六支队军政干校学习。三个月后,1949 年 5 月浙江省解放了。杨福芝被组织上派去接管武义,当了工作队队长兼武义共青团筹备组负责人。

1950 年 9 月,杨福芝被派到上海华东团校学习。华东团校组织人员参加"土改",随后杨福芝被派到福建南平市搞土改。土改结束后,杨福芝回华东团校学习,之后被组织上分配到浙江团省委办公室。因为爱人在金华地委组织部工作,1953 年,杨福芝调任金华团委书记。1955 年,当地政府根据上级指示,开始审干整风工作。杨福芝先是被下放到农村锻炼,1961 年又被调至金华农业局分管畜牧工作。

1966 年"文化大革命"开始后,杨福芝先是被关"牛棚",后被下放农村,之后到金华塘雅乡当普通干部。这些政治风波,杨福芝的爱人也波及了,时任局长的她也被下放到了农村,后来身体状况每况愈下,得了不治之症。1977 年,粉碎"四人帮"后,杨福芝被调回城里,在金华县粮食局饲料公司上班,后任饲料公司经理。这年,杨福芝的妻子撒手人寰,时年 48 岁。几年后,经人介绍杨福芝再婚。也许是"曾经沧海难为水",两个月后,这场婚姻即以离婚收场。之后,老人再没续弦。

杨福芝告诉记者,对工作自己一直是"做一行,爱一行,出成果一行"。杨福芝是一个学习能力很强的人。到粮食局饲料公司工作后,他看书、查资料、四处收集信息研究家养动物配合饲料。结果他研究出的配合饲料在全国推广。《人民日报》为此还做了专题报道,杨福芝由此也被推到前台,到省里、到中央介绍经验。

杨福芝说,20 世纪 60 年代,自己和爱人身体都不太好,他已开始意识到了保健问题。1978 年,他开始钻研畜牧饲料配方,那些配方里通常有三四十种东西,其中有些成分以微克计算,他就联想到人类,人不也是动物吗,每天吃的东西是不是也要讲究?

1989 年,离休后的杨福芝开始了养生保健的研究,先后参加了金华老年大学的养生保健知识班、针灸按摩推拿班、安徽医科大学函授大学的学习。学习期间,杨福芝还多次受到表扬,被评为学习先进分子。安徽医科函授大学后来还把金华市区的函授点设在他家。

此外,杨福芝还买来大量有关医学方面的书,一个人关起门来钻研。记者在杨大爷 70 平方米的家中看到除书柜外,其他柜子里、茶几上放的全是古今中外有关医学方面的书。学习结果是"不管走到哪里,人家都以为我是医生呢!"杨福芝笑着说。当时,老年大学里有一位朱永茂大爷,因为淋巴细胞癌开刀,术后医生让他做化疗。杨福芝认为,根据老人的身体状况,并不适合化疗。有心的杨福芝还把不适合化疗的理由从书上查出来,复印给朱大爷,让他带给有关专家看,最后专家们的意见也是不用化疗。目前,85 岁的朱永茂老人身体状况良好。

看到亲朋好友众乡邻时不时来请教，杨福芝就根据自己的心得体会和大家的要求，以权威著作为蓝本，先后选编了《糖尿病食疗、药膳》、《老年膳食保健》、《骨质疏松症与营养疗法》等资料 3000 多册，无偿地送给需要的众乡邻。

1996 年，老人的大儿子不幸得了白血病去世了，儿媳改嫁后，老人就把 10 岁的孙子接过来一起生活，如今孙子已是厦门传媒大学的学生了。

俗话说，"是药三分毒"。服用药物治疗慢性病的副作用已引起了医学界和广大有识之士的普遍注意。而"穴位按摩疗法"安全、方便、经济，自古以来，医生不但用它治病，还是人们"健康长寿"的好帮手。从 1995 年起，杨福芝和老年大学的同学曹学然即开始着手收集相关按摩保健资料。为了编好这套《按摩保健养生法》，同时使这套书在专业上让人信服，他俩还特别邀请金华中医总院的冯祯根、人民医院的施康能等医学专家把关。出版前几个月，对没有老伴的他俩，出书几乎成了他们生活的全部，两人每天差不多要花 8～10 小时在这套书的编排、校对上。

2007 年 1 月，在婺城区委宣传部和区卫生局的大力支持下，图文并茂的《按摩保健养生法》出版了。首次印刷 2000 套，其中，两位老人出资 1.8 万元印了 600 套，送给老年大学的朋友。这些人看完后爱不释手，一传十、十传百，很快 600 套只剩两套，两位老人商量后，将最后两套书捐给金华市图书馆。

"能让更多的人健康长寿是我出书的目的和宗旨。"杨福芝如是说。

曹学然：人生两大宝——知识和健康

谈起与老年大学同学杨福芝一起编印"养生经"赠众邻一事，93 岁的宁波老人曹学然乐呵呵地对记者说："这还得从我改名字说起。"

从旧政府的学徒、公务员，到新中国的农民、离休干部，老人一辈子历尽坎坷。无论身处怎样的逆境，老人都以乐观开朗的精神，将知识和健康这"人生两大宝"牢牢地揣在怀里，赢得了无数个"山重水复疑无路，柳暗花明又一村"。

　　1941 年 4 月，正是抗日战争如火如荼的岁月，曹学然流亡到了金华，时年 25 岁。他的弟弟在半路上参加了伪军。曹学然到了人生地不熟的金华，一个人在街头流浪。一天，又饥又饿的他在街头发现了一块"金沪甬难民收容所"的牌子，想想自己的处境符合难民的条件，便走了进去。接待他的是一位 70 多岁的老先生，很慈祥。老先生告诉他，收容所里免费提供吃、住、穿，但有一个条件，入住者必须在金华当地找一个担保人。曹学然在金华举目无亲，到哪里去找担保人？正当他急得不知所措的时候，老先生开口同意当他的担保人，并且很快帮助他办好了入住手续，使得曹学然感激涕零。

　　不久，收容所组建一个青年服务队去慰问前线的抗日部队，拥有小学文化程度的曹学然积极报名参加了。当时的战争形势非常危险，有一次，服务队与日寇遭遇了，队伍被冲散。曹学然被迫爬上一列运煤的火车逃回来。曹学然清楚地记得当时的青年服务队归三民主义青年队领导。因日寇进逼，国民党退却，青年服务队被解散了。

　　曹学然在国民党的专员公署里认识了一位名叫蔡一民的领导，蔡一民是中国农工民主党在浙江省的地下工作者。在蔡一民的引荐下，曹学然成了专员公署机关里的一名办事员。1943 年蔡一民调任武义县县长，曹学然跟着他到武义县政府工作，在民政科当科员。两年后，曹学然调到金华县当民政科户籍指导员，一直干到了解放。

　　新中国成立后，曹学然于 1949 年 5 月在金华四牌楼开了一家书店，取名"新生书店"。那阵子，他经常一个人跑到杭州、上海去进新书。他开书店的目的不是为了赚钱，主要是为了宣传共产党的方针政策。因物价上涨等因素，书店于次年 2 月关门了。

　　这时，他听说蔡一民已在农工民主党浙江省委工作，便跑到杭州去找这位对自己有知遇之恩的老领导。蔡一民便留曹学然在省农工民主党机关从事党务工作，一直干到 1955 年。1955 年 8 月，厄运降临到了曹学然的身上，在农工民主党浙江省代表大会现场，有人揭发曹学然是混进革命队伍里的反革命分子，百口莫辩的曹学然被"双开"。当时，曹学然的爱人在金华教书，他就回到金华当了农民。这田一种就是 26 年。这 26 年里，曹学然不停地向组织上提出申诉，表白自己对党的忠诚。

　　党的十一届三中全会之后，根据党的"拨乱反正"政策，组织上经过调查核实,给曹学然平反,于 1986 年 9 月给他落实政策,办理了离休手续。面对这迟到的公正,曹学然的心里很坦然。饱经沧桑的他决心发挥余热,为国家和社会做一点有益的事情。落实政策后的曹学然抱着"活到老学到老"的决心进了金华老年大学,成了该校年龄最大的一名学员。从 1990 年起,曹学然与杨福芝一起,成了老年大学按摩推拿班的同学,两人一面听课,一面自学保健知识。从初级班到中级班到提高班,十年来,学习从不间断,同时还一起报名参加了安徽医科大学函授大学的学习。

让记者肃然起敬的是,老人还热衷做慈善事业,先后资助了两名贫困生入学。

曹学然说,自己原名"根福",读书时改名为"学荣",参加革命工作后,又改名为"学然",意为"学然后知不足"。

结束采访时,两老还向记者总结了他们的"健康长寿经":

一、消除内外压力,保持心态平衡。

二、平衡营养需要,选配合理膳食。

三、坚持适当运动,每天步行八千步。

四、预防疾病在先,有病及时治疗。

五、学习养生知识,指导每天实践。

六、奉献助人为乐,乐能健康长寿。

两位老人欣慰地告诉记者:"我们编的书,还流传到加拿大、香港、上海了呢……"原来去年清明的时候,曹学然在上海将书送给了一位加拿大华侨,那位华侨非常喜欢,还回赠给曹学然和他的弟弟每人一件羊毛衫。

老骥伏枥,志在千里。"利用自己所学的知识和所收集的资料,出一些有关食疗方面的书,是我们下一步的打算。"杨福芝如是说。

一户普通人家的奥运故事

农民陈联丰：奥运福娃给我家带来好运

晶莹剔透的水晶，似乎蕴藏着天地间所有的灵秀之气，流泻着宇宙的神奇之韵。黄灿灿，流光溢彩的金柱子、金屋檐使人情不自禁联想到金扉朱楹、白玉雕栏、宫阙重叠的故宫，把观者的思绪引向遥远的历史长河。

而台阶上映入观者眼帘的，五个身披金衣，象征着繁荣、欢乐、激情、健康与好运的吉祥物"福娃"，又把我们的思维拉回现代。在万众期盼中，正盛装走来的，是于 2008 年 8 月 8 日在北京举办的第 29 届奥运会。

奥运福娃

《书经·洪范》曰五福：寿、富、康宁、攸好德、考终命。翻成白话就是长寿、富贵、健康平安、好德，得善终。这个以"五福临门"为名的水晶雕塑以五个奥运福娃代表五福文化，把中华民族对美好生活和出色品德的向往恰如其分地表达了出来，反映了人与自然和谐相处的美好愿望，同时还向全世界的人们传递了一种友谊、和平、积极进取的精神。

瑰丽的色彩，清澈剔透的瓶子，水晶的七彩光泽与瓶里金光闪闪的"福娃贝贝"相映生辉。"瓶"音寓为"平"，代表平安幸福的祝福，佛教文化中，宝瓶是"八吉祥"之一，代表智慧圆满。这件名为"平安福"的水晶雕塑寓意尊贵之福，代表大智大慧、平安幸福，既凝聚着我们文明古国的文化情结，也映托着异域友邦的万种风情。对此，每个观者无不陶醉在无限的惊叹、感慨和遐想中，感叹制作者的手艺之巧。

......

然而，谁也不会想到，如此精美的工艺品的最后一道工序，竟出自一个普通的青年农民之手。

在"水晶之都"浦江一户普通的农家，记者见到了这些产品的加工者之一陈联丰和金春青夫妻。陈联丰介绍说，这些水晶雕塑都是经 29 届奥林匹克运动会组织委员会授权制造的，每项产品都有奥组委专项编号。

谈起奥运会，眼前这位朴实的农民脸上呈现出了自豪和激动，他说："奥运福娃为我家带来了好运，这些水晶产品我已做了近 7000 件，没有一件退货，迄今为止我们加工多少，对方就要多少。"

健谈的他告诉记者，2002 年 7 月 13 日，北京申办 2008 年奥运会一举成功，牵动了全国老百姓的激情，自那一刻起，所有中国人都怀着无比激动与喜悦的心情投入支持 2008 奥运的活动当中，大家都在各自的工作领域默默地为奥运会做一些力所能及的事情。我想，我多做奥运福娃产品，也算是用实际行动为北京奥运做了点小小的贡献。

为了多加工产品，2008 年的春节陈联丰一家人就是在工作中度过的。陈联丰说，想到这些福娃们将带着北京的盛情、美好的祝愿销往世界各地，我心里就有说不出的高兴，"今年的春节是过得最有意义的。"陈联丰夫妻俩由衷地说。

生于 1975 年的陈联丰是浦江虞宅乡前明村人。1993 年高中毕业后，为生计他在县城当起了猪肉零售商，虽然每天早出晚归十分辛苦，但因为他童叟无欺，诚信经营，所以生意兴隆。之后，陈联丰娶妻生子，小日子过得有滋有味。进入新千年后，随着农村养猪户的减少，买活猪零售的生意开始不好做了，卖猪肉只能通过市场批发，多了一个中间环节利润变薄了。脑子灵活的他开始寻找其他商机。

经过一段时间的悉心考察和取经，陈联丰把目光瞄向了当地日益兴旺的水晶市场。浦江是远近闻名的"书画之乡，水晶之都"，这里有全国最大的水晶玻璃原料市场与工艺品集散地。当地的很多人都从事着和水晶有关的行当，陈联丰的哥哥就是做水晶加工中有关打孔的活的。

2005年，陈联丰用多年的积蓄买了加工水晶产品的设备，办起了家庭加工厂。厂房就设在自家占地面积不到四十个平方米的四层小楼里，一楼是生产车间，二楼当仓库，三楼四楼睡人。这之后，每天，陈联丰拿着自己加工的水晶样品在当地的中国水晶城、水晶街和水晶工业园区一家家推销。终于，有企业认可了他的样品，陈联丰接下了有生以来的第一笔订单。

陈联丰是个勤奋的人，为了提高自己的工艺制作水平，即便是春节走亲访友，他也不忘向他人讨教水晶制作工艺。凭着自己不懈的努力，陈联丰过硬的技术逐渐被同行认可，在这个竞争激烈的市场上有了自己的立足之地。

机遇总是垂青有准备的人。2007年春节，陈联丰通过浙江瑞博进出口有限公司，拿到了北京2008年奥运会纪念品特许生产商——深圳东方金钰珠宝实业有限公司加工"五福临门"、"平安福"等水晶雕塑的单子。陈联丰说，对这些带有历史性纪念意义的产品，对方对加工质量要求很严，比如"平安福"那晶莹剔透的各种色彩，要在高真空状态下，蒸发吸附上去。"这样，才能保证产品一尘不染，"陈联丰说。起先对方只是让试作几套样品，结果他们看了很满意。

为了加工这些奥运福娃，有其他企业的单子找上门来，夫妻俩都忍痛放弃了。陈联丰说，加工产品时大家都非常小心，因为对方有要求，金福娃磕破一个就要陪500元钱。而陈联丰制作加工的这道工序工钱还不到2元钱。

但是陈联丰说，能每天与"奥运"面对面，看到一个个福娃从自己手中加工出来，这是他最开心的事。

　　每天夫妻俩和工人吃住在一起，有时工人下班了，夫妻俩还在继续干，一天工作十几个小时是常事，除了吃饭睡觉，两人的时间全都花在制作加工这些奥运纪念品上了。他们还把上幼儿园的儿子送到了爷爷奶奶家。

　　陈联丰说，加工水晶通常会有淡季、旺季之分。但自从北京奥运会申办成功以来，淡季不淡。

　　2007年，陈联丰加工了5000多套福娃。他说，这些福娃加工合同一直到2009年5月，"这其间我们加工多少对方就要多少。奥运给我们老百姓带来了商机，带来了财源。"

　　2008年春节，陈联丰在门上、机器上贴的春联写的是"奥运年生意兴隆""奥运年财源滚滚"。全家人都买了新衣服，还买了很多的鞭炮，这一年是陈联丰有生以来放鞭炮最多的一年。

　　"水晶是我们浦江的骄傲，水晶玻璃产品在国际上是艺术品，我最盼的是太平盛世，国家兴旺发达，只有这样，买艺术品的人才会多。从事水晶行业才会越来越赚钱。"陈联丰说。

　　因为不分日夜连轴加班赶制产品，2007年底，陈联丰开始不明原因的头疼、头晕，到当地的医院检查也查不出什么。2008年正月初五，在父母、妻子的催促下，陈联丰又到杭州的大医院检查，检查结果是一切正常，引起头疼、头晕的原因医生估计是因为睡眠不足所致。

　　陈联丰笑着说，家里人总算卸下了担忧。妻子金春青责怪他，一天工作17个小时，又不是铁打的，不累坏才怪呢。减少工作量后，现在夫妻俩每天工作时间约是12小时左右。

　　和记者谈到2008年奥运会比赛时，夫妻俩说，虽然和大多数老百姓一样不能亲临奥运赛场，但是，这并不会影响他们心中迎来奥运时的喜悦之情，他们在言语间依旧充满了作为北京奥运会主人翁的自豪感和使命感。两人表示一定会在电视机前见证这一场奥运盛典，和家人一起，为中国的奥运健儿们呐喊、加油，为各国运动员的精彩表现而真心地鼓掌、喝彩！为此，去年底，家里还买了一台新彩电。不过，现在他俩是忙得看电视的时间也没有。

因此,陈联丰说,2008年最大的愿望是,自己可以有时间和家人围着电视多看一会儿奥运赛事。

当记者问他俩,最爱看的体育赛事是哪些时,陈联丰马上说,跳水！说起原因,这位男子汉憨厚地笑了,他说跳水是中国的强项,每次跳水比赛中国队准能拿金牌,看了让人高兴,也让身为中国人的自己自豪！此外,乒乓球、游泳这些中国能拿到好多奖牌的项目也爱看。

两年前,浙江省慈溪市一户普通的农家陷入绝望之中:正值花季的独生女儿得了尿毒症,生命进入倒计时。面对巨额医药费,走投无路的一家人准备放弃治疗……

　　两年来,5000多市民的爱心,汇聚成一股汹涌澎湃的爱的大潮,唤起了花季少女笑对病魔的勇气,在浙江大地上唱响了一曲感恩和奉献的交响乐。

爱心传递 "感恩"进行时

　　"没有你们我女儿命都没有了,是你们这些好心人救了我女儿!"2008年3月4日,在浙江医科大学附属一院某病房,罗利芬眼含泪花,拉着女儿岑璐菁向来看望她们的浙江省和慈溪市计生部门工作人员、慈溪市民代表不停地鞠躬。目睹这感人的一幕,所有的人双眼潮湿了……

　　原来,岑璐菁生病而自强不息的精神感动了很多人,从慈溪到宁波,从宁波到杭州……先后有5000多市民参与到救助她的行列中来。因为这份爱心,救助岑璐菁的市民们集体荣获宁波市2007年度"我身边的文明之星"称号,并获得3000元奖金。

　　这天下午,市民代表龚佰政、朱绒芬和宋小芬第九次把市民们的捐款和政府刚刚颁发的3000元奖金送到正在杭州接受治疗的岑璐菁手中。

为救独女　父母决定捐肾

　　今年20岁的岑璐菁是宁波慈溪浒山街道太屺村人,父母都是当地老实本分的农民,父亲岑立根平时以修自行车为生,母亲罗利芬是家庭主妇,一家三口生活得虽不富裕,但相亲相爱的日子倒也其乐融融。

　　常言道:天有不测风云,人有旦夕祸福。2006年1月15日,离农历新年

已不到半个月时间。在慈溪逍林中学高二（6）班就读的岑璐菁，突感全身疲乏无力，走路连气也透不过来，上楼梯时更是连抬脚的力气都没有了。

岑璐菁的父母立即把岑璐菁送到慈溪中医院。经检查，岑璐菁得的竟是"晚期肾功能衰竭"，鉴于病情的严重性，医生建议他们赶紧到杭州治疗，否则最多只能撑一个月。罗利芬做梦也想不到一夜间17岁的女儿会面临如此残酷的现实，顿觉天塌下来一般，急火攻心的她当场晕厥了过去。

"就是卖房子也要给女儿治病！"第二天，夫妻俩拿出所有积蓄，又东拼西借了一些钱带着女儿登上了去杭州的列车。在浙江医科大学附属一院，医生告诉他们，岑璐菁已是尿毒症晚期，要救她的命，只有透析换肾一条路。

得知给女儿换肾可以用自己亲人的肾源时，夫妻俩异口同声地说："只要女儿能好起来，别说割肾，要我们的命都行！"两人商量，只要能治好女儿的病，谁的肾合适就换谁的！

经检查，岑璐菁是A型血，罗利芬是AB型，岑立根A型血，适合给女儿换肾。得知父亲要捐肾给自己，岑璐菁坚决摇头。父女俩一个坚持要给，一个坚持不要，转眼快一年过去了，岑璐菁也没有等到合适的肾源。这可急坏了一家人，在大家的劝说下，岑璐菁终于含泪答应换父亲的肾。

令人遗憾的是，经医院两次检查，一向体质不好的岑立根双肾并不适合移植。

一般情况下，尿毒症患者要经过半年血液透析去掉体内毒素，身体各方面指标达到一个平衡指数才可以考虑换肾。病情严重的岑璐菁每隔一天就要做一次血透，血透一次需400元，加上其他药物开支，每月需支付一万多元，这对收入微薄的岑璐菁一家来说，无疑是天文数字。

岑璐菁患病后，逍林中学高二（6）班学生在班主任的帮助下，向全校师生发起倡议，师生共捐助了2800多元，教育部门也给了她1.5万元的补助。校领导、班主任和同学们还一起赶到浙医一院看望岑璐菁，鼓励她和病魔作斗争。

但这些钱只能解燃眉之急，对于岑璐菁今后漫长的治疗来说只是杯水车薪。让岑立根夫妻俩想也不敢想的是，医生告诉他们，接下去的换肾手术和后期护理费用还需要数十万元，听了医生的话，一家人都懵了。

"我们就是卖房子也筹不到这么多钱啊，"罗利芬号啕大哭。岑璐菁，这个坚强的小姑娘也流泪了。"我真正体会到了离死亡不远的滋味。"

爱心无价　5000 市民争乘"爱心车"

眼睁睁地看着死神随时可能吞噬自己才 18 岁的女儿，岑璐菁的父亲一夜间白了头。走投无路的他找到了村妇女主任童菊萍。童菊萍马上向村领导及浒山街道计生主任龚佰政汇报。镇计生协会为此专门开了负责人会议。

会上大家说："岑璐菁家是第一批响应国家号召领了双农独女证的家庭，他们家为国家分忧，我们有责任有义务去帮助这个花季少女。"

岑立根是家里的"独子"，兄妹三人，有一个姐姐和妹妹。岑璐菁 8 岁时，村妇女主任对岑立根说："璐菁爸爸，你可以再要个孩子了。"岑立根却憨厚地笑笑，把村里贴的宣传标语背给妇女主任听，"男孩女孩一个样，女儿一样传后人"。

亲朋好友得知后，都劝说夫妻俩再生一个儿子，但岑立根说："现在社会保障体系越来越好，每个人都有养老保障，我们独生子女家庭肯定会有政策落实，我们应该相信政府，响应'计划生育'的号召。"罗利芬说，丈夫比自己文化高，见识比自己多，听他的总没错。之后，夫妻俩高高兴兴地去村里领了独生子女证。

童菊萍告诉记者，会后，大家纷纷慷慨解囊。结果，136 名计生干部一共捐了 16000 多元。大家还写了一份拯救花季少女岑璐菁的倡议书。计生干部们分头去募捐。当天下午，太屺村村领导就带头捐了 2300 元。第二天正是"三八"妇女节，童菊萍赶到杭州，把还带着大家体温的第一笔捐款送到了岑璐菁手中。

杭州回来之后，童菊萍马不停蹄地每天早出晚归，在近 2000 户村民的太屺村中挨家挨户募捐。童菊萍告诉记者，这次募捐使她的心灵受到了一次洗礼，真正体会到了社会这个大家庭的温暖。这段时间，童菊萍上初中的独生女儿正巧身体也不太好，还一度被迫休学在家。

童菊萍第一次和计生局领导到浙医一院给岑璐菁送捐款时，她的女儿

爱心传递　「感恩」进行时

正好住在浙医二院，但她却没有过去看女儿，而是急着赶回去为岑璐菁募捐。

为岑璐菁献爱心的倡议书得到了各方的热烈响应，浒山街道有 38 个社区、一个居委会、21 个村、60 个单位，纷纷发起了募捐。慈溪市计生局还专门为岑璐菁设立了救助基金，在局领导的带头下，大家纷纷解囊，共捐了13000 多元。

龚佰政还拿着倡议书找到当地的报社、电视台，一场声势浩大的捐助热潮在慈溪市拉开帷幕……

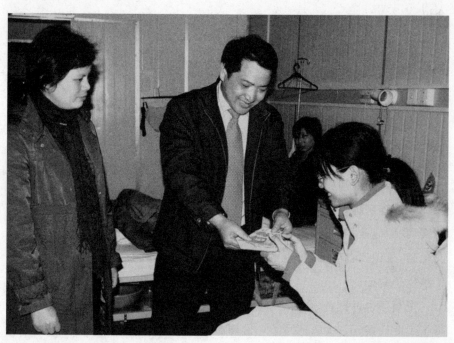

前后一个月左右的时间，总共有 5000 位市民解囊相助，共为岑璐菁捐了26 万元钱。这 5000 市民中有一半人没有留下姓名，被工作人员问急了，只说"我叫慈溪人"。

慈溪白沙路村，一位村民的亲人车祸刚刚去世，生活也不富裕，还专程给计生干部送过来 1000 元钱，说，只要还需要，我会再出力的，并请募捐人员捎上自己的问候……他坚持不肯留下自己的姓名。

慈溪的大发化纤厂一次性捐了 1 万元，是这次募捐中最多的，厂长杜国强对募捐的计生工作人员千叮咛万嘱咐："如果还有困难，就和我们说，我们一定会帮忙的。"

家住慈溪东海的余姚人宋小芬,家有一个生活不能自理的 19 岁智障女儿和一个上小学的女儿,一家人生活全靠在慈溪跑运输的丈夫,从电视上看到岑璐菁的病情后,特地到东海社区计生协会捐了 10 元钱,"钱不多,但滴水成河,只要捐的人多了,璐菁就有希望了……"

在太屺村,"3"的谐音是"散",意为把病魔驱散,"6"意为一切顺利,因此,村民捐的钱无不带"3""6"这些吉祥数字:3 元、13 元、30 元、300 元,6元、16 元、60 元,面对这些朴实善良的村民,童菊萍不停地说"谢谢"。

感恩行动　母亲献血回报社会

浙医一院透析室,面目清秀的岑璐菁正若有所思地看着自己鲜红的血液在透析器里汩汩的流动,与其他透析者脸上呈现出的或迷茫或恐惧或痛苦不同的是,她一脸的阳光,还时不时地用握笔的右手在纸上写着什么……

原来她在写感谢信,给千千万万好心人写!

"您和我素不相识,却愿意像亲人一样帮助我。您所做的一切深深地影响着我,感动着我。我们全家一辈子都会铭记在心的。"这是写给大发化纤厂厂长杜国强的感谢信。

"……是您用爱唤来了爱的捐款,真情的救助,是您伸出的爱心之手让我又看到了活着的希望……"这是给童菊萍写的感谢信内容。

"曾经我的生命之舟就像在无边的大海里颠簸,随时都要覆没,而现在大海中的小舟看到了希望,照亮了我前进的路,引领我走向彼岸……"这是给龚佰政的信。

"每天睁开眼,我感谢生活又开始了新的一天,我感谢上苍又给了我一天感受生活的机会,我在想,有多少人在黎明到来时,闭上了那双不想闭上的眼睛,没有来得及看到新的一天新的太阳。为此,我感谢我身边我认识的朋友和素不相识的人们,是他们 5000 颗爱心让我在孤独时困难时看到了希望,是他们让我活到今天! ……我一生都应该努力去记得,因为我承受了太多的恩和情……"这是岑璐菁写给 5000 市民的感谢信。

……

岑璐菁告诉记者，她生病后，有病友听说她是独生子女，就劝她父母再生一个，有备无患。她当时的心情真可以用'心如死灰'来形容。无数次的奔波，无数次的安慰和鼓励，是计生干部们想尽一切办法为她家解决经济上的重担和心理上的压力。"是计生干部的爱心行动，让我明白了当年父亲的一番话，明白了计划生育的含义。"

岑璐菁说，因为父母自愿领了独生子女证，爷爷从前是经常对村干部发牢骚，埋怨计生人员：都是你们不让我们生孙子！这次事件对爷爷触动很大。爷爷说："原来社会上有这么多好心人，想不到老百姓碰到困难，干部会这么热心帮忙。"

为了感恩，这位70多岁大爷，特地找了份门卫的工作，每天傍晚风雨无阻地骑着三轮车到厂里上夜班。他说："我们麻烦人家已太多了，趁我还吃得消工作，也可以给家里补贴点。"

岑璐菁在杭州就医的两年多时间里，浙医一院"求是物业"考虑到她家境困难，特意安排在医院照顾女儿的罗利芬当保洁员，每月有900元的收入。

怎样才能回报社会？罗利芬想到了献血。岑璐菁告诉记者，平时自己妈妈是个胆子小到连打针吃药也很怕的人，前年9月第一次去献血，一向节俭的母女俩还特意叫了一辆出租车，请司机带她们到可以献血的地方，司机就把母女俩带到了武林路上的浙江省血液中心，结果罗利芬紧张得血压升高，差点献不成。没多久，岑璐菁收到了血液被采用的短信，短信还说，血库AB型稀缺，请罗利芬有时间再去献血。

岑璐菁说："这天是自我生病以来，妈妈最高兴的一天，她不停地问我，我的血真的可以救很多人吗？我肯定地点头，她就像个孩子一样高兴地笑起来。"

前几天，罗利芬第四次去献血，去后却意外地被血液中心"退"回来了，说她血压太高了。岑璐菁说，这和我有关吧，因为现在一直找不到合适的肾源，妈妈愁得血压都高了。

罗利芬告诉记者，女儿现在是一天到晚想着如何回报这个社会，还想着将来把自己的眼角膜捐献出来，罗利芬始终不肯把那个字说出来，她含泪说，女儿小时候没享过什么福，日子刚好点，又病倒了，自己对不起女儿，所以她始终没答应。我对她说，妈妈这辈子一定会替她多回报社会，一定会去多献血。

岑璐菁说,我最遗憾的就是没有上大学,刚生病时,以为自己最多也就是耽搁一年,当时来杭州求医时我还带着高中的课本,但想不到……

去年下半年,岑璐菁报名参加了自考。

"找到肾源后,就可以动手术了。"岑璐菁告诉记者,等换肾成功回家乡后,她的愿望是开一家小店,早点自力更生。"我最大的心愿是可以做很多很多的事来回报社会……"岑璐菁说这些心愿时,没有血色的脸上一双眼睛亮晶晶的,那里面盛着的全都是希望……

她总是微笑着，哪怕是受到委屈——

一个快乐的"责任女孩"

　　23 年前，一个因家境贫困而被迫辍学的农家孩子，抱着将来让自己的子女接受良好教育的"远大"目标，远离家乡独自来省城打工。

　　而今，这位当年的农家孩子早已为人父，在他的悉心培养下，2006 年 7 月，他那 14 岁的女儿柳敏从民工子弟学校脱颖而出，以优异的成绩考上杭州外国语学校。中共浙江省委常委、杭州市委书记王国平在得知消息后，高兴地为她送上了祝福。两年后的今天，在这个强手如林的学校，身为 90 后独生

采访中柳敏始终笑容满面

女的柳敏,既是老师眼里一个大气、独立、心怀感恩、品行优秀的学生,也是同学们眼里拥有责任心的快乐女孩。

女儿眼里:一个"幼稚"而大气的父亲

柳遵省来自金华兰溪农村。谈起孩子的教育,柳遵省有自己独到的见解,这与他自己的经历有关。他说:"当年我小学和初中的同学,其中一共有5位后来考上了大学,这5位同学虽然家境各不相同,却有一个共同点,家里都有学习的氛围,家长都很重视孩子的学习。"

柳遵省和记者交谈时,强调给孩子创造一个良好的学习环境很重要,古时"孟母三迁"就是很好的证明。说起自己的过去,柳遵省遗憾地说,自己7岁时就没了母亲,学习上从没人督促,放学了还要帮着家里干农活。初中毕业后由于家境贫寒,又不得不为生存而放弃学业去打工。

柳遵省说,一棵树苗种在沙漠里跟种在肥沃的土壤里,其结果肯定不同。打工生涯的艰辛和枯燥让他不止一次地想,将来自己若有了孩子,不管多苦多累,都要培养孩子成才。

1985年,柳遵省满怀希望地离开家乡来到了杭州。他希望自己未来的子女可以和城里孩子一样,享受同城待遇,拥有同样的机遇,在更好的环境中成长。

在杭州,柳遵省成了家,有了女儿柳敏。

从柳敏上小学后第一天开始,柳遵省就坚持每日陪女儿做作业、检查作业,不遗余力地培养女儿良好的学习习惯。为此,柳遵省不惜放弃了待遇可以更高的长期工,只给别人打零工,"因为这样时间我可以自由地控制,方便教育孩子。"柳遵省如是说。

但让人有点不相信的是,在女儿柳敏的眼里,爸爸却是个有些"幼稚"的人。柳敏说:"老爸看起来很严肃,但内心却很幼稚。"记者忍不住好奇地问,何以见得?柳敏顿时开心地"咯咯"笑个不停,边笑边说起爸爸的"糗事",比如和左邻右舍的小孩"切磋"武术时,老爸简直就是个大孩子嘛,他专心致志地跟那些小毛孩一招一式学所谓的少林拳,那个滑稽模样真是笑倒人!

柳敏告诉记者,大孩子爸爸还很爱"蹲马步",蹲好马步后,就让柳敏这些孩子推,孩子们就一个接一个使劲地推他,推得多了,这些机灵的小鬼们摸出了在最短的时间内把柳敏爸爸推倒的窍门，柳敏说，这马步么，你从旁边推是很难推倒的，但从背后推，对方就一下子倒了，于是倒下的爸爸又和孩子们一起没大没小地玩成一片……

但就是这样一个时时童心未泯的爸爸，却又是教会女儿"大气"之人。从小柳遵省就教育女儿，做人要大度，要心胸开阔。读小学时，柳敏的成绩遥遥领先，经常有同学向柳敏请教学习上的问题，放学了也会有上门求教的同学及邻里孩子。对这些上门求教的孩子，柳遵省总是笑脸相迎，他还对柳敏说，你教同学，就等于自己又学了一遍，说不定给他们讲解的过程中，你还可以想出另外的解题方法呢！

进初中后，让柳敏困惑的是，自己有时向其他同学请教，有些同学却没有和她说。柳遵省知道后就对女儿说，也许你问的不是时候，说不定这位同学当时自己有事或者心情不太好呢。同时，他还语重心长道，金无足赤，人无完人，对别人我们不能要求他十全十美，但我们可以学会宽容，多往好的方面想，让自己快乐。

他还和柳敏说起典故：从前有一个老婆婆，整天愁眉苦脸，一云游道士问她为什么，老妇人说："我有两个女儿。"道士又问："有两个女儿多好啊！为什么愁啊？""我的两个女儿嫁给了两个商人。""那太好了。""我的一个女婿是做布鞋生意的，一个是做雨伞生意的。一到晴天，我那卖雨伞的女婿雨伞就卖不出去，我愁；一到雨天，我那卖布鞋的女婿生意又不好，我又愁啊！"于是道士对她说："你只要按我的方法做，你就能获得快乐。晴天，你卖布鞋的女婿生意好，你应当高兴；雨天，那卖雨伞的女婿生意好，你也应高兴。这样，你不就整天生活在快乐中了吗？"

讲完故事，柳遵省又谆谆嘱咐女儿：凡事要多往好的方面想，才可以让自己快乐。只有快乐的人，才会是幸福的人，这样才能真正享受人生的乐趣。如果你的心中充满了愤懑、怨恨、自私或者灰色思想，快乐迟早会离你而去。所以我们要好好对待自己的心灵，有意识地使自己保持心情愉悦。

外人眼里：一个快乐的"责任女孩"

"无论什么时候，柳敏在老师同学面前总是笑容满面。"柳敏的班主任江晨曦在接受记者采访时说,"这点让我印象特别深刻。"江老师是柳敏这两年在杭外就读的班主任和语文老师。

她告诉记者,无论何时何地,她见到的柳敏总是春风满面。一般情况下,很多同学都会把喜怒摆在脸上,但柳敏就算受到了委屈或者哪次考试没发挥好,她也从来不会表现出不高兴。

从民工子弟学校考上杭州外国语学校,对柳敏来说,无疑是一个崭新的开始。柳敏说,以前学校里连像样的体育设施也没有,是在杭外,她才学会了打羽毛球、乒乓球。对此江老师赞誉有加,她说柳敏尽管来自民工子弟学校,家里经济条件不好,但她从来没有自卑过,而是通过努力让自己得以更全面的发展。去年,"杭外"进行的校园十佳歌手比赛,柳敏自己报名参加,还闯进了30强。以前在小学里没碰过的器乐,这个暑假,柳敏也计划着去学,问她学什么器乐,她笑着说,就学自己比较喜欢的吉他吧。此外她还打算学游泳呢。

如今,常常听到众多老师家长感叹说现在的独生子女生活自理能力差,因为得到的爱太多、太容易了,反而形成了一切以自我为中心的不良性格,缺失了感恩的心。

在江老师看来,柳敏是一个生活上很独立、自理能力很强的学生。两年来,柳敏在校需换洗的衣物差不多都是自己动手洗的。

特别难能可贵的是,江老师夸奖柳敏是个品行优秀的学生,身上一直保存着她这个年龄的质朴和纯真,拥有一颗感恩之心。别人对她的好,她都会记在心上。对待老师和同学细致入微。江老师说,柳敏心思细腻,做事能站在对方的立场上体恤别人。这些优点,可能是她在小学时就已培养起来了。江老师说:"柳敏写作上很有灵气,我从她的作文上可以感觉到她那颗感恩的心,比如她写父亲的背影,让我体会到父女间深厚的感情,柳敏感恩父亲的心。"

江老师告诉记者,在老师和同学们眼里,柳敏是个很有责任心的人。江老师说,对一个在校的学生来说,是否有责任心,其实从作业中就可以看出来,而柳敏对每门功课的作业都很用心,完成得很好。

进杭外后,江老师让柳敏负责班里每个寝室的卫生统计工作,柳敏独自设计了一张表格贴在教室门后,每个星期,毫无差错地把每个寝室五角星的情况都登记好，两年来从不需要他人提醒。交代她做的事，她都会认真负责地完成。"现代青少年最需要明白自己应该做什么，承担什么，柳敏所拥有的质朴和懂事是难能可贵的。"江晨曦最后说。

父亲眼里：一个认真而自立的女儿

自柳敏入读"杭外"后，柳遵省就彻底放手让女儿做自己学习和生活上的"主人"。

两年来，柳遵省除了参加每学期一次的家长会外，和妻子从来没接送过女儿，每个星期都是柳敏自己坐近一个小时的公交车回家，平时夫妻俩也从不到校去看望女儿，没什么事的话，两人也不给女儿打电话。

在柳遵省看来，女儿早已不是当年还需要父母操心的小女孩，已是个做事认真有主见的"小大人"。

实践证明，柳遵省的判断是正确的。

当记者问柳遵省，他是如何培养柳敏各方面的良好习惯时，柳遵省说，为了培养柳敏良好的学习习惯，他倒是花了些时间精力，但为人做事上从没有刻意为之，如果说柳敏有好的品德，也许更多的是潜移默化的结果。

为此，柳遵省还举例讲了好几件事。

柳敏上小学低年级时，有一次，作业很多，她就偷懒，字越写越小，越写越潦草，我让她擦掉重写，柳敏解释说，作业很多，下不为例。我说："不行！一定要擦掉。"重写我看着不满意，又让她擦掉再写。回想起当年，柳敏说："后来我都被骂哭了。"

柳遵省说，孩子小的时候不懂事的，你和她讲道理她有时未必能听懂。如果骂了她，她反而印象更深，知道什么该做什么不该做。以后长大懂事了，再和她讲道理。

柳敏说，这之后，她每次做作业都当成考试一样认真对待，每次考试就当做作业一样，放轻松，成绩也越来越好了。

这也让柳敏明白了一个道理，做任何事都要认真对待，认真对待还会让自己离成功更近。

对此，柳遵省颇感欣慰。他说，小学里，老师布置的任务，同学交她办的事,柳敏都要当天完成。有一次,一个同学到柳敏家玩,同学走后,柳敏在家里捡到了一块钱,她想到同学在她家时曾拿出钱来玩过,就马上要给同学送去,柳遵省想帮着转交,柳敏却说:"不行!"一定要自己亲手交。

柳遵省说,父母的言论、行为对孩子产生潜移默化的影响很大,在无形中塑造着孩子的人格品德与基本素质。

柳遵省说,自己在杭州这么多年,有时也会有老乡托他帮着联系工作,只要有消息,即使饭吃了一半,他也会马上撂下饭碗,跑去通知老乡并陪着过去。

柳遵省一家至今还住在 10 平方米的出租屋里,但房内的摆设虽拥挤却是干净清爽。柳遵省说,柳敏的妈妈是个勤劳爱干净的人,当天全家换洗下来的衣物,她一定要当天洗掉。

柳敏说,只要自己说到要买什么学习用品,妈妈若在家,一定会在当天赶到市区给她买回来,绝不拖到第二天。

当天事当天毕。柳敏在"杭外"读书时也是当天的衣物一定要当天洗了,柳遵省说,这可能就是受她妈的影响。

"做家长的,心中要有目标、眼中要有孩子,自己以身作则,帮助孩子'规划'学习。"自柳敏入读"杭外"后,因为学习上的需要,节俭的柳遵省为女儿买了一台电脑。

父母不能帮孩子学什么,但可以培养孩子良好的学习和生活习惯,引导孩子走上正确的人生道路——也许这是柳遵省给我们的启示。

"杭州乐女"郦丽的音乐梦

初次听到郦丽唱民歌是在浙江电视台演播大厅。舞台上,身着白色纱裙的她,在五彩的灯光照射下,就像一个下凡的精灵,尽管还带着初出茅庐的青涩,但她那时而高亢、时而抒情、时而婉转的歌声却深深吸引了台下的评委和听众……初出校门第一次参加演唱大赛,就代表杭州市群艺馆参加,在近500人参赛且强手如林的情况下,作为参赛年龄最小的选手,郦丽拿到了奖杯。坐在台下、紧张地盯着台上的郦丽双亲似乎长舒了一口气……

不解之缘

乌黑发亮的大眼睛,飘逸的长发,姣好的身段,充满了青春和阳光的笑脸,抛开绚烂的灯光与华丽的服饰,走下舞台的"杭州乐女"郦丽,让记者眼前一亮。

"当年我们还想着女儿将来会去读美院呢!"郦丽母亲叶童妹笑着对记者说。很小的时候郦丽就对色彩充满了浓厚的兴趣,上幼儿园后每天回家最爱做的事就是画画。见此情景,叶童妹和丈夫就把郦丽送进了国画学习班。

郦丽上小学后,美术老师把她挑进了学军小学的美术兴趣小组。二年级时,看到其他同学报名参加校合唱团,郦丽也跟着去报名,结果外形靓丽嗓音甜美举止大方的郦丽被选进了合唱团。让郦丽父母意想不到的是,从此女儿就和音乐结下了不解之缘。

随着时间的推移,这个对音乐懵懵懂懂的小姑娘深深地爱上了音乐,爱上了歌唱,一个对音乐的梦想开始悄悄地在她幼小的心灵里扎根萌芽。小学四年级时,随着课业的加重,她忍痛放弃了美术,却没有舍弃合唱团。

进中学后,天赋的嗓音及在音乐上的悟性使郦丽很快在学校脱颖而出。她频频在校内外的各项活动中一展歌喉,二年级时参加中学生艺术节独唱,获得声乐一等奖,成了一个名副其实的"校园歌手"。为此,教她音乐的安老师对她说:"郦丽,你声音条件好,将来还可以朝音乐专业方面发展。"老师还建议她将来可以选民族声乐。老师的肯定,使郦丽追求音乐的梦想更多了一份自信。

不负众望,2000年,郦丽以全省第二名的专业成绩考进了浙江艺校音乐表演系,主攻民族声乐。

有了艺术的信念还需要脚踏实地践行。进艺校后的郦丽开始了在艺术求学之路上孜孜不倦的追求。求学期间,她多次赴上海拜上海音乐学院的教授学习视唱练耳、声乐、乐理等。艺校毕业后,她先后被西安音乐学院和杭州师范大学音乐学院录取,但她却放弃了,选择了中央音乐学院的远程教育。这其间她还远赴武汉,跟著名歌手汤灿的老师冯家慧学习声乐。近两年,她又拜原浙江省音乐家协会主席、浙江省歌舞团副团长谭丽娟为师,得到了谭丽娟的悉心指导。

经过正规音乐训练和名师指点后的郦丽已颇有"大家"风范:演唱表演风格真挚、热情、豪放但又不失柔情、细腻与委婉。为此,著名国家一级作曲家姜一民,著名作曲作词家、新疆军区文工团团长赵思恩还为郦丽量身定做了一曲《望一眼山顶的哨所》。2007年,第一次站到大赛舞台上的郦丽,轻启

朱唇："我到山谷去，去采红草莓，去采红草莓。山坡草儿青青，流淌着泉水……望一眼山顶的哨所，甜甜的草莓丢进了嘴……"优美动听的旋律、清澈的声音、甜美的唱腔，把听众的思绪带向了远方，带进了那美丽的边防哨所……

大赛结束，站在领奖台上的郦丽，眼睛急切地在台下观众席中搜寻着，就在和父母视线交汇的刹那，她的眼睛潮湿了……

择邻而居

"是家人的支持才让我在音乐的道路上走到今天。"郦丽如是对记者说。

郦丽没有走上艺术之路前，和普天下的大多数父母一样，郦丽的双亲叶童妹夫妇对女儿的未来是这样憧憬的：好好读书，将来考上理想的大学，毕业后找一份稳当的工作，踏踏实实过平常人的日子。

但让叶童妹夫妇俩意外的是，外表柔美、性格文静的女儿骨子里却是个很有主见的女孩。初中毕业时，郦丽把自己要报考浙江艺校的想法告诉了父母，叶童妹夫妇自是不同意，郦丽就每天软磨硬泡地缠着父母。看到女儿一副"不到黄河心不死"的样子，在某装饰材料驻杭办事处任经理的父亲郦国华先松口了，他想起了当年的自己……从小到大郦国华一直就是声乐爱好者，当年还跟浙江歌舞剧院的老师学过声乐，后来考进了舟山东海舰队文工团，但是由于郦丽奶奶的坚决反对没有去成。可至今郦国华仍深爱唱歌。

郦国华想不到几十年后的今天，遗传了自己唱歌天赋的女儿和当年的自己如出一辙，一样为了圆音乐梦和大人"抗争"，不胜感慨。作为一个成年人，郦国华深知艺术之路并不好走，台上那些所谓的明星的鲜花、微笑的背后，更多的是艺术跋涉中的艰辛……

郦国华和妻子商量后，专门开了个家庭会议，两人郑重地问女儿："走音乐之路，也许会很艰辛，你将来会不会后悔？"

"不会！"两个字从郦丽嘴里脆生生地蹦出来，夫妻俩对望了一眼，同意了。

就这样，16岁的郦丽成了浙江省艺术学校的一名学生。

郦丽告诉记者，她非常感谢当初父母的开明和民主，父母的支持是如今她在艺术道路上不断前行的重要因素。

这么多年来，只要郦丽离杭到外地学习、演出，母亲叶童妹总是抽时间陪着她，当好她的"后勤部长"。

众所周知，走艺术之路除了需要投入时间精力外，还要付出大量的金钱。

读艺校二年级时，郦丽每星期到上海音乐学院上四节不同的课程，一节40分钟的课时就需300元，其中有半年时间郦丽为了考上海音乐学院，每天都要上各种各样的课，开销可想而知。之后，母女俩又不远万里飞赴武汉寻访名师，在武汉一住就是几个月。

叶童妹说，拜名师学艺有时候我比女儿还紧张。记者问原因时，她说："担心他们会不会收她为徒啊！"比如汤灿的老师冯家慧收学徒就非常严格，没有什么通融的余地。母女俩风尘仆仆地见到冯家慧时，冯老师让郦丽清唱一曲，看着表情严肃的冯老师，叶童妹说，我那个紧张啊，真是难忘。她感叹道，艺术之路真的不好走，付出和回报常不成正比。为此我经常问女儿："'你会后悔吗？'但她总是异常坚决地说'不后悔'。我们也就只好支持她了。"

叶童妹告诉记者，在培养女儿的过程中，丈夫郦国华从不算经济账，他总说做父母的，工作赚来的钱就是为了孩子，还说，"只要女儿有潜力，肯学，我们做父母的卖房子借钱都要培养她！"

郦丽动情地说，父亲除了在金钱不遗余力地支持她外，只要他有时间还会陪我练唱，有时候我唱歌用情不够，他还会示范给我听，我练新歌时，他也会有针对性地提出自己的看法。

2006年，夫妻俩为了方便女儿学音乐，仿效"孟母三迁"中的孟母把家安置到了西溪畔的锋尚苑，和作曲家姜一民老师比邻而居。为此，夫妻俩上班要比原来住的地方多出好多时间。

雏燕展翅

早在艺校毕业之初，郦丽就有了办一个自己的音乐工作室的梦想。郦丽说，成立音乐工作室既为了自己今后更好地学音乐，也方便周围那些和自

己一样有音乐梦想的人，同时促使自己早日独立。2006年7月，在父母的帮助下音乐工作室成立了，郦丽还给工作室取了个好听的名字——"溪音飘飘"。工作室既没开在闹市区，也没开在临街的商铺里，而是开在郦丽自个六楼的家中，没花一分钱的广告，靠着口碑，如今已是收支平衡。叶童妹说，其实，当初我们同意投资成立工作室，没想过要赚多少钱，就是想让女儿多学一门技艺。真是可怜天下父母心！

在郦丽身上，你看不到当今音乐人惯有的浮躁和招摇。熟悉郦丽的朋友说："郦丽平时是一个很娴静的人，但一旦唱起歌来就像换了一个人似的，声情并茂，完全融入音乐中。"

10年来，郦丽一直脚踏实地地在自己挚爱的音乐上默默地耕耘，直到去年在老师们的鼓励和肯定之下，她才去参加了两场音乐大赛。2007年，对郦丽来说，既是好运开始的一年，也是雏燕展翅的一年。自参加大赛后，她获得了业内人士的注目，受邀参加各地有关部门和单位组织的活动。比如参加东方卫视直播的"上海青浦旅游节"，她的独唱还作为压轴出场。

采访时，记者问郦丽如何看待"超女"、"走红"等现象时，郦丽说："我追求的并不是纯粹的走红，是对音乐的热爱。"能让自己的歌声给普通老百姓带去欢乐是郦丽最开心的事。去年夏天，郦丽受邀参加杭州市"万场文化送基层巡演"活动，每到一地，她演唱《好日子》都受到了当地群众的热烈欢迎，这首乡情浓郁、委婉抒情的歌曲被她演绎得惟妙惟肖。郦丽说："我最喜欢女高音歌唱家吴碧霞、宋祖英了。"

这一个月的演出，去的都是富阳、桐乡等偏远的郊区。夏天正是蚊子肆虐的季节，郦丽的脚上、腿上被蚊子咬得到处是红包。但这位从小生活在杭城、在长辈宠爱中长大的小女生，凭着对音乐的挚爱，咬牙坚持了下来。母亲叶童妹为此心疼得不得了，她反而笑笑：没事！她的敬业受到了组织者的夸奖，也为她赢得了后来在"东方卫视"的亮丽登场。恩师谭丽娟对郦丽也赞许有加："很有潜力！"去年底，谭丽娟还让她参加了自己在浙江音乐厅举办的"师生演出"。

"我知道我的音乐人生路上，还需要更多的磨炼，也知道未来还有许多的艰辛和成果等待我去克服和摘取。我一定会更加的努力。"郦丽坦言："我的唱歌技巧还不太成熟，而现在的歌曲又是如此多元化，我的风格还有待成型，2008年我的心愿是多参加演出和比赛，多积累经验，多锻炼自己，多展现自我。"

临走时，郦丽为大家唱《好日子》表示对新年的祝福。"唉——开心的锣鼓敲出年年的喜庆……生活的花朵是我们的笑容……今天是个好日子，心想的事儿都能成；明天是个好日子，打开了家门咱迎春风……美好的世界在我们的心中……千金的光阴不能等，明天又是好日子……心想的事儿都能成……"

祝愿郦丽的艺术之路越走越宽广！

精研医术、习武和书画，探秘老人的养生之道

怡情养性，缘聚缘散缘如水，缘起缘落缘若风，随缘乃健康人生最高
境界

随缘老人李海岳

眼前的李海岳满头银发，两道长眉直入鬓角，清癯的面容、谦和的微笑，既有仙风道骨之姿，也不乏"下里巴人"的质朴。

称他为老人，主要是从他丰富的人生阅历和容貌而言。李海岳今年62岁，他的心态之年轻，身体之康健，足以使许多年轻人心生艳羡。

李海岳的人生经历颇有传奇色彩，书画上获得饮誉海内外的书坛宗师沙孟海先生及其诸多名家的指点；武学上又得到了太极宗师牛春明的点拨。"文革"期间，李海岳在浙大无线电系就读时钻研医术，无师自通，学会自己抓药开方，几十年来从不进医院，膝下一子一女从小到大也几乎没上过医院。

他嗜书如命，据说医科大学图书馆和美术学院能找到的书，他家里几乎都有。被隔离审查的岁月，查抄人员上门来后，回复上级："满屋都是书，无法查抄。"

精研医术、习武和书画，既是李海岳的终身爱好，也是他的养生之道。

逆境求生：自学医术成良医

李海岳，又名李军、李海岩。大学的时候，他读的是浙江大学无线电系电真空专业，进大学后他接触到的一本书对他的人生产生了重大的影响："是这本书让我下定决心自学医术，让我看病不求人。"

这本书就是《清宫档案》。书中说当时宫里的亲王、王公大臣病了都是自己开方子制药。李海岳想皇家的人尚如此，何况咱们普通老百姓？

李海岳说，其实医学是人人必备的知识。他告诉记者，他出生时父亲已去世，他懂事后，得知自己父亲兄姐都被病魔夺走生命，使他深感学医的重要性。

后来"文化大革命"开始，学校也因此停课了。但这反而让李海岳有更多的时间去看医学书。西医内科、外科、骨科等医学书他全找来看了，看不明白的就向医大老师同学请教。

"学到后来自我感觉就是个医学专家！"李海岳告诉记者，自己除了学生期间，有一次因为饭后剧烈运动引发胃出血住过医院外，工作后平时有小病小痛都是自个开方抓药解决。他还和记者述说了两件让他更加相信自己医术、决不迷信医生的事。

李海岳在浙大就读时，他的姐夫因喉咙不舒服，屡次从东阳老家赶到杭州的浙江省中医院看病，但医生每次给的结果都一样：消化不良，开些健胃的药。李海岳说，当时生病看病都是划片区的，金华地区的老百姓生病都要到杭州的浙江省中医院看。姐夫看一次病，既要乘汽车又要坐火车，很不容易。姐夫到人生地不熟的杭州，都让他带路陪同。看的次数多了，李海岳凭着自己所了解的医学知识，觉得姐夫得的可能是食道癌。他把他的看法和医生说了，医生不信，李海岳要求拍片也被拒绝。

无奈，通过熟人，李海岳带姐夫到浙医一院拍片，结果发现肿块，之后做食道镜检查，被确诊为食道癌，而且是晚期。尽管开了刀，可惜，半年后，年富力强的姐夫还是撇下家里的亲人走了。

老家的一位乡亲，因为肚子疼到医院看过好几次，医生每次都把他当成普通的胃病治疗，但一直没好。这位乡亲就找到李海岳，向他咨询，李海岳一番望、闻、问、切下来，觉得对方有可能得了胃癌，通过朋友把乡亲带到当时的杭州 117 医院，经专家确诊，果然是胃癌。

结缘名师：太极书画本同源

在美丽的西子湖畔，李海岳幸运地结识了两位饮誉国内，在国际上亦有很大影响的泰斗级人物：书坛宗师沙孟海、太极宗师牛春明。

众所周知，中国书画与中国武术是我国艺苑里的两大奇葩，堪称国粹。二者同源异流，历史悠久，博大精深。

李海岳 15 岁的时候，经人引荐拜访了当时住在杭州齐心里不老巷的杨式太极拳名家牛春明先生，当时先生已是八旬老人。对这位慕名而来的晚辈，先生十分喜欢。当时牛春明先生常对他们说的一句话是，练太极拳自始至终是一个"圆"字，每招每式都是一个"圆"。

当时的少年李海岳听了似懂非懂。虽然，次年先生就仙逝了。不过，这并不妨碍他从此爱上武术。考上大学后，李海岳成了校武术队队员，还准备参加省里的武术比赛，可惜"文化大革命"开始，赛事也停了。

采访的时候，李海岳现场给大家表演了几招太极拳，看起来果然是"圆转自如"。

1970 年，李海岳从浙大毕业后，成了邮电 522 厂（东方通信前身）一名科技人员。1974 年，李海岳加入工宣队，被派驻浙江美术学院，这一去就是长达 7 年的时间。在书画上他幸运地得到了一些名师的指点，如现代浙派人物画代表画家李震坚、周昌谷、吴山明、卢坤峰、周沧米等以及一代书法大家沙孟海先生。李海岳说，沙孟海先生非常平易近人。当年自己年轻见识少，竟不知深浅地在先生面前说郑板桥的"七分半"字体忸怩作态，可先生听了只是笑笑。又有一次，李海岳对沙老所写的一篇文章提出了自己不同的看法，沙老反而夸他思考方法很独特。李海岳说，先生宽阔的心胸让他钦佩至今。

钟情丹青：人生随缘乃信条

缘聚缘散缘如水，缘起缘落缘若风。随缘乃健康人生的最高境界。

随缘的心态，使李海岳进驻美院后，无意之中叩开了书画艺术殿堂的大门。对绘画的勤奋和执著，使他展现了骄人的艺术才华。他的作品立意、布局、用笔、敷彩皆独具匠心，无论用笔是疏是密、是收是放，用墨是枯是湿，用色是浓是淡，总能达到气韵生动的效果。

已是八旬高龄的老画家周沧米介绍说，当年工宣队离开美院后，李海岳还多次携画作求教于他，一次竟达百幅之多。周沧米曾评价其画：纵横恣肆，非古非今，亦古亦今，竟仿佛已直入如来之地。据周沧米回忆，有人携李海岳画请我国杰出的美术家、近现代美术教育事业奠基人刘海粟先生鉴评，也深得刘老赞赏。

1982 年，李海岳在杭州市西湖区留下镇镇政府举办书画展，沙孟海先生为其题赠"红葩耀天"。

历年来，李海岳不少作品被《浙江美术报》等报刊刊登或专版介绍，还被各地博物馆收藏，其中《山居》等被美国美华协会、全美华人协会文化活动委员会收藏，其传略收入《中国当代艺术界名人录》等。

在李海岳家中，历年所作的画作堆积如山，估计有近万幅，令人叹为观止。

但他说，因为画稿太多，前两年搬家时，已把一些画稿当做废纸卖给收购站，当地有人知道后，还去收购站淘他的画稿呢。其实，熟知他的朋友都知道，别人向他要画，若谈得投缘，他向来是极少推托的。

退休后，主攻山水花鸟的李海岳又开始研习人物画，沉醉艺海，孜孜不倦。书画艺术也给李海岳的晚年生活增添了无穷乐趣。

　　李海岳认为，自古以来，书画家大多是长寿的，就是因为书画与健康有着不解之缘。李海岳说，书画体现了一种形而上的人格精神，是内容与形式的完美统一。好的书画，应表现有意义的内容，这样就有益于心理健康，从而达到延年益寿的目的。

　　李海岳说，过去的岁月自己曾被隔离审查，他都挺过来了。现在做任何事都是顺其自然。阅读书画理论书籍、碑刻字帖，参观书画展，以画会友，交流心得常常到三更半夜，他也随性而为，有时会很早起床，有时会睡到中午时分，除了很少喝酒外，吃的方面也少有忌口，平时多是茶烟不离身。

　　对此，李海岳笑着说，家人也是随他去，任由他"顺其自然"。

　　结束采访时，李海岳告诉记者："人不可无癖好。培养一个怡情养性的业余爱好，是行之有效的养生之道。"

不久前发布的《我国城市居家养老服务研究》显示，全国城市老年人空巢家庭比例已高达 49.7%，与 2000 年相比提高了 7.7 个百分点，但居家养老服务需求满足率却只有 15.9%，其中家政服务满足率为 22.61%，护理服务则仅为 8.3%。空巢老人如何养老已成为一个日益紧迫的社会问题。

　　浙江省第一个退休生活社区——位于杭州金家岭的金色年华，是浙江省目前规模最大、设施最齐全的退休生活社区，它享受国家发改委重点项目引导基金扶持，在《浙江省老年服务业发展专项规划》中，被列为全省养老服务机构设施建设的重点示范项目之一。

　　记者走访了一群生活在这里的老人。他们的日子过得怎么样？幸福指数有多高？选择"托老"服务是否老人的本意？这究竟是他们的子女表达孝心的一种方式呢，还是一种出于无奈的选择？百闻不如一见。让我们一起去"金色年华"看看吧……

走进"金色年华"
——探访杭州金家岭退休生活社区

　　"感恩的心感谢有你 / 伴我一生 / 让我有勇气做我自己 / 感恩的心感谢命运 / 花开花落我一样会珍惜……""……那是一条神奇的天路哎…… 把人间的温暖送到边疆 / 那是一条神奇的天路哎…… 带我们走进人间天堂 …… 幸福的歌声传遍四方 / 幸福的歌声传遍四方"2008 年 11 月 27 日，正值西方感恩节来临之际，阵阵歌声掌声从杭州转塘金家岭的"金色年华——杭州金家岭退休生活社区"多功能厅传出，"浙大西溪合唱团——金色年华退休生活社区"联谊会正在这里热闹开场。西装革履的银发男士、容光焕发的银发女士们正引吭高歌。他们胸前的红领带、红丝巾分外引人注目。

金色年华联谊会

古稀老人："住在这里很称心"

　　金色年华——中国·杭州金家岭退休生活社区，坐落于杭州转塘镇金家岭村，东临一道清澈的溪流，北侧、西侧紧依午潮山国家森林公园，环境幽静，空气清新，远离工业污染。地形地貌符合中国传统文化的居住风水理念，风、光、山、水皆得，乃老人天人合一，修身养性之地。

　　今年73岁的胡在三和同龄老伴冬雪花是入住金色年华的第一批住户。"金色年华立项之初，我就开始关注了。最终为自己和老伴选择这儿之前，已考察过很多地方。"胡在三说，选择金色年华是因为在这里老人可以真正的"老有所养、老有所居、老有所乐、老有所医、老有所学、老有所为"。

　　胡在三花40多万元在金色年华买的是50年期的服务模式。房子为一室两厅，75平方米。房子朝南，还是大清早，太阳已暖洋洋地照进来，站在阳台上的胡在三由衷地说："对社区我很满意，我老伴也很满意。50年，两代人

胡在三、冬雪花夫妇

的养老都可以解决了。"胡在三还把自己选择这里的理由仔仔细细地向记者一一道来。

首先,解决了老人住行的问题。胡在三在杭州市区原有一套住了多年的老房子,没有电梯。胡在三说,我现在身体还不错,上下楼梯没问题。老伴冬雪花的身体没他好,每天要上下六楼已吃不消,有时稀里糊涂地走到五楼,她就敲门了。

其次,这里的公寓,公共设施全部根据老人特点建设标准建造。如各建筑间全部以连廊贯通,无论刮风下雨,老人都可以方便、安全地到达各个公共空间;楼梯台阶设定适宜的高度,整个社区需要的地方都铺设防滑材料、无障碍坡道,每幢楼层配备医用电梯,过道、洗手间安装扶手,走廊宽度远远宽于普通走廊,扶手全部采用圆杆,所有边角采用圆角设计;根据老年人的生活习惯,卫生间等地方还布置了红外感应系统,通过监控终端可知老年人的起居是否正常,既保证老人养老生活的安全,也兼顾老人的隐私权。

"虽然我年轻时很喜欢烧饭做菜,但年纪大后就嫌麻烦了,主要是现在吃不多了，再说老人多有高血脂也不敢多吃。社区内400平方米大餐厅提供的食物口味清淡、品种多样，由营养专家根据老人需要制订的每日菜单，营养结构合理，价格经济，按量定价；小餐厅（包厢）还可根据自己的口味定菜，招待朋友或客户聚餐呢。"胡在三告诉记者，他和老伴一天早中两餐都在食堂吃，早餐品种花样繁多，干的、稀的都有，中午也有十几个菜。一般一荤两素五六元钱。因为家家户户都有厨房、管道煤气，晚饭可以到食堂买点生菜，自己开伙。身体好的老人，还可以骑车到附近集市买点农家菜换换口味。

胡在三说，人一辈子难免会有一段路需要有人护理。这里有护理式公寓，为生活不能完全自理及需要照料的老人提供护理，看病可以解决。到那一天我们还可以优先住进这里的护理式公寓。

说起社交圈，没到金色年华前，胡在三经常参加杭州老年自行车队的骑车活动，近的去过富阳、桐庐，远的还去过江苏、安徽。到这里后，胡在三就放弃了。虽觉得有点可惜，但他觉得放弃值得。因为这里有各色休闲娱乐中心：阅览室、网吧、健身房、音乐室、练功房、乒乓球室、台球室、棋牌室、各类手工艺房等，同时配有多功能厅。社区里热心的老人还经常自发组织各类活动。比如每天上午都有的健身操小组，参加的人可多了。一、三、六还可以到多功能厅看电影呢。

胡在三说，在这儿，只要你稍有点沟通能力，就可以结交到很多有共同语言的新朋友。现在胡在三老有所为，正为住户联谊会成立做筹备工作。

工作退休：正值金色年华

金色年华——杭州金家岭退休生活社区距杭州市中心仅22公里。从武林广场出发，开车只要40分钟就可到达园区门口。

工作人员告诉记者，他们这个社区，是由浙江省马寅初人口福利基金会立项、浙江银发事业发展中心建设并经营的，是浙江省目前规模最大、设施最齐全的退休生活社区，是享受国家发改委重点项目引导基金扶持的项目，在《浙江省老年服务业发展专项规划》中，被列为全省养老服务机构设施建设的重点示范项目之一。

谈到"金色年华"名称的由来时,该项目的主要发起人之一、马寅初基金会会长、浙江省银发事业发展中心主任、原浙江省人口计生委主任徐爱光女士说:"随着物质生活水平的提高,人生百岁不是梦,退休生活将是人生中最重要的阶段,不是'夕阳无限好,只是近黄昏',而是'夕阳无限好,正值金色年华'。"

随着时代的发展,越来越多的老人希望自己能拥有高品质的老年生活,真正实现"老有所养、老有所居、老有所乐、老有所医、老有所学、老有所为"。

"就像我一样,拼搏了一辈子,进入老年期后除了要求身体健康、家庭和谐,也希望高质量的老年生活。比如有一个环境优美、适合锻炼、不断更新知识的学习场所,可以与老年朋友经常一起交流,互换养生心得等。"徐爱光在长期从事老龄事业的过程中,发现有大量与她同样想法的老年人,于是便萌生了创办金色年华的想法。"创办一个针对老年人群需求的、真正意义上的退休生活社区。"

"所谓'完全'退休社区,就是指人们从退休到重病之前,都能在社区里得到完全的服务。"浙江银发事业发展中心有关人士这样诠释。

作为一个完全退休生活社区,金色年华整个中心分居家服务区、配套服务区、中心功能区和山体公园区四大区块。其中居住部分有居家式公寓、护理式公寓和度假式公寓,包括一室一厅、一室两厅、两室两厅等多种户型(都有独立的厨房、卫生间),入住老人需要达到法定退休年龄。园区还有老年大学、老年活动中心、社区医疗保健中心等配套。今后,金色年华将逐步建成同国际接轨的可以入住 3000 老人的集居住、疗养、休闲、度假于一体的多功能园林式生活区。目前第一期可入住 1078 人,今后社区常住健康老人将达到 2600 多人,光护理人员就有 200 多人。

空巢老人:"这里让我没了后顾之忧"

当 77 岁、薄施脂粉的张玲婴从多功能厅走过来时,大家都以为老太太还不到 70 岁,听到大家夸她年轻时,张玲婴乐呵呵地说:"在这里心情好啊!"

"我卖房子得到 130 万,在这里花 80 多万买了套 50 年期的服务模式,余下的钱加上两人的退休工资够我和老伴今后的支出了。"张玲婴给记者算了一笔账。

徐爱光女士

17年前，张玲婴丈夫手术后偏瘫。那时，她既要照顾老伴又要照顾八旬老母，于是选择入住老年公寓，三人先是在万江山老年公寓居住，2001年又转到萧山老年公寓，由于这里不允许三人一起住，张玲婴就把九旬老母送到临安的弟弟家。结果，两个月后，99岁母亲就去世了。

张玲婴说，她和老伴从电视上看到金色年华项目后，觉得它阐释的理念"满足中高收入老年人对现代品质养老生活的追求，以及对高档养老机构的期待：将居家养老与机构养老的优点融合为一体，有家的温馨亲切、私密自由，也有机构的专业照料"。特别附合自己的需求，她到现场看过之后马上和老伴拍板定了下来。

开始，张玲婴买的是3年期的短期服务模式，3个月住下来，她和老伴再次做出选择：卖掉市中心处于繁华地段的房子，买这里50年期的养老模式。

其实，让张玲婴下定决心作出卖房决定的原因，除了这里的新型养老模式外，最主要是金色年华贴心的服务。说起金色年华为老年朋友量身订制的"全天候亲情呵护服务系统"，张玲婴不住地夸奖："真是服务到家了！"

张玲婴老人有一个在美国成家立业的独子。说起儿子，张玲婴很自豪，儿子浙大研究生毕业后，先是到加拿大温哥华留学，后又到美国哈佛大学攻读博士并当上了医生。张玲婴说，20年来，儿子回过杭州两趟，第一次是1997年，第二次是2007年，张玲婴说，儿子是拿奖学金在外读书的，很不容易，她理解儿子，当年老伴生病偏瘫了她都没有打电话告诉儿子。

张玲婴和老伴住进来没多久，有一次半夜三更老伴发高烧，物业经理亲自给她老伴推轮椅，看病时还陪着她，身高1.77米的老伴都是物业人员"抱上去"又"抱下来"的。张玲婴说，这真的让我很感动，这里的服务是24小时的,老人有事他们随叫随到。有一次我半夜拉肚子,值班人员也上门服务,亲自送我上医院。

祖孙三代"农家乐"

"青山行不尽,绿水去何长"的诗句除了赞美村野家居的生态之美外,还蕴涵着一种延年益寿的养身之道。"采菊东篱下,悠然见南山"的生活意境,更是久处城市喧嚣之中的人们心所向往的。科学家们考察了世界上一些长寿退休人士聚居的地方,发现良好的自然生态环境是长寿者必不可少的重要条件……

"这里青山环抱,空气好,环境好。"这是 83 岁退休教师朱一和老伴之所以选择金色年华居家养老的主要原因。走进朱老师位于金色年华的新家,只见宽敞明亮的大客厅,让主人坐在屋内就可享受透过窗子洒进来的缕缕阳光,站在窗边极目远眺,充满诗情画意,让人心旷神怡的风光尽收眼底。

朱老师老家在江苏海门,退休前在杭州市教育系统工作。记者看到他时,他正大开着门等老伴回来一起去食堂吃中饭。当天上午,朱老师 82 岁的老伴一直在多功能厅参加联谊会活动。朱老师介绍说,他有三个子女,一个在上海,一个在南京,一个女儿住在杭州。他和老伴住到金色年华,三个子女都很支持。朱老师说,以前,子女想找保姆照顾他俩,但发觉找个好保姆比找对象还难。住到这里,社区里的设施及每个单元的 24 小时服务把这些难题都解决了,子女很放心。

住在杭州的女儿一家,平时每周双休日都要抽时间出去"农家乐",以前去的是附近郊区及各县市。自从朱老师住进金色年华后,女儿女婿就带着外孙,到这儿过农家乐了,风雨无阻,每周都高高兴兴地来。"这里环境好,食堂里厨师烧的菜好吃。"朱老师乐呵呵说:"还有各种各样的活动可以参加,他们喜欢来。"

朱老师告诉记者,他住的楼下有一块菜地,女儿一家过来,大家会一起去拔草、翻地。吃着自己亲手种的农家菜,那感觉真是太好了。

工作履历的结束，正是生活上高品质的开始。诚如徐爱光女士所说，这个千辛万苦才办起来的新型完全退休式生活社区，是对社会化养老市场机会和前景的一次全新尝试和有意义的探索。其成功开发的经验和历程不仅对项目本身有着极其重要的意义，而且会大力推动社会参与老年住宅开发的积极性，拓宽老年住宅市场。

自古以来,延年益寿是人们美好的愿望;逢年过节,"祝你身体健康"永远是老百姓间最流行的拜年语。有道是"健康是1,其他都是0"。那么,如何寿至期颐?听一听、学一学健康老人的养生经,无疑是条"捷径"。

　　值此新春佳节,请你随记者一道,去"解密"古稀老人毛立新的"养生经"——

"身体是本书,我一直在研读"
——解密毛立新的养生经

　　"家中财富不为贵,身体健康最要紧,健康比财富更珍贵。"牛年伊始,在杭州市拱墅区公安分局老年活动室,古稀老人毛立新深有感悟地对记者说。

　　说到昔日饱经病魔缠身,如今身体却一天比一天硬朗时,带着年迈老人少有的热情,毛立新谈笑风生,滔滔不绝,让记者惊讶于老人思路的清晰敏捷。

　　毛立新祖籍江山市,生于安徽省。年轻时曾在农村劳动,当过民办教师、公社文书,20世纪60年代到金华服兵役,退伍后在杭州市公安机关工作直至退休。

　　他打趣地说:"身体是本书,我一直在研读。现在的我呀,身无病痛似神仙,日子越过越有滋味,越活越有劲儿……"

先天不足　后天补

　　毛立新身材瘦小,身高只有1.58米,他说:"我是先天不足啊。"毛立新出生于抗日战争时期,父辈逃壮丁,离乡背井,从小过着流浪生活,7岁时父亲去世，靠着母亲一人把他们兄弟 5 个拉扯大。读书时期适逢解放战争时期，家境困难，边放牛边上学。身体发育期间又遇上三年困难时期，吃糠咽菜，曾 10 天没吃到粮食，全靠吃野菜充饥。毛立新说，20 世纪 60 年代，参军只讲家庭成分好坏，贫农出生的他圆了当兵梦。

部队是个大学校，毛立新当兵期间，又逢大比武时期，不服输的他常常是撑着瘦弱的身体，半夜三更背密语（毛立新曾是通信兵）。

1968 年，毛立新从部队复员到地方，在杭州市公安机关任外事民警。不久，疾病开始悄悄地缠上了他先天不足的身体。1973 年至 1979 年之间，毛立新患上了迁延性肝炎，7 年间病情反复发作达 10 次，平均 8 个月一次，3 次住院治疗。第一次得病时在家休息了 4 个月，第四次发病住院 3 个月。由于长期病魔缠身，毛立新的身体抵抗力也下降了，接踵而来的是神经衰弱引起的失眠、遗精。人瘦得皮包骨头，体重由原来的 57 公斤下降到 45 公斤，四十几岁的汉子看起来就像一个老头。他整天疲惫不堪，心烦意乱，头昏眼花，伤风感冒更是频繁。睡眠时还经常落枕，甚至打个呵欠，下巴都会脱臼。此前由于工作疲劳引起的美尼尔氏综合征也时时发作。俗话说，病急乱投医。毛立新说，患病期间曾到处打听各方名医和特效药，中药西药吃个不停。1976 年春节，家里打扫卫生，光药瓶就清出一箩筐。

是药三分毒。长期服药使毛立新肠胃功能也紊乱了。这让毛立新一度心灰意冷，差点连做人的信心都没了。听人说，打太极拳效果好，毛立新又开始练太极拳。但他练功治病心切，有时仅仅是为了练功而练功，效果并不明显。后来，一位师傅点拨他：只有树立信心，一心一意做内养功，方能提高自身素质，战胜病魔。毛立新如饮醍醐：原来，病体的康复，自身的内在因素是起主导作用的。信心是治病的源泉，先天不足后天补。

上下求索　悟"养生"

在练功师傅的指点下，毛立新开始抱着一种必胜的信心去练太极拳。功夫不负有心人，经过两年多时间坚持不懈的练功，病体开始得到缓解，体质也逐渐增强。1989 年工作繁忙期间，他连续上了五个大夜班，也不感到疲劳。

在几十年如一日的太极拳练习中，毛立新逐步悟出一套太极拳和养生有机结合的心得体会，那就是：松、静、练、悟、养。

心静是前提。练功前，先要把心静下来，排除杂念，静以养身，心平气和，意念归一，专心致志。但要有一个良好的外部环境，空间宽敞明亮，空气新鲜，视线尽量不受外界的干扰，"自静其心延寿命，无求于物长精神"。

体松是基础。人们在紧张工作之余，必须注意劳逸结合，一张一弛乃文武之道。每个人都要学会自我调节，学会放松，掌握阴阳平衡，放松是休息的一种享受，肢体放松，能加快血液循环，消除疲劳，精神愉快。毛立新认为，其实，太极功夫是松出来的。练太极拳前都要站桩，或蹲马步。站如松，上虚下实，周身关节松开，把意沉入涌泉，做到上下相随，内外一致，想大："其大无边谓之太"，想高："至高无上谓之极"，形成阴阳之母太极。但松和静是相对而言的，练功的初期，不能要求过高。

练悟养结合。练功要根据身体状况，量力而行。特别是有病的朋友要针对病情，把握适度。练功的时间是漫长的，要通过长期的少则十几年，多则几十年，甚至一辈子的时间来练习，这是积累的过程，量多会引起质变，它不但要一招一式地练，更重要的是悟。古人云："学贵善悟"。在练、悟的基础上还必须练养结合，做到练养兼顾，把握阴阳平衡，方能达到养生目的。

毛立新说，练功养生，树立信心是第一步，最重要的是有耐心，不能操之过急，急于求成。静、松、练、养，循序渐进，功到自然成。20世纪80年代，他还单枪匹马用太极拳制服了一个人高马大、年轻力壮的惯偷呢。

和病魔作斗争，毛立新不但是一个幸存者，也是一个胜利者。当年曾经共事过的好几个同事皆病友都已去世。"患病并不可怕，关键是看其用什么态度来对待疾病。最好的方法是采取内外结合，增强体质和信心去战胜病魔。我的迁延型肝炎和多种疾病得到康复，血糖也得到控制，就是既求医又求己的结果。"

采访时，毛立新还拿出当年的照片和今日的照片让记者对比着看，虽然两张照片时间跨度近30年，但年龄模样看起来差不多，人反倒现在的精神。

传经送宝　桑榆乐

"人生六十才开始，修身养性在笔端"。毛立新退休后，为了"多跑公园，少跑医院"，除了早晚各练一套太极拳，又去老年大学学书法。

毛立新说，退休是人生的一大转折，如何适应这一转折，是每个退休者会遇到的问题。如今太平盛世，人们对生活的要求越来越高，把身体健康作为追求的目标。"昔日我饱经疾病缠身之苦，深知今天健康的可贵，使我感悟到有钱可以买房买车但买不到健康，健康比金钱更可贵，有健康才能奔小康，才有未来。"

古人云："自古书家多长寿，修身养性在笔端。"书法是静中有动、动静结合，手脑并用的全身运动，是适合老年人养生的途径。

对此，毛立新多次在健康座谈会上传经送宝，谈自己的书法养生体会，先后在《浙江老年报》，《美术报》等报刊上发表学习书法体会的文章和书法作品多篇。2004 年，他的论文《学习书法的几点感悟》还在国际论文交流评选活动中获优秀论文奖。

毛立新说，老年人学书法，要抱着平常心态，实事求是，因人制宜，既不能没目标，也不能操之过急，更不能追求名利。明确学书法以保健和自娱自乐、陶冶情操为目的。人生最难得的是心静。古人云："自静其心延寿命，无求于物长精神。事能知足心常惬，人到无求品自高。"学习书法是静中有动，动静结合，有利于静心养神的一种运动。当你静到心中只有字，手中只有笔，达到忘我的境界时，便是最好的休息和养生。学书法之初，思绪万千，心情不能平静，毛立新就挑有针对性的字帖，如"清心养神，知足常乐，淡泊明志，宁静志远"等名句来临摹，从清理内心开始。

书家在临池的过程中，要求姿势"头正身正，上虚下实，虚领顶劲；两脚踏平，与肩同宽，松腰松胯，周身协调一致，形成一个整体"。在此前提下写书法，使书者四肢的肌肉、关节神经得到锻炼，从而做到由内到外的调理和保养。

毛立新说，"勤习书画，益寿延年，这是经前人实践证明了的成功经验。书家就是以勤习书画来调节精神。"何乔瑶《心术篇》云："书者，抒也、散也，抒胸中气,散心中忧也。"学书法,能使书者的精神情绪得到调节,从而促进书者身心健康,产生良性循环。

近十年的实践,毛立新还逐步认识到书法和太极虽有文武之别,但它们之间的基本点是相同的。"练书法是在纸上打太极",书法与太极同练,两者相互渗透,能起到互补促进的作用。

最近,毛立新又写了一篇书法与太极同练的感悟,把自己的心得体会毫无保留地与人交流。"现在我的养生是:一个中心,两个基本点。中心是以健康为中心,两个基本点:以太极拳为爱好,以学书法为乐趣,不管是练太极拳还是书法都以健康为中心。"

久病成良医,在和疾病长期作斗争的过程中,毛立新还自创自编一套自我保健操。记者特把它摘抄如下,以飨读者。

1. 预防感冒,用拇指背搓鼻梁3～5分钟。

2. 预防牙齿松动脱落、牙龈炎、牙周炎,用叩齿、舌搅口齿、龙游戏水、鼓气漱口,待津液渗出满口时,分次吞下以便帮助消化(毛立新说,现在的他还能咬山核桃呢)。

3. 每天晚上睡前洗脚,擦脚底板涌泉穴,搓5～8分钟,直到发热为止,能促进睡眠。

4. 双手握拳,用大拇指背上下搓腰肾部位5～6分钟,强肾固本。

蓝天与"红船"
——探访"红船"守护人章水强一家

　　王莉有一张叫"缘分"的老照片，是 1978 年新婚不久的她随丈夫章水强到嘉兴探亲时拍的，照片上两人依偎着坐在"红船"旁。"缘分"两字是当年王莉请洗照片的工作人员写上的。

　　"我们真是和红船有缘啊！没想到十年后，章水强就成了红船守护人！"王莉感慨地说。

幸福一家

"八一"建军节前夕，记者走进章水强一家，听他们聊倾情于军营，寄情于事业，上天落地，与蓝天、与"红船"结缘的故事——

青春献给蓝天

章水强是浙江桐乡人，与新中国同龄。岁月虽然在章水强脸上留下了痕迹，但眉目间依稀可见当年这位飞行员的飒爽英姿。

1968年，章水强应征入伍，在苏州某部当陆军。第二年国家招收飞行员，政审、体检，一道道关卡下来，章水强从几千人的部队中脱颖而出，成为所在部队唯一入选的人。三年后，章水强被分配到北京空军某部担任运输机飞行员。

章水强的妻子王莉，祖籍山东，出身军人世家，比章水强小两岁，是我国第四代女飞行员。

说起王莉与蓝天结缘的故事，其间还有一段小插曲呢。

1969年，王莉在广东军区应征入伍，因为表现优秀，组织上准备让她上军医大学。正好在这时，空军部队来招女飞行员。她所在的部队将符合参检条件的女兵送去体检。结果是，去体检的女兵身体没一人合格。

司令员一声令下：一个也不留，全部去体检！

王莉告诉记者，当时身高168厘米的她体重不到50公斤，同事开玩笑说她那么瘦，去体检也是白去，肯定不合格。没想到第一关王莉通过了，第二轮体检，王莉又过了。最终，整个军区只有王莉一个人体检过关。

"真是让人意外。"说起40年的事，眼前的王莉还是一脸的兴奋。

1970年9月，王莉和从全国"海选"出来的27名女孩，成为空军第一、第二飞行学院学员。学习结束，最终只有23人成为我国第四批女飞行员。1974年，组织上安排王莉到章水强所在的北京空军某部队当运输机飞行员。

到了航校，王莉才知道做飞行员很辛苦，但是她很努力，第一批放了单飞。那天，她紧张地起飞到空中改平飞后，才回过头去——身后的座舱是空的。"啊！我自己能飞上天啦！"军人的自豪感油然而生。在蓝天亲切的怀抱里，王莉爱上了飞行事业，获得了多次"满堂红"。

飞行生涯中，让王莉至今记忆犹新的是，有一次，王莉出去执行任务，返航时，在四川成都市的上空碰上恶劣天气，雷电交加，四周一片漆黑，飞机和地面失去了联系……

最终，王莉开着飞机，安全降落了。"呵呵，当时在机场等我的同事还以为我已回不来了呢。落地后我和大家抱在一起，流下了激动的泪……"

说起当年两人结缘的情景，章水强的脸上笑意盈盈："我对她是一见钟情！""我对他也是一见钟情，我们都是一见钟情！"王莉抢着说，幸福像花儿一样。

1979年两人的爱情结晶——女儿章燕在北京出生了。燕子出生时，他们就领取了独生子女光荣证。

章燕的名字是她外婆娶的，外婆对章水强夫妻俩说："你们两个整天在天上飞来飞去的，女儿就叫燕子吧。"

飞行员有着严格的军营生活，平时吃住都在部队。燕子只好寄养在老家。当王莉去探望日思夜念的女儿时，燕子却把她叫成"阿姨"。燕子长大点后，夫妻俩把女儿接回身边，但一家人还是很难得一起度过温暖的夜晚。

有一个中秋节，月亮还没有升起的时候，章水强接到了出航的任务。他拿起飞行图囊要走，王莉一把拉住他："快快吃口月饼！"章水强会心一笑，含口月饼匆匆而去。望着丈夫离去的背影，王莉心中油然而生的是军人的神圣感：我们出航了，我们分别了，中秋的月亮虽没赐给我们一家团圆的光辉，但我们把中秋月留给了普天下亿万人民……

真情倾注南湖

1988年，章水强和王莉从空军部队退役。章水强带着妻子、女儿，回到家乡嘉兴。王莉到嘉兴市委宣传部上班，章水强到当时位于嘉兴郊区的南湖革命纪念馆工作。

王莉原名王荣莉，王莉是她来到嘉兴后改的名字。当年王莉和章水强倾情于蓝天、寄情于事业的精神获得了党和国家的肯定。他们的事迹上了电台、报纸。王莉还多次应邀到清华、北大等高校演讲，她写的生活感悟《让爱情和事业同步飞翔》、《让爱情在事业中更充实》等文屡次登上报纸并在总政空军、团中央宣传部、中央电视台、《中国青年报》等联合举办的征文活动和演讲比赛中荣获一、二等奖。

但是,夫妻俩认为,这些荣誉只代表过去,今后工作仍需脚踏实地去做。

到南湖纪念馆后的第二年,章水强就挑起了副馆长的担子,全面主持工作,1996年开始担任南湖革命纪念馆馆长。

当时的南湖革命纪念馆设立在湖心岛的烟雨楼,面积只有20平方米左右,设施简陋。每天上班,章水强都要坐渡船到湖心岛。

游客想要参观纪念馆,也必须渡船,非常不方便。一条船只能坐十几个人,人多的时候要等上好长时间。在章水强和馆内同志的努力争取下,得到了领导和社会各界的支持。1990年6月,嘉兴市委、市政府决定新建一座纪念馆。得知这个消息后,当地300多万市民自发开展"我为南湖增光辉"的捐赠行动,短短几个月,市民就捐赠了320多万人民币,并排着长队要求做义工,不到一年,纪念馆就建成并对外开放了。

从1991年7月1日开馆以来,纪念馆每年都有不计其数的游客前来参观,随着参观的人数越来越多,章水强又觉得这个纪念馆也不够大了。2004年,他参加在西柏坡召开的爱国主义教育基地会议后,提出建造新的纪念馆,得到了领导的重视。2006年6月,新馆终于动土奠基。现在,近2万平方米新馆已经初具规模,2007年"七一"前夕将正式开放。

采访中,王莉拿出了一张叫"缘分"的老照片,是1978年新婚不久的王莉随丈夫到嘉兴探亲时拍的,照片上两人依偎着坐在"红船"旁。"缘分"两字是当年王莉请洗照片的工作人员写上的。

"我们真是和'红船'有缘啊!没想到10年后,老章就成了'红船'守护人!"王莉感慨地说。

"他对'红船',真是呕心沥血啊!"王莉告诉记者,一到刮风下雨的晚上,章水强就从床上'蹦'地跳起来,打电话询问情况,又冒雨坐汽艇赶到现场查看。

王莉说,她至今记得1997年的11号强台风来临,章水强赶到现场,冒着生命危险跳进湖水里固定'红船'的铁链……

这时,一直在旁边静静听着的章水强却连连摆手:"那时候,没有手机,有些工作人员家里连固定电话也没有,遇到大风暴雨等特殊情况无法联系,但是纪念馆里的工作人员都自觉赶过去……300多万南湖儿女都是'红船'

蓝天与「红船」——探访「红船」守护人章水强一家

的守护人。"

"红船"每年一大修一小修，得把"红船"上的 1000 多个零件卸下，按照"修旧如旧"的原则和国家文物保护原则，进行维修。章水强说，现在能维修木船的人才越来越少了，于是他就组织馆里的业务骨干掌握修船技术。章水强说，南湖"红船"是中国共产党诞生的地方，"红船"的维护工艺必须一代代继承下去。

作为"红船"的守护人，章水强也获得了让他引以为豪的荣誉，当选全国爱国主义教育示范基地先进个人、浙江省第十一次代表大会代表、"南湖百杰"等。他还接待了来瞻仰南湖"红船"的江泽民、胡锦涛等党和国家领导人。章水强说，当年国防部长迟浩田来参观时，得知章水强也是从部队回来的，就十分亲切地拉着他的手，并特地摘掉帽子与他一起拍照留念。

幸福来自家庭

走进章水强干净整洁的家，引人注目的是墙上 4 幅艺术照，照片里的女子清新亮丽，有的俏皮，有的可爱。"章师母，这是您年轻时拍的艺术照吗？真漂亮！""你们猜猜看，那时候我几岁？"记者正琢磨着，王莉就眉开眼笑地说："55 岁！刚下岗，就去拍了这些照片。""下岗？""退休啊！"诙谐幽默的语言逗得大家都笑了。眼前的王莉师母皮肤白皙，蓝衣红裤，精神很好。

王莉说，以前忙于工作，很多兴趣爱好都没顾上，现在退下来，终于可以圆年轻时的梦了。退休的第一年，她就参加了老年大学的模特班、舞蹈队。还被老年大学聘为班主任。每天的生活都安排得满满的。她的这组照片，照相馆还把它当成样片了呢。下个月，王莉参加的嘉兴市新四军研究会合唱队还将代表浙江参加全国第十一届中老年合唱节。"我们是整个浙江唯一的一支队伍呢！"王莉自豪地说。

正说着，在外面散步的章燕带着两岁的儿子回来了。

章燕是新中国第一代独生子女。可是她的身上丝毫没有独生女的娇气和任性。这也许和她所处的家庭环境有关。

章水强和王莉不停地在天上飞，夫妻俩聚少离多，对女儿的照顾更是比平常人家少。章燕从读幼儿园开始，就在脖子上挂把钥匙独自上学放学。

有时父母都出去执行任务,她只好一个人待在幼儿园随值班的老师过夜。章燕说,当时觉得有点委屈,但也没怨过父母,因为父母是她的骄傲和榜样。

章燕现在中国人寿做财会,丈夫是嘉兴机场的空军军官。问章燕选择空军是不是受到父母影响时,章燕坦率地回答:"肯定是的! 我从小在军营长大,周围的人都是空军,我和先生是经朋友介绍认识的,当时看到他一身空军装扮,就觉得非常亲切,感觉像家人一样。"

这时候,王莉拿来一张合影照,是章燕参加全国金融系统业务大赛时照的,当时章燕先后获得了全国、省、市五个第一。说起女儿,王莉就不住地夸奖:"她真的很优秀!"自豪之情溢于言表。

采访时,有两本用牛皮纸做封面的剪报本引起了记者的注意。剪报本封面上写着"难忘的足迹",细细翻阅,里面都是有关南湖,有关章水强的各类报道。两本剪报的最后一页都写着附言,其中有这样一段话:你属牛,鲁迅曾经说过,牛吃的是草,挤出来的是奶。相伴你走过了 26 个春秋,从认识你的第一天起,我就看出你是一个脚踏实地、勤奋不息、名副其实的"牛哥"……我为自己有幸找到这样一份真爱而由衷地感到幸福……再加一句祝福:永远健康、相伴永远。

王莉说,这两本剪报她收集了好多年,先后已整理出 3 本,赶在章水强 53 岁生日的那天,送给他当生日礼物。

看着这厚厚的几本剪报本,章水强的脸上洋溢着幸福满足的笑容:"这是她支持我守护'红船'的见证!"

平凡农家：将爱进行到底

俗话说，"夫妻本是同林鸟，大难来时各自飞"。然而，十年前，当妻子屠春莲不幸患了绝症瘫痪在床，桐乡石门镇东池村的沈永根选择了风雨同舟、不离不弃。年过半百的婆婆沈汉梅，更是毫无怨言地挑起了照顾儿媳的重担，十年如一日竭尽全力照料儿媳妇，用自己的行动诠释了人间真爱，这一真情故事被十里八乡的乡亲们广为传颂……

"不要担心，有我们呢！"

秋风萧瑟的季节，走在桐乡县石门镇东池村的乡间小路上，映入眼帘的是田野里一片片迎风颤动的菊花。在东池村妇女主任陆进华的带领下，我们找到了沈汉梅的家。

花白的头发，有些零乱，脸上刻着岁月的痕迹，腰板硬朗，声音响亮……在一幢简陋的三层小楼前，记者见到了刚从田里采菊花回来的沈汉梅。"她帮人采菊花，每斤有1.2元的收入。"陆进华告诉我们。

在二楼阳台门口，我们见到了沈汉梅的媳妇屠春莲。坐在一张四边都有扶手的高脚凳上，屠春莲衣着干净整洁，除了因为肌肉萎缩，显得有点瘦弱外,看起来和常人无异。见我们进来,屠春莲脸上浮现出笑容,露出一口整齐白净的牙齿。见记者瞧着屠春莲脚上绑着的带子,陆进华告诉我们:沈大妈是个细心的人,这样儿媳妇脚上的鞋子就不会掉下来着凉了。这时屠春莲突然含糊不清地叫起来,大家愣在原地,沈汉梅则马上跑到对面把门关上。原来,屠春莲说,风大,冷。因为生病,屠春莲已经丧失了正常的语言能力,别人听不懂屠春莲说"话",但沈汉梅听得懂。

今年62岁的沈汉梅与丈夫沈汉生育有二子一女,沈永根是他们的大儿子,是一位木匠师傅。1987年,22岁的沈永根经人介绍,和本村同龄的姑娘屠春莲喜结连理,夫妻琴瑟和谐。沈汉梅说,媳妇娶进门,就是自己的女儿,儿媳和女儿是一样的。让沈汉梅倍感欣慰的是,屠春莲也很乖巧懂事,婆媳俩相处得很好。没多久,沈汉梅就抱上了大胖孙子。随后,沈汉梅二儿子也娶了媳妇,女儿也出嫁了。平时屠春莲到皮鞋厂上班,沈汉梅就帮着带孙子,一家人齐心协力,眼看着日子一天天好起来,谁知,天有不测风云,病魔悄悄降临了。

1999年春天,34岁的屠春莲渐渐感觉干活时总有些提不起力气,说话时连舌头也有些不听使唤,每天下班回来虚弱得倒头就睡。沈永根带着妻子先是到本地医院看,之后辗转杭州、上海、北京等地,可屠春莲"怪病"的病因却一直查不出。不久,屠春莲开始路也走不动了,话也不太会说了。就在大家束手无策的时候,北京的一家医院终于确诊了,医生说屠春莲得的是"重症肌无力",目前人类的医疗水平还无法根治。

医生一番"残酷"的话,立即让一家人如坠冰窖……为了给屠春莲看病,沈汉梅和儿子拿出了家里所有积蓄,还向亲戚朋友、邻里乡亲借了好几万的债。

"不要担心,有我们呢!"看到屠春莲发愁的样子,沈汉梅含泪笑着和儿子一起安慰媳妇。

"累! 就当再养一个孩子!"

大医院治不好,就找民间偏方。回到家后,面对着屠春莲的绝症,沈汉梅和儿子没有退缩,只要听说哪里哪个民间郎中会治屠春莲这种病,不管多

远多难找，沈永根马上找上门去，沈汉梅有时一天要为媳妇煎好几次中药。多年来，"找了多少偏方，吃了多少草药，记也记不清了！"沈汉梅说。

为了减轻儿媳的病痛和心理压力，让儿子安心在外面挣钱，同时使13岁的孙子能继续安心在校读书。年过半百的沈汉梅和丈夫沈汉生包揽了家里所有的农活，挑起了照料儿媳的担子。

为防止屠春莲肌肉萎缩，每天沈汉梅都要给媳妇做按摩，扶着媳妇在屋前屋后锻炼身体。不到90斤重的沈汉梅要扶着100多斤重的屠春莲走路，常常累得满头大汗。老房子四周的路崎岖不平，有时不小心两人绊倒了，也许是痛也许是伤心，屠春莲就会止不住大哭起来，尽管有时被媳妇压在下面的沈汉梅更痛，可她总是忍着痛从地上爬起来扶起媳妇，好言安慰。记者问沈汉梅她当时有没有哭时，沈大妈回答："哭？我很少哭的。"在这位坚强的母亲看来，哭有什么用，徒添媳妇的心理负担。

尽管丈夫不离不弃，婆婆精心照料，老天还是没有开恩，两年后，屠春莲彻底瘫痪，再在站不起来了。

沈汉梅的老伴沈汉生也积劳成疾患上了心脏病，沈汉梅照顾儿媳的任务更加艰苦了。

因为屠春莲的咀嚼功能已经退化，沈汉梅一口饭喂进去，屠春莲需要好长时间才能咽下去，吃着吃着眼泪鼻涕还会流下来，沈汉梅又得拿出毛巾为媳妇擦脸、洗脸。屠春莲每次"吃"完饭，嘴里牙齿上都会残留着很多饭菜的残渣碎屑，这时，沈汉梅就拿出事先备好的牙签帮媳妇细心剔牙。"难怪10年过去了，屠春莲还会拥有一口白净的牙齿！"沈汉梅无微不至的照顾由此可见一斑。

记者看见沈汉梅家门前屋后都种着桑树。原来，为了减轻家里的经济负担，沈汉梅每年都要养三张半蚕种。一到养蚕季节，沈汉梅就特别忙，凌晨3点起床，先喂蚕，然后烧饭，等媳妇起床，喂完媳妇早饭，又去采桑叶……算准时间回家服侍媳妇喝水上厕所……忙得像陀螺一样转，连走路都是跑的。

桐乡石门镇素有"杭白菊之乡"的美誉。秋天的时候，沈汉梅还帮人采菊花。"昨天，我采菊花一共得了54元。"沈汉梅开心地对我们说。

经常有人问沈汉梅："一年365天，天天如此，难道你就没有烦过，感到累过吗?"沈汉梅说,媳妇就是我的女儿,我怎能不照顾? 累! 就当再养一个孩子!

10 个春秋,10 个寒暑,为了照顾瘫痪儿媳,沈汉梅 10 年间没出过一次远门,没在外住宿过一夜。

"我们一家人都不会放弃的!"

都说"久病床前无孝子",但沈汉梅却用自己的真挚,用一个普通农村妇女的朴实、善良和无私,诠释了人间真情。

"十佳文明家庭"、"文明和谐之家",这是沈汉梅家客厅上挂着的荣誉证。

村妇女主任陆进华说,沈汉梅一家的真情故事在当地被传为佳话:"现在我们村里几乎听不到吵架声,家里有点小矛盾,大家都会想到沈汉梅他们一家,吵也吵不起来了。"

当记者含蓄地问沈汉梅,眼看治愈儿媳的病希望很渺茫,而她也已日渐年迈力衰,有没有想过放弃,今后有什么打算时,沈汉梅坐直了腰身,面对记者,毫不犹豫地说:"只要我自己还走得动,还有力气,我就要继续照顾她。"

沈汉梅说:"我的儿子、我的孙子也不会放弃,我们一家人都不会放弃的!"

屠春莲的丈夫沈永根,一年到头在外做木工,每天在外干活回来,再累都会帮妻子洗澡做按摩。沈永根很感激自己的母亲,他说,妻子生病,苦了母亲,一年 365 天悉心照料很不容易,有母亲照顾妻子,他在外干活很放心。他们一家人都不会放弃。

沈汉梅孙子今年 22 岁,在桐乡的一家皮鞋厂工作。为了多挣点钱,经常加夜班。沈汉梅说,孙子虽然性格内向,但很懂事,对妈妈和奶奶都很亲。说到这里,坐在门口的屠春莲显得很激动,嘴里含糊不清说着什么。沈汉梅赶忙跑过去,认真倾听媳妇的"话",一会儿,沈汉梅就笑逐颜开地说:"媳妇说,孙子只要回到家,就会帮家里烧饭做菜干家务活。"

沈汉梅说,社会各界对她一家很关心,残联每年都会发给屠春莲补助金,计生部门逢年过节都会来看望他们。民政局还给他们送来了一辆轮椅。

　　沈汉梅先后当选为浙江省十佳贴心婆媳、嘉兴市道德模范。作为一名当之无愧的传统美德传承者，2009 年她又被推荐为由中央宣传部、中央文明办、全国总工会、共青团中央、全国妇联组织等多家单位评选的全国道德模范候选人。

　　采访快要结束时，沈汉梅家里电话铃声大作，沈汉梅接了电话说："家里割稻，我现在还要去帮忙呢。"沈汉梅匆匆和我们告别，跑下楼去。在楼下碰到了她的丈夫沈汉生正骑着三轮车来接她。沈汉生冲着记者友善地笑了笑。看着他们远去的身影，记者在心里默默地为他们一家人祝福。

这是一个普通而又特殊的家庭，一家六口人，祖孙四代、三个姓氏，女主人和其他家人没有任何血缘关系。但他们却成了让街坊邻居称道羡慕的一家子——

真爱撑起一个特殊家庭

在浙江临安、淳安、桐庐三县交界的一个小山村，有一让街坊邻居称道羡慕的一家子，他们四代同堂，相亲相爱，过着幸福温馨的生活。可熟悉他们的人都知道，这是一个特殊的家庭，一家六口人，三个姓氏。最大的家庭成员年过九旬，最小的才8岁，女主人和男主人祖孙四代没有任何血缘关系。

人生坎坷有真爱

男主人名叫何炳根，今年58岁。少年失母、中年丧妻，人生的两大不幸都落在了他的身上。何炳根兄弟四个，母亲去世时，下面还有刚上小学的弟妹。他用自己并不宽厚的肩膀和父亲一起撑起了这个在风雨中飘摇的家。

勤劳朴实的何炳根在村里口碑很好，为此，他赢得了同一个自然村的一位李姓姑娘的芳心。李姑娘是一位善良勤快的人，逢年过节，她都会为何炳根一家送上几双自己亲手缝制的布鞋，何炳根的妹妹小英告诉记者："她的手可巧了，做的布鞋不但穿着舒服，上面还有漂亮的绣花呢。"

1975年，两个心心相印的年轻人在亲朋好友的祝福声中喜结良缘。随后，两人的爱情结晶——大女儿、小女儿也先后降临。尽管日子过得不富裕，但两人相亲相爱，事事有商量，小日子过得有滋有味。这让何炳根感到很幸福，他想着和妻子白头到老。

可惜，幸福的日子没有维持多久。一次意想不到的事故，改变了何炳根的人生。何炳根永远记着 1985 年那个凄风苦雨的冬季,他年仅 30 岁的妻子在一场交通事故中被夺走了宝贵的生命。这一年,何炳根 34 岁,他们的大女儿才 8 岁。看着两个一整天向他喊着要"妈妈! 妈妈"的女儿,这位"有泪不轻弹"的坚强男子汉流泪了。

带着两个年幼的女儿既当爹又当娘,何炳根日子过得多艰难可想而知。亲友和乡亲都劝他再找一个女主人,减轻一点生活的负担,但何炳根一一婉言谢绝,他和妻子的感情太深了。在他的心里,没有其他的女人可以代替妻子。再者,他也担忧,孩子这么小,万一"后妈"和孩子相处不好怎么办。

既当爹又当娘的日子何炳根一过就是 8 年。让何炳根倍感欣慰的是两个女儿非常懂事,大女儿还参加了工作,小女儿也上高中了。这其间两个乖巧的女儿还多次劝他:"爸,您为我们操劳了这么多年,现在我们长大了,您也该找个伴了。"

后来,在外打工的何炳根遇到了一个性情温和、心地善良的离异女子徐根莲。有情有义、忠厚朴实的何炳根也让徐根莲产生好感。经过接触,两人情投意合。何炳根两个女儿知道后,非常高兴,极力帮着撮合这门"亲事"。遗憾的是徐根莲父母兄弟姐妹知道后,强烈反对这门亲事,他们担心徐根莲嫁到山沟沟里受苦,他们还知道何炳根有两个女儿,担心徐根莲嫁过去给人家当后妈"不好做人"。但已经有过一次婚姻的徐根莲认准了何炳根是个值得托付自己后半生的好人。1993 年,徐根莲在家人的反对声中,义无反顾地与何炳根办理了婚姻登记手续。

异姓同心胜己出

因为都曾遭遇过家庭变故,再婚后的何炳根徐根莲夫妇非常珍惜这份来之不易的幸福。

结婚登记后的第二天,何炳根和新娘子就带上礼物步行到邻村 3 里路远的前妻娘家,看望前妻父母及家人。临走时徐根莲握着两位老人的手,诚挚地说:"今后我会把这里当成是我的娘家,我会经常来的,你们就当我是你们的女儿吧!"一番体己话,说得两位老人感动不已:"我们去了一个女儿,又来了一个'女儿'!"

徐根莲说到做到，她与何炳根再婚后17年一直不要小孩子，把与自己毫无血缘关系的何炳根前妻留下的两个女儿看成自己的亲生女儿，对她们呵护有加。两个女儿也是投桃报李，对继母徐根莲以礼相待。不熟悉情况的人，看到她们亲热无比、无话不说的样子，都以为她们是亲母女。对此，何炳根前妻的三个兄弟常由衷地对外甥女说："她对你们，真比你亲妈妈还照顾得好啊！"

　　"家和万事兴"，经过一家人的齐心努力，何炳根家里渐渐地发生了变化，原先破旧不堪的烂泥房还改造成了三层的新楼房。

　　住进新楼房后，徐根莲和何炳根一起，又把何炳根年老体弱、已没有干活能力的年近八旬的老父亲接到自己家中。她对待老人视同自己的亲生父亲，一日三餐捧到老人手上，这使左邻右舍、全村老人都羡慕老人的晚年生活，羡慕他有一个"好媳妇"。

　　面对乡亲们的夸奖，徐根莲动情地说："善待老人就是善待自己，因为每个人总会有老的一天。"

　　有一年的炎热夏夜，何炳根所在村子停电了，老人半夜起床拉尿，黑夜里一不小心踩空了楼梯，跌倒在水泥地上，顿时头破血流。

　　夫妻俩听到异样的响声，立即起床，何炳根当即背上老人，摸黑直奔500米外的村里叫开卫生所大门，医生点上蜡烛，以最快的速度止血，缝伤口，包扎。医生说，幸亏送得及时，否则老人会失血过多引起休克，而有生命之虞。

　　之后，为了老人养伤，夫妻俩经过商量，何炳根放弃了到邻近淳安县替人背树每天有100多元收入的活儿，和徐根莲一起在家里昼夜服侍老人直至痊愈。

　　在何炳根前妻的父母心目中，徐根莲"不是亲女儿，胜似亲女儿"。大前年，何炳根前妻年过七旬的老母生病了，住到了离家50里的县医院，徐根莲知道后，主动赶到医院服侍。那时正值盛夏，徐根莲每天给老人翻身洗澡，常累得满头大汗。徐根莲的细心呵护，让医院的医护人员及病友们都以为她是老人的亲女儿。当老人告诉大家徐根莲不是她亲女儿时，大家还不相信呢。

　　何炳根说，去年前妻父亲临终前，亲人们问老人，还想见什么人时，老人对大家说，还想再见见"女儿"徐根莲。

幸福全靠众人惜

"男大当婚，女大当嫁"。转眼何炳根两个女儿已出落成水灵灵的大姑娘。按照当地的风俗习惯，何炳根大女儿何倩招婿上门。女婿小王是邻村人，家里就兄弟俩，大家知根知底，小两口相处得很好，隔年何炳根就抱上了孙子。何炳根夫妇对待女婿情同儿子，对待孙子更是爱不释手。

祖孙四代同堂，一家人和和睦睦，尽管家庭经济不宽裕，但生活过得祥和又充实。

然而，去年夏初之际，原本平静快乐的家庭开始不平静了。原来，在县城打工的女婿小王不知何时染上了万恶的赌博。

事情的发现很偶然，有一天，何倩有事需取点钱，却惊讶地发现存折上的几笔钱已不翼而飞，赶紧问小王，小王解释说，是他取的钱，拿去办事花掉了。但他又支支吾吾地说不出办什么事。

何倩就留了个心眼，带着7岁的儿子查丈夫的行踪，结果把正在赌博的小王当场抓个正着。小王这才承认自己有"过错"。但狡辩"没赌，是小搞搞"。为此，夫妻大吵了一场，但小王仍执迷不悟，何倩见劝说丈夫不动，无奈整日以泪洗面。

何炳根夫妻俩知道后，为了让女婿不失面子，由何炳根单独找女婿谈心，谈家庭，谈未来，谈男人对家庭应负的责任，说到动情处，何炳根还拿自己人生作比方。可谈话后，女婿虽然有所收敛，但几天后又故伎重演，而且赌得更隐蔽了。为此何倩没少跟小王吵架，她甚至有了离婚的念头。一丝忧愁爬上了何炳根夫妻俩的心头。

为了帮助女婿彻底改掉恶习，何炳根又找兄弟姐妹商量对策。大家集思广益，认为既然"劝说教育"无效，那就先来个"欲擒故纵"吧，假装不知道。

果不出所料，时间一长，小王放松了警惕。这边何炳根和兄姐经过近两个月的"守株待兔"，小王终于在一次赌博中"落网"了。

在亲人们的轮番询问下，小王不得不掏出了心里话："爸爸、姑姑，我知道我错了，其实我早就不想赌了，只是想把输出去的本钱赢回来，然后再不赌，哪知我越想翻本，越输得惨。"他低下头悔恨地说。大家趁机教育了他一番,又帮他还清了所有的赌债。这场历时半年的"抓赌"大战,最终以小王"戒赌"胜利结束。

今年春节,何炳根叫来兄弟姐妹围着一张大圆桌庆新年,喝着女婿端上来的红红的葡萄酒,品尝着女儿做的一道道可口菜肴,欢乐幸福无比,何炳根夫妻俩是喜上眉梢,开心得合不拢嘴。

尽兴之际,何炳根的三妹拿出早已准备好的红包,发给徐根莲,深情地说:您对九旬老父的一片孝心,值得我们学习,这是我们兄弟姐妹发给您的"孝心奖"。然后又郑重其事地宣布:侄女婿小王戒赌成功,这是我们全家人2008年最大的喜事,我代表长辈给他颁发奖金,祝他牛年更成功,明年我还要来颁发奖金,但愿你们人人有奖。

当小王接过"红包"的一瞬间,幸福的泪水盈满眼眶。(合作者　何炳英)

葡萄女王张全英的故事

　　娇小的个子，清爽的短发，简单的衣着，给人以朴实无华的印象。裤腿上沾着尘土的张全英，正利索地指挥着村民挑选、搬运葡萄苗种。几个小时后，十多万株种苗就发送完毕。张全英是嘉兴十八里葡萄研究所所长。七年前她下岗再创业，后来被誉为"葡萄女王"。

张全英指导果农抹芽定枝

人到中年偏遇下岗待业
峰回路转反成葡萄大王

7 年前,张全英是嘉兴市大桥镇的农技员。早年的时候,她瞄准大棚种植的优势,率先带领当地群众种植大棚蔬菜。1992 年,她与当地一葡萄种植大户通过四年的探索,于 1996 年研究出"简易连栋保温避雨设施栽培"技术。这种栽培模式收益比普通种植葡萄多了一半,和最先进的,但成本高昂的钢架大棚相差无几,成本却仅是钢架大棚的四分之一。

2002 年,正当张全英事业得心应手的时候,因为机构改革,张全英下岗待业了。干得好好的,突然间从工作了近 20 年的岗位上下来,40 岁的张全英迷茫了:"今后我做什么?"

"你有技术,有群众基础,自己干吧。"丈夫刘国坤鼓励她。

当年 5 月,张全英拿出家里所有积蓄,加上贷款共计 20 万元,承包了 115 亩农田,建立 80 亩的葡萄新品种实验示范基地和 35 亩的葡萄优质新品种苗木繁育基地,成立了嘉兴市十八里葡萄研究所,并注册葡萄商标"嘉欣"牌。

万事开头难,为了节约资金,研究所最初租的是农户空置的 3 间猪棚。为了引进高新优品种,张全英跑遍了全国的葡萄种植基地。

第二年夏季,张全英种植的葡萄上市了,可新品种葡萄易掉粒难题一时没解决,不宜远途运输,只能请人就近代销,销售局面一时打不开。

怎样才能解决运输中葡萄的掉果、破裂问题?张全英苦苦思索,她先是用塑料袋,并在袋上打出气孔,可商贩不接受,投进去的钱也泡了汤。最后张全英受苹果等泡沫塑料网袋的启发,制成葡萄泡沫塑料网袋,每串葡萄都手工套上泡沫塑料网袋,虽然每串葡萄成本增加 1 元,但葡萄受损的问题解决了,果农纷纷效仿。

为了培育早熟品种,张全英试种了 10 亩"京玉"葡萄,并对其做无核化实验,因技术没把关,试验没成功,所产的葡萄口感不太好,不受本地消费者欢迎,运到上海后价格压得很低葡萄也没卖掉。最终,一年的辛勤付出和劳累换来的却是亏损 10 万元。

让夫妻俩感到欣慰的是，当年张全英培育的"醉金香"葡萄很成功，所产葡萄口感好，无裂果，病害少，耐贮藏。加上解决了运输问题，"醉金香"葡萄在市场上十分走俏。远近的村民纷纷前来购买种苗，讨教种植方法。

之后，她不断前往全国各地考察新品种，不惜高价引进单价 5 万元一颗的葡萄新品种。张全英还聘请北京农科院的教授当技术顾问。一分耕耘，一分收获。张全英的研究所逐渐走上了正轨，研究所集葡萄苗木繁育、技术指导、生产示范、农资供应、产品销售一条龙配套服务，企业不断壮大。她成了远近闻名的"葡萄女王"。南京、上海、重庆等各地的种植户都赶来学技术、买她研发的种苗。

目前，研究所已拥有 4 个共 100 多亩的实验示范基地，获得了 4 项国家专利，无公害葡萄系列标准推广示范项目基地也通过了省标准化验收，其"嘉欣牌"商标还成为嘉兴市著名商标、名牌产品，年产值超千万。

创业打拼需要夫妻共勉
包容支持难得和谐之家

"没有他的支持，就没有我的今天。"张全英口中说的他就是丈夫刘国坤。

当初张全英刚下岗的时候，刘国坤鼓励她自己创业。头一年种葡萄亏了 10 万，看着情绪低落的妻子，丈夫刘国坤心里也不好受。但他没有埋怨妻子，反而安慰她，为她鼓劲，说："亏！就当交学费吧。"末了还和妻子开玩笑，你亏了我还有工资养家糊口呢！

张全英说，每次她要出远门，刘国坤就让她早早休息，自己却一直醒着不睡，到点了叫醒妻子，送妻子到车站。多年来，丈夫是张全英最尽职的"车夫"。

现为大桥镇计生主任的刘国坤，本身也是一位工作积极分子，个人曾多次获得上级部门的嘉奖。自从张全英创办了研究所，家务活就全部丢给了丈夫了。刘国坤一天睡三四个小时成了家常便饭。

长期超负荷的工作，刘国坤终于躺倒了。因胃穿孔住院开刀，因为记挂着工作，刘国坤提早出院，但繁忙的工作让他胆结石发作再次住院动手术。

丈夫生病住院，做妻子的本应服待身边，可张全英根本抽不出时间。丈夫很理解妻子，没有一点埋怨，反而对病友说，葡萄收益好不好，主要看技术，如果技术管理跟不上，病虫害防治不及时，一亩就得损失几千元，一户家庭四五亩就得损失几万元，损失不起啊！

张全英夫妻俩对工作的敬业，相互间的理解、包容、支持、礼让，独养女儿刘佳看在眼里，记在心里，小小年纪就学会了洗衣做饭干家务，学业上更是很自觉，从不要父母操心。研究所创办之初，女儿上中学，正是生长发育的时候，张全英有时忙得没时间烧菜。有一次父女俩就酱油拌饭连续吃了五天，第六天，家里酱油也吃完了，这次，刘国坤终于忍不住责怪妻子："你难道连给家里买一瓶酱油的时间都没有吗？"这也是他对妻子唯一的一次抱怨。

别人想赚钱烧香请菩萨
我们要赚钱就请张所长

当地村民流传着一句话："别人想赚钱烧香请菩萨，我们要赚钱就请张所长。"说的是张全英致富思源，热心帮助群众勤劳致富的事。

大桥镇桥西村村民周建明，上有老下有小，只因爱好打牌，欠债 10 万多元。家里争吵不断，八旬父母被气得整日长吁短叹。张全英知道后，引导周建明种植葡萄，没本钱，先给垫着，没技术，张全英登门亲授。功夫不负有心人，一年下来，周建明就尝到了种葡萄致富的甜头。后来不仅还清债务、改掉赌博的习惯，还盖起了新楼房。现在，周建明被评为"五星文明户"，成了群众学习交流致富信息的中心场所。2009 年，周建明葡萄总收入 18 万元，群众都称他"十八万"。

村妇宗学琴，原来是一位幼儿教师，种出来的葡萄大小均匀、品相好，客户都爱到她田地里收购，4 亩 5 分地收入高达 9.6 万元。宗学琴夫妻俩对张全英感激不尽。

十八里村村民何兰珍，丈夫车祸去世，母子俩生活陷入困境。张全英知道后，免费送上肥料和葡萄苗，亲自到她田地里指导她种植葡萄。而今，何兰珍日子一天比一天好。

葡萄女王张全英的故事

秀洲区王店镇新生林建浩，因父亲病故，拿着重点大学录取通知书无钱上学，向当地电视台求助，张全英主动承诺承担林建浩大学期间的全部学费。林建浩也非常珍惜学习的机会，现在他是大学里的学生会干部，党支部委员，每学年都拿奖学金。

……

为带领更多村民走上致富路，张全英还办起了合作社，由 150 户葡萄种植户组成。合作社组织果农技术培训，实行自我管理、自我服务，技术互帮。仅组织农村妇女和计生家庭葡萄中介收入服务就创收 70 万元，让村民不出门就可以打工挣钱。她还义务承担起当地农村妇女实用技能培训工作，与果农签订技术、农资配套服务，产后销售协议，为农民致富全程提供指导服务。考虑到果农缺少技术辅导，张全英常派所里技术骨干到田头指导，仅 2008 年就达 96 批次，发放技术资料 12500 余份。通过多年培训、指导，张全英培养了一大批农民实用技术骨干，使一个个不懂技术的农村妇女成为葡萄种植行业的技术能手。

春华秋实。张全英的基地先后被命名为省巾帼科技示范基地、全国优质葡萄生产基地、省计生协会"少生快富"项目，她本人也屡获省三八红旗手、市科技先进工作者、市十佳新农村女带头人等殊荣，被选为全国葡萄协会理事。

目前，张全英正着手组建嘉兴市十八里葡萄合作社联合妇代会和计生协会。她希望通过"一社两会"的形式，为更多的农村妇女和计生家庭开展科技服务。

谱写黑暗中的光明世界

2009 年 9 月，在全国数万名考生中，13 岁的杭州萧山盲童来佳俊以第八名的成绩，成为中央音乐学院附中钢琴专业的 16 名新生之一。

2008 年年初，当来佳俊与"世界钢琴王子"郎朗在北京国家大剧院音乐厅四手联弹时，就有人预言，他将来一定会成为国家大剧院的主角。

上学第一天，来佳俊用一口纯正的美式英语，和学校英语老师交谈，让老师误以为他是在国外生活过的"小华侨"。

因为阳光和才华，来佳俊曾当选为杭州市首届十佳阳光少年，

在国家大剧院和朗朗四手联弹

2008 年他又被评为"2007 北京学习之星"。2009 年暑假，在中央电视台《小崔说事》节目现场，中国著名钢琴教育家、演奏家周广仁对来佳俊的评价是："心态非常自然和健康……"

一个从出生就坠入黑暗世界的人，是怎么走上学琴之路的？他一口纯正的英语从何而来？身有残疾的他心态为何还能如此阳光？

2009 年 9 月 22 日晚，在杭州电视台直播晚会现场，作为特邀佳宾的来佳俊父子俩向大家娓娓道出这一个个谜团……

襁褓磨难

1996年2月16日，只在妈妈肚子里待了6个月的小佳俊出生了，体重只有1.13公斤，弱小得就像一只小猫。小佳俊的生命在保温箱里得以延续，但他的双眼却再也没有睁开。

按我国现行的计划生育政策，来戈鸿夫妇是可以生第二胎的。面对"要不要再生"的抉择，来戈鸿和他的妻子商定："如果再有一个孩子，我们就不会有足够的时间和精力照顾和培养佳俊了！还是不要了吧。"

为了让小佳俊看到这个世界，父母带着襁褓中的他跑了很多地方，上海、北京……找了很多著名的眼科专家。佳俊两周岁时，有一家医院给佳俊做了手术，可术后小佳俊的眼睛依然与光明无缘。钱花光了，还欠了一屁股债。来佳俊爸爸妈妈的心也死了。

屋漏偏遭连夜雨。1998年、1999年两年间，来戈鸿和妻子先后下岗。抱着手术失败的儿子回到家，夫妻俩欲哭无泪……可懵懂无知的小佳俊却不合时宜地哭了起来，怎么哄也无济于事。来戈鸿情急之下把收音机打开。想不到，收音机里的音乐声让小佳俊立刻止住了哭声。听着听着，小佳俊竟开心得手舞足蹈起来……

天才琴童

佳俊3岁生日时，来戈鸿给小佳俊买了架玩具电子琴，佳俊爱不释手，一个音符，可以不断地重复按它两天。这个音烂熟于心了，再按下一个键。就这样反反复复地按，反反复复地听，两个月后，来戈鸿忽然发现，电子琴中原先贮存的几首示范曲，小佳俊竟会弹了。

1999年，澳门回归，当时中央台有一个音乐节目常播放《七子之歌》。有一天，在外打工的来戈鸿回到家，佳俊就兴奋地对他说："爸爸，我弹个曲子给你听。"他的小手在琴键上舞动，深情的乐曲在来戈鸿耳边响起……正是《七子之歌》。听着听着，来戈鸿眼睛湿润了……尽管来戈鸿不懂音乐，但潜意识里觉得儿子是有音乐天赋的。

没有钱培养儿子的来戈鸿，想出了一个好主意，带小佳俊到少年宫旁听。他带着小佳俊坐在最后一排，别的孩子的琴是雅马哈，而佳俊的琴还是那个玩具电子琴。下课回家后，小佳俊就认真地练。下次去听，他就已经会弹了。

每次上课时，小佳俊都凝神倾听。有一次，小佳俊流鼻血了，鼻血一滴一滴地流下来，可他全然不觉⋯⋯

老师终于被这个旁听的小盲童感动了。每次上课都会对他说："来，佳俊，你给大家演奏一下！"

一天，佳俊妈妈带他到同事家玩，同事女儿正在学钢琴。这晚，佳俊第一次接触到钢琴，当他按下琴键时，钢琴发出的美妙的旋律，让4岁的他再也不能忘怀。

为了让儿子能弹上钢琴，来戈鸿经常带佳俊到有钢琴的同学家去玩。每次临走时，佳俊都舍不得从琴凳上下来。有一次，舍不得离开的佳俊用手死死地拽着琴凳，把琴凳都拖倒了。回到家后，来戈鸿想起刚才的一幕，他想自己真无能，忍不住用手使劲捶打自己的头。

正在弹电子琴的佳俊，听到响声，以为是自己弹得不好让父亲生气了，赶紧问："爸爸，我弹得不好吗？"

来戈鸿抱起儿子："你弹得好极了。是爸爸不好，没钱给你买钢琴！"佳俊依偎在爸爸怀里说："爸爸，我不要钢琴，我有这个电子琴就好了。"儿子短短一句话，顿时，让来戈鸿这个七尺男子汉泪流满面⋯⋯

佳俊楼下有一位好心的邻居，他对佳俊父子俩说："我认识新世纪琴行的老板，我带你们去，那里的琴可多了。"

新世纪琴行的老板韩伟南同情佳俊的遭遇，允许小佳俊免费到琴行练琴。此后，来戈鸿只要有时间就带他去琴行，琴行不打烊，佳俊就不走，常常是卷帘门拉下来了，他还抓紧时间咚咚咚地多弹几个音。

琴行的每个人都被佳俊的好学精神感动了，2000年10月，爱才惜才的韩伟南送给佳俊一台价值一万多元的钢琴。

把钢琴搬到家里那天，4岁半的佳俊一整天琴不离手，夜深了，爸爸妈妈让佳俊休息，他不肯："爸爸妈妈，你们就让我睡在琴边吧⋯⋯"

少年宫教钢琴的吴幼琴老师也被佳俊感动了，决定免费给他上课。这

一学就是一年半。不管刮风下雨,佳俊从不缺课。

一年半后,6岁的佳俊上盲校了,新世纪音乐学校的冯霞老师开始教来佳俊钢琴,仍旧免费。儿子对音乐的痴迷,给来戈鸿带来了希望。他想:佳俊会不会是音乐天才? 如果是,做父母的该如何引导他? 冯老师建议来戈鸿找专家指点一下。

追梦之旅

来戈鸿经常在钢琴书上碟片上看见周广仁这个名字,周广仁是我国著名的钢琴家,曾担任中央乐团钢琴独奏,中央音乐学院系主任,是我国钢琴界的权威。抱着试试看的心情,他决定到北京去找周广仁。

临行前,大家劝阻他:"你两眼一抹黑谁也不认识,千里迢迢地跑到北京,人家会理你吗?"但为了儿子今后的发展方向,来戈鸿仍决定去试一试。

2004年6月底的北京,骄阳似火,中央音乐学院礼堂外,来戈鸿父子俩早已汗流浃背,但是他们片刻也不肯离开,因为他们是打听了很多人才知道周教授在这里给学生考试。

周教授出来了,来戈鸿一下子冲到教授跟前:"周教授,我们是从浙江赶过来的,请您给我指点一下,这个孩子将来的路该怎么走? ……"

让来戈鸿激动不已的是,周教授听他说明了来意后,和蔼地接待了父子俩。周教授听了佳俊的演奏后说,乐感很不错,有音乐天赋,但基本功不行。"如果你们想在北京发展,我可以帮忙安排老师。"周先生把自己家里的电话留给了来戈鸿。

听了周先生一番话,来戈鸿当时就下定决心,不管前面有多困难,都要带儿子"闯北京"。回萧山后,来戈鸿找到当地残联并向所有亲戚朋友请求帮助。在当地残联、民政、居委会、媒体及好心人的帮助下,来戈鸿筹到了一笔钱。

一年后,来戈鸿一家三口踏上到北京的火车,开始了他们的追梦之旅。

到北京后,来戈鸿找到北京盲校。北京盲校的领导被来戈鸿这位慈父感动了,同意接收佳俊入学。

周广仁教授首先安排自己的学生,从留德深造回国的毛栋黎做佳俊的老师,然后,她又亲自到星海钢琴厂去挑琴,她挑到了一架满意的钢琴,送给了佳俊。

在名师的指导下,佳俊的琴艺提高得很快。当年就拿到了钢琴 10 级的证书。

2008 年 1 月 4 日,北京国家大剧院音乐厅。佳俊应邀和父亲来到这里。佳俊和他最敬仰的世界钢琴王子郎朗合作,四手联弹,配合得珠联璧合。当演奏完毕时,郎朗把佳俊的小手放在自己手上仔细地看着,故作惊讶地说:"来先生,你是个小大师啊!"

演出结束后,热情的观众来到佳俊身边,给他鼓劲:"佳俊,太棒了,加油!"

"原版"英语

佳俊除了会说一口标准的普通话,还能用英语熟练地和老外对话,"看"原版的英文电影,美国之声是他有空必听的节目……这一切常让人误以为佳俊在国外生活过。

说起与英语的结缘,来戈鸿说,那还是佳俊上小学一年级时的事。邻居家有一个上高中的女儿,在搬家时整理出了很多小学、初中的英语磁带,她就顺便把这些送给了小佳俊。

如获至宝的来戈鸿觉得这是一个让儿子接触英语的好机会,就对儿子说:"佳俊,如果你学会英语,将来可以直接跟国外的钢琴大师交流。"

爸爸的话为佳俊点亮了一盏希望的灯。佳俊的记忆力非常好,听了磁带后,他能把整盘磁带里的课文都背下来。听不懂的地方他就让来戈鸿带他找老师问。就这样,除了弹钢琴,有时间佳俊就听英语磁带。三年级时,佳俊已把小学到高中的英语磁带全部听完了。

到北京后,来戈鸿带佳俊来到新东方精英英语培训中心找专家指点。新东方的江天凡经理用英语和佳俊交谈后,很奇怪地问来戈鸿:"你们在国外生活过吗?"当他得知佳俊是跟着磁带学英语的,很受感动。免费给佳俊提供精英口语的授课。这是一对一的教学方式,学费很贵,许多北京孩子都是望尘莫及的。

佳俊上学和学琴的路上有时会听到老外说话的声音，每当这时，他就主动上去和老外打招呼。有一次，来戈鸿带佳俊在公交车上，一个美国老外见佳俊用复读机反反复复地听英语，就用英语问他："你喜欢英语吗？"佳俊兴奋地说："非常喜欢。"于是，他们就用英语交谈起来。原来这位老外是北京21世纪学校的外教，当老外夸佳俊英语讲得棒时，佳俊兴奋地问："你能教教我吗？"老外连声说"OK！OK！"后来，来戈鸿每个星期都带着佳俊见那个外教一次。

一年后，老外回国，还把外教楼里的一对美国夫妻介绍给了佳俊。这对美国夫妻对佳俊也很友好，常常请他"看"原版的英语电影。

2007年11月，佳俊参加了海淀区"海心杯"中小学英语口语大赛，他的精彩表现让人们纷纷询问："他是不是在国外长大的？"当人们得知这个盲童的英语启蒙老师竟然是磁带时，全场报以了热烈的掌声。

2008年，全国希望杯英语比赛，佳俊连闯四关，从初赛进入了总决赛。

阳光少年

接触过佳俊的人都说，佳俊开朗，自信，阳光。

来佳俊总是对别人说自己很快乐，很幸福。因为他觉得"世界很美好，有这么多人在帮助我"。他喜欢听欢快的音乐，常常笑，笑到找不到眼睛。

"假如给你三天光明，你最想看的是什么？"记者套用海伦的书名问来佳俊。

来佳俊回答："第一天我想看看我的父母，他们养育我非常不容易；第二天，我想看一下我的钢琴，它每天陪伴我的时间最多，是我最亲密的朋友；我还想看看我的几位老师，是他们教给了我弹钢琴的技艺；第三天，我要看看所有帮助过我的好心人，没有他们就没有我的今天。"

命运是不公平的，给了佳俊两只灵敏的耳朵却没有给他一双明亮的眼睛。命运又是公平的，给了他热爱的音乐和悉心培养他的父母。佳俊说，自己的理想是成为一名钢琴家，或者钢琴老师。让我们共同祝福这个坚强乐观的孩子，愿他在艰难而快乐的生活道路上，走出一番不同寻常的精彩。

杭州老人潘曼霞夫妇的"回归情"

　　2009年12月20日,澳门特区政府成立十周年庆祝酒会上,新任澳门特区行政长官崔世安向应邀专程从杭州赶赴澳门参加庆典的杭州老人潘曼霞亲切敬酒问好。

　　时间回溯到6年前和9年前。澳门特区政府成立五周年、两周年的纪念酒会上,澳门特区首任行政长官何厚铧与潘曼霞夫妇热情碰杯并邀请他俩合影留念。

潘曼霞在庆澳门回归十周年酒会上和新任长官崔世安(左一)合影

一对年近八旬的普通老人缘何三次受到两任澳门特区领导人的邀请，出席纪念澳门回归的盛典？值此澳门回归十周年之际，记者跟随潘曼霞老人到澳门，记录下了潘曼霞夫妇成为澳门家户喻晓、受人敬重的"回归大使"的感人经历。

情系澳门绣心愿

潘曼霞夫妻是杭州市一对普普通通的居民，家住清河坊社区。潘曼霞今年 78 岁，丈夫潘建英 79 岁。夫妻俩育有二女二男。在社区里，潘曼霞家是人人皆知的"五好文明家庭"标兵户。

文革时，潘曼霞因为海外关系被批判，丢了工作。屋漏偏遭连夜雨。30多岁的潘建英在一次手术后，体质急剧下降，成了长年住医院的病号。

潘曼霞一边照顾年幼的孩子，一边看护病重的丈夫，艰难度日。最困难时，潘曼霞瞒着丈夫，把自己结婚时穿的一条华达呢毛裤也卖了。潘建英老人告诉记者，当年潘曼霞在医院陪护他，每天晚上休息时就睡在用四张硬板凳拼成的"床上"。"那'床'又窄又硬，根本无法翻身！她为我受了很多苦……"潘建英感叹道。言语中充满了对妻子的无限爱恋。

"是夫妻就应该这样。"潘曼霞老人乐呵呵地对记者说。在潘曼霞的精心服侍下，潘建英的身体慢慢好起来。

1997 年 7 月 1 日，历经了百年沧桑的香港回到了祖国的怀抱！一直守在电视机前的潘曼霞和老伴，看到了香港回归祖国的动人场面，心潮澎湃，激动不已。退休前，潘曼霞在服装公司工作，平时的爱好就是服装设计和制作。她想，现在澳门回归也指日可待，中华民族大家庭，56 个民族是一家。56 种民族服饰，是连结中华民族大团结的文化纽带。是否可以利用自己的缝纫特长，制成 56 个民族的服装，把一个普通杭州人的祝福送给澳门人民？

这一想法，得到了老伴潘建英的全力支持。

为了搜集服装样本，潘曼霞与老伴去书店、图书馆搜集民族服装的资料。平时只要看到明信片、杂志、宣传画上有民族服装的，潘建英就用照相机拍下来；只要电视上有民族节目，潘建英就守在电视机前抓拍；只要听说哪里有民族歌舞演出，两位老人一定背上相机赶过去……为此，潘建英还成了一名不折不扣的摄影"发烧友"。此外,他俩还自费跑到江苏、福建等民族集聚地采风。

有一回,潘曼霞到北京参加老年合唱团比赛,来了许多各地的少数民族代表队,老人乐坏了,也忙坏了,她把这些代表队的服装一一拍下来,还向他们请教服装的制作方法。

"我们通过各种途径一共拍了1000多张照片。"采访时,潘建英指着书柜上大小几十本相册说。这些拍成的照片,潘建英把它洗了出来,分门别类,列表造册,随时供老伴缝制时参考。

有了服装样本,两位老人节衣缩食,买来一男一女两个塑料模特,跑遍杭州面料市场和小商品市场采购服装原料。潘曼霞夫妻俩退休工资不高,为了制作这些服装,两老平时生活中都是精打细算。有一回,两人在延安路选布料,附近就有家"肯德基",中饭时两老下决心就近吃回"肯德基",但进店一看那么"贵",又空着肚子走了出来。

整整两年的时间,潘曼霞夫妻俩不畏严寒酷暑,挑灯夜战,终于,赶在1999年澳门回归前夕,把凝聚着两人心血的56件民族服装送到澳门,献给了澳门政府,尔后被转送到澳门劳工子弟学校。澳门庆委会还赠予两老"情系澳门 共迎回归"纪念牌。

回归当日,澳门劳工子弟学校的学生们穿着他俩用一针一线制作的56套民族服装,盛装出行,手举"回归啦"的巨幅标语,载歌载舞,成了回归活动中的一大亮点。澳门的媒体亲切地称潘曼霞夫妇是"杭州的爱国老人"。

此后,潘曼霞、潘建英夫妇应澳门工会联合总会的邀请,在澳门回归两周年、五周年之际赴澳门参加庆典活动,两位"回归大使"受到了澳门各界同胞的热烈欢迎。《澳门日报》还做了"夕阳红 澳门情 中国心"的专题报道。

两老成了澳门家喻户晓的"杭州潘氏公公婆婆"。

心向海峡盼团圆

维吾尔族服装绚丽多彩;苗族服装刺绣、挑花、蜡染、编织等多种方式并用,做工考究;满族服装最有传统特色……说起各民族服装的特点,两位老人头头是道。

"她做衣服常常入迷，忘了吃饭，有时还要我喊她呢。"潘建英"数落"老伴说。潘曼霞告诉记者，因为有时她担心衣服做了一半，饭吃好后忘记了，因此，老伴催她吃饭时，潘曼霞总是对爱好书法的潘建军说："做衣服和写毛笔字一样，需要一气呵成。"

自从做好第一套56件民族服饰后，两老一发不可收，十多年来，一心扑在这些民族服装的设计和缝制上。2007年，香港回归十周年，两位老人把第二套56件民族服装赠送给厦门海新幼儿园。

两老的心里还有一个更大更美好的心愿。

潘曼霞家客厅正中的墙上，醒目地写着"各族人民情系宝岛"八个大字。原来，潘曼霞是台属，姐姐和弟弟都在台湾。其姐曾在1978年回来过一次，之后姐妹俩就再也没团聚过。如今姐姐已80岁，弟弟已73岁。随着年龄的增长，潘曼霞对亲人的思念日益加深。

潘曼霞老人告诉记者："几年前我们曾办过去台湾的证件，可惜摔了一跤，等身体康复，证件过期，没去成。我现在真的很想去看看那边的亲人，和亲人团圆。"潘曼霞夫妇把对亲人回归的挚爱，深情地寄托在为台湾同胞精心制作的56套民族服装上。潘曼霞说，56个民族56朵花，56个兄弟姐妹是一家。我希望回家探亲的台胞看到这些民族服饰，能把两个老人日夜盼回归的心情传递给广大台湾同胞们。

这次澳门回归十周年，潘曼霞夫妇早早收到了澳门工会联合总会的邀请函。由于潘建英身体不太好，潘曼霞由大女儿陪同，参加澳门十周年庆典。这次，老人又带去了崭新的28套民族服装。当澳门劳工子弟学校的学生们再次穿上潘曼霞新带来的民族服装，为老人载歌载舞，欢迎老人时，老人心情很激动，上去为学校师生一展歌喉，高唱祖国妈妈的歌曲。

原澳门劳工子弟学校校长、现为校监的唐志坚说，每次学生穿着潘曼霞潘建英两位老人制作的56套民族服装演出都获得了大奖。学校还以此作为爱国主义教育的素材，使师生及澳门同胞知道祖国有56个兄弟姐妹，加深大家的爱国爱澳情怀……

让潘曼霞感动的是，5天时间里，她始终有专人陪同，回归当天，老人作为贵宾参加了澳门升旗仪式、特区政府的庆回归酒会等活动。在当天的烟花晚会上，记者采访了陪同潘曼霞母女观看烟花的澳门工会联合总会常务理事彭为锦先生。彭先生用不太流利的普通话直夸潘曼霞夫妇是"热爱祖国的老人家,关心祖国和平统一大业,很了不起。"得知老人又已为台湾回归做了56件民族服装时,彭先生钦佩不已,他由衷地对记者表示,希望老人家健康长寿,看到中华民族的最终统一。

未来,潘曼霞夫妇最大的愿望就是希望能有机会到祖国的宝岛台湾走一走,看一看,跟亲人畅叙情谊,把自己特意为台湾同胞制作的民族服装赠送给台湾人民,了却多年的宿愿。

祝愿他们健康长寿,宿愿得偿!

粮食丹青写人生

小米、红豆、绿豆、芝麻、玉米渣……还有很多叫不出名的农作物种子，足足将近 20 种，竟"种"在一幅名叫"喜鹊报春"的画上：喜鹊的眼睛是黑芝麻、嘴巴是油菜籽、身子是黄米、爪子是西米……这些五谷杂粮聚集在一起，组合成了一幅宛若浮雕般的图画。

人们餐桌上的粮食，在金华粮食画家陈桂鸿手下，却成了"写字作画"的好材料。凭借这独门技艺，他在十多年间制作了上千幅作品。这些粮食画不仅防蛀防腐耐保存，脏了还可以放在水里清洗。

陈桂鸿制作的粮食画

初识粮画在兰溪

今年 43 岁的陈桂鸿，迷上粮食作画前，是一个世界品牌的五金建材代理商，生意做到了全国各地。

20 世纪 90 年代末，有一次，陈桂鸿和一个生意上的朋友吃饭谈天，朋友无意中说起，他见过老民间艺人用餐桌上的五谷杂粮做成的工艺品："很漂亮！很新奇！"

陈桂鸿说，自己来自丽水的农村，少年时清苦颠簸的生活至今让他记忆犹新，"那时能吃到一碗白米饭就已是奢侈！"所以，从小到大，对粮食怀有一种特殊的感情。

说者无意，听着有意。陈桂鸿当即丢下手头的生意，千里迢迢赶到兰溪寻访。在一个僻远的村庄，陈桂鸿见到了这位已年过七旬的民间艺人。

在老人家，陈桂鸿见到了用各种粮食做的工艺品，有漂亮的宝塔、典雅的屏风、华丽的牌坊……一件件乡风浓郁的作品让陈桂鸿大开眼界。他由衷地叹服民间艺术的悠久、神奇，立马爱上了这门"养在深闺人未识"的民间艺术。老人告诉他，这些工艺品，民间叫做"粮食砌"，老人家祖祖辈辈都做这个，做了多少年已无从考证了。

当时，陈桂鸿看到一个用玻璃柜罩着的高约 70 厘米、宽约 20 厘米的粮食宝塔，爱不释手。他想把宝塔买下来，但老人告诉他，曾经有人出价二三万他也没卖。老人说，做这个塔很麻烦，花了他好几个月的时间，而且宝塔模型由蜂蜡、松香做成，夏天会发软，不能触摸。此外，为防止粮食发霉变色，每年都得拿出来翻晒、熏蒸。不会这门技术的人，是不能长年保存的。

陈桂鸿问老人，有没有其他方法让这些粮食工艺品一代代保存下去，老人说："没有！"他试过很多种方法都没成功。

陈桂鸿的老父亲一生喜书画，所写的字画在当地十里八乡小有名气。自己受此浸润感染，从小就喜欢书画艺术。这些漂亮的粮食工艺品，深深地激发了他心灵深处对书画的热爱，也激发了他传承这项民间艺术的浓厚兴趣。陈桂鸿决心将其发扬光大。

十年辛苦磨一剑

回家后，陈桂鸿即着手查找资料了解粮食画。

据史料考证，粮食画其实早已有之，起源于清朝，盛行于民间，20 世纪 50 年代后几近失传。在中华民族传统文化中，粮食就是吉祥、和谐、幸福的象征，民间的百姓把五谷作为避凶邪、镇污秽的视禳之宝。至今北方的许多农村家中还有挂粮食的习俗。

陈桂鸿觉得，民间的一些羽毛画、麦秆画、棉花画、树皮画等各类画都

能长期保存，唯独这个特别适合艺术创作的粮食画无法保存，他觉得实在太可惜了。

陈桂鸿开始琢磨着粮食画保存技术上的困难。他反反复复做实验，先后尝试用鸡蛋清、大蒜、福尔马林药水、工业胶水、清漆等防腐。陈桂鸿说，涂过鸡蛋清的粮食上面会有一层光泽，做出来的画很漂亮，但最多保存一两年，用清漆泡过的粮食久了会裂，影响美观。

除了生意上必要的来往，陈桂鸿把所有时间都花在了研究粮食画上。还利用出差全国各地的机会打听有关粮食画线索，屡次跑到那些偏远的地方实地考察。

功夫不负有心人。10年的汗水、10年的心血，陈桂鸿终于研究出一种可防粮食裂开、霉变、风化的技术。陈桂鸿说，这项技术的灵感主要来自一种建筑材料。前不久，他已向国家专利局上交相关资料，申请技术专利。

据陈桂鸿介绍，用这种技术处理过的种子，不仅保持了粮食原有的自然色彩和光泽，还可防止画幅长虫、发霉、腐烂、发黄等。而用这种种子创作的粮食画，任其放在外面日晒雨淋，都不会受损。

离妻别子终不悔

放着好好的生意不做，却痴迷于这个前景未卜的"民间艺术"，一般人肯定想不通。陈桂鸿的妻子也不理解：原本整洁清爽的家，一夜间堆满了各色粮食，仿佛是一家粮食店；书房是陈桂鸿的"实验室"，里面各种药水、木板，乱七八糟又散放着异味，就像是一个杂货铺。

研究过程中，陈桂鸿常食不甘味，夜不能寐。有时候，半夜想到一个好方案，他会兴奋地从床上蹦起来，跑到"实验室"捣鼓。"你有神经病啊！"这样的次数多了，被吵醒的妻子开始忍无可忍地骂他。

为了不影响家人的生活，陈桂鸿把实验室搬进了一个朋友遗弃的房子里。房子潮湿又不通风，冬天阴冷，夏天闷热还有蚊子。但陈桂鸿仍没日没夜地蹲在小房子里，进行着他一次又一次失败的实验。妻子见他仍如此"执迷不悟"，下了最后通牒：再不好好做生意，离婚。

"我这是何苦呢！"陈桂鸿想到了放弃。然而，陈桂鸿自从迷上粮食画后，边研究边创作，钻研中国画的立意、构图、技法，制作一些大众喜爱的"福"、"寿"、"万事如意"、"招财进宝"、"松鹤延年"等寓意吉祥的字画，朋友们见了都非常喜欢，向他讨要，这让陈桂鸿很有成就感："我决不能半途而废！"

最终，陈桂鸿和妻子和平分手。他把五金建材经营部、家里的房产都给了妻子，儿子也随前妻生活。没了后顾之忧，陈桂鸿更是日夜沉浸于粮食画的研究一发不可收。

五彩种籽绘未来

记者在陈桂鸿租来的创作室里看到了各种各样的粮食：小麦、燕麦、糯米、红豆、玉米……还有好多叫不出名的种子。说起这些粮食和种子的功能和作用，陈桂鸿侃侃而谈，如数家珍。

"每个季节，我还要回老家上山采集各种种子，有野草籽、野树籽、野豆……"陈桂鸿说，因为书画作品容易受到五谷色彩的局限，于是他又把目光延伸至蔬菜种子。蔬菜种子粮食市场上种类有限，他就到野外采。这些野生的种子形态各异，色彩斑斓，运用到国画艺术当中，最能够反映出质朴、天然的美感。

创作粮食画首先要设计草图，再根据图案，选取不同颜色、大小的粮食，用作画工具一粒一粒地粘到图案底稿上，再经高温烘烤、装裱等，共有十几道工序。陈桂鸿说，创作粮食画是一个很费时的活，最需要"三心"：细心、耐心、恒心。对陈桂鸿来说，每一幅画他都是用心去做的，每一幅画都夹杂着自己的情感在里面。

怎样让粮食画走进寻常百姓家，让这朵艺术奇葩早日绽放出更加夺目的光彩呢？陈桂鸿又尝试着创作各种类型、风格迥异的粮食画。有之前寓意吉祥的民间图案；有年轻人、孩子们喜欢的卡通漫画；也有商人、白领喜欢寓意"发财"的书画，他都能够迎合人们的需求，进行个性化创作。随着陈桂鸿创作种类的丰富，他的知名度逐渐扩大，粮食字画"订单"纷至沓来。陈桂鸿租了一间民房，请了五六个工人帮助加工。有一个企业家慕名过来，花5000元买走了一幅名叫"大展宏图"的苍松雄鹰图，这幅图用了两万颗、累计

陈桂鸿在制作粮食画

四五十种植物种子，连工时在内，这幅画的成本是 2000 元，堪称"粮食字画之王"。

　　"民间艺术既是民族的，也是世界的，我要把粮食画做成一项产业。为了让更多热爱民间艺术的人加盟进来，目前我已着手计划开一家画廊，并把自己历年创作的作品整理出来制成画册，方便更多的人们领略这天然质朴、返璞归真的粮食画。"说到未来的打算时，陈桂鸿如是说。

幸福婚姻"感动杭城"

他是开化大山的儿子,她是钱塘江的女儿;他山一样质朴,她水一样灵动。都说婚姻是爱情的坟墓,已步入婚姻殿堂10年的她却说,"我从婚姻中品尝到了爱情的甜蜜。"爱情滋润下,她获得了事业上的丰收,登上了"感动杭城十大教师"的荣誉榜首,时任杭州市委书记的王国平亲自为她颁奖。

"世界上最棒的爸爸是谁?""我爸爸!"在浙江电视台《我老爸最棒》节目现场,他们9岁的女儿大声说。

第九次传呼

1998年的一个冬夜,对26岁的开化县小伙子姜锋来说,是一个幸福的夜,月下老人把一个漂亮娇小的名叫沈仁红的女孩送到了他面前。

他对她一见钟情。

但是这个刚刚走出大学校门的年轻女教师却像天鹅一般,高昂着她美丽的脖颈,没有多理睬他。

"这个沈姓女孩,如果第九次再不回我传呼的话,就算了,再也不 call 她了!"有着大山一样沉稳胸怀的他,沉不住气了。

但就在这一次,她奇迹般地回电话了⋯⋯

那天,饭后闲来无事的她,冥冥中好像有人指挥她一样,鬼使神差地回了电话。

他到学校找她。她从头到脚"检阅"他:

憨厚帅气的脸,额头上挂着水珠,身上一件极旧的土黄短袖,半新的裤子,脚上是——

"哈哈哈——"她放肆大笑。

他的脚上居然是一双老式的"工农兵"穿的黑色雨靴！

但是，她突然止住了笑。只见他从自行车兜内拿出一双红色的女式高筒雨鞋，来不及擦掉脸上的雨水，就对她说："这是给你的，今年夏天雨水多，现在的人多半没这个东西，我怕过几天要买不到了……"望着马路边从下水道内突突涌出来的污水，她若有所思。

中文系毕业的她，对自己的爱情有过种种浪漫的憧憬和设想，却从没想到过以这样的方式开始自己的恋爱。

她潜意识里对他有一种可以托付终身的感觉。

在还没来得及品尝恋爱的浪漫与甜蜜时，她似乎就注定是他的妻子了。

他和她的父母都喜欢上了未来的媳妇和女婿，开始竭力撮合他俩的姻缘。准婆婆会拉着儿子在她寝室门外干等一下午，直到她监考结束。姜锋13岁时，父亲就因车祸去世，她怜爱这位曾经孤苦的山村小子。这样的家，这样朴实的人，一定会珍惜自己。她想。

"沈家飞出金凤凰，迎来姜家状元郎……"2000年冬天，他俩步入庄严的婚姻殿堂。经济所限，婚礼并不隆重，然而岳父大人亲自撰写这副对联，分外引人注目。

平凡的甜蜜

那个冬季，整夜的暴风雪，让第二天匆匆赶时间上班的人们，一个个车轮、脚底打滑，在马路上摔个四脚朝天。

身材娇小的她也身不由己地加入了这支"摔跤大军"，她艰难地爬起来，一只手捂着前几天已扭伤过的腿胫骨，一只手匆匆地给老公发了一条短信："今晨一路上，无数人仰马翻，妻亦未幸免，旧伤添新痕，夫君外出时，千万要当心。"

有爱，再平凡的日子她也觉得甜蜜。

有朋友问他俩，过去、现在和将来，你们最想跟对方说的话是什么？

她说：老公，听话不要熬夜，你的肝！尽量少吃点蒜与辣，你的胃！

他说：老婆，不要那么在意胖与瘦，你够漂亮啦！

2001年，两人的爱情结晶女儿冰冰降生了。

有了女儿，小家庭虽增添了别样的欢乐，但两口子也一下子感到身上的责任、家里的琐事多了起来。

沈仁红11年的教书生涯中，除了生孩子的那一年，其余10年每年担任班主任，还兼任了8年的语文备课组长。她身上挑的，永远是一线教师中最沉重的担子。

上班的日子，清晨，她踏霜出门；傍晚，她披着暮色回家，晚饭时还要三放饭碗接家长来电。家里虽然请了阿姨，但抚育女儿的重任，姜锋不得不挑起了绝大部分。姜锋是省电信部门的高级工程师，几乎年年都是先进。对工作，他一样有自己的追求。

"多少男人梦寐以求娶个老师做老婆，到手后才大呼上当，发现自己受骗成了家庭主男。"姜锋一脸的"委屈"与"不平"。

"是男人莫娶世界上最小的主任做老婆！"他大梦初醒。

"有啥不好！这样的老婆才最让人放心，她没时间上网搞网恋嘛。"沈仁红"反击"老公，"再说，当家庭主男多好，女儿都成爸爸的贴心小棉袄了！"

"那是当然。"姜锋得意洋洋地说："如果世间真是能有什么可以让人骨头酥软的话，就是女儿亲我的时候，夸我的时候。"

每当姜锋一身疲惫回到家，女儿总会在他脸颊上轻轻地啜一口："I love you！爸爸，我喜欢你，我最喜欢你啦，你是世上最好、最好、最最好的爸爸！"

这一刻，姜锋什么疲惫，什么烦恼，什么的什么统统飞到九霄云外去了，眼里心里只有宝贝女儿。

2009年，浙江卫视邀请由各小学代表组成的学校代表队，参加《我老爸最棒》大型亲子竞技节目。选拔小选手之际，学校的老师们马上想到了冰冰父女俩。"老婆，真的要上电视啊？""你这样的老爸不上谁上？""这种抛头露面的事，算了吧……""那怎么可以？还有我这个幕后小女子在助阵呢"……在爸妈的犹豫之间，冰冰已经跃跃欲试，挑好了一身行头从房间出来了，俨然已进入了运动员上阵的状态。

最终，父女的精彩合作，其他队员的共同努力，为学校获得集体一等奖。

孝顺，懂事理

婆媳关系是个亘古不变的话题，沈仁红也碰到了。姜锋是家里的独子，

上面只有一个姐姐。

媳妇生下孙女，来自农村山区的婆婆很失望。

十月怀胎，一朝分娩，婆婆却嫌她生个女儿，不用说沈仁红心里有多伤感。

姜锋赶紧安慰母亲："现在是新时代，女孩男孩一个样，农村生男孩是解决劳动力……"

看到姜锋耐心地劝导母亲，又用自己对女儿的万分喜爱打动老母亲，沈仁红心里释然，她也理解老人家。

为了让老人安享晚年，姜锋为妈妈和姐姐在老家盖起了漂亮的楼房，让老人可以和姐姐住在一起。沈仁红又做主给婆婆买了价值不菲的组合保险，让老人家也能享受城里老人一样的保障。

对老人唯一的外甥，夫妻俩也倾注了不少心血，外甥小学到高中两人一直资助并辅导他的学习。每年暑假，杭州舅舅家就是他免费的夏令营。

"孝顺！懂事理！"现在，婆婆逢人就夸自己的媳妇。

爱屋及乌。对孙女，婆婆更是打心眼喜爱。"奶奶——""哎——"听到孙女的叫声，看到儿子一家温馨的场面，婆婆乐得两眼眯成一条线。

沈仁红开心地说，虎年冰冰 10 岁了，素质全面，是学校的班长，每年的三好学生从没落下。生活中，难免会有争论与摩擦，平时，小两口有点磕磕碰碰，懂事的女儿还是他俩的和事佬呢，左一口"老爸"，右一口"老妈"，叫得两人都没脾气了。

没有过不去的坎

也许是上帝妒忌他们的和谐，或是人生真的不会一帆风顺。

2009 年 10 月，沈仁红被诊断为脑肿瘤，高科技的核磁共振残酷地告诉她："脑肿瘤伴有少量出血，已压迫到视神经……"如果不做手术，那就等着双目失明。如果做手术，要面对术后半身不遂、脑出血死亡等风险。她没有想到：连年超负荷的工作，病魔已悄悄找上门来。

"老婆，你要重视，绝不能那么傻傻地老说'我还有课'，但是没什么可怕的！我们没有过不去的坎！"姜锋心疼地对沈仁红说。

"全国最好的脑科专家是上海的李士其，明天我们就去上海华山医院找李医生,我已在医院附近订好了旅馆。"关键时刻,姜锋用他的镇定和理智,发挥他的专长,从网络、电话等途径查到很多关于脑瘤的手术专家等资料,将求医诸事安排得井井有条。

当晚,他带着她到杭州城站,坐上了开往上海的动车组。一个半小时的车程,他不停打查询电话,落实预约等相关事宜。

晚上下榻在上海的汉庭快捷,洗漱妥当以后,他带她去武夷路上的老式西餐馆,那里任何时候都是从容而温馨的。她却很迷茫:手术后,还会有这样的日子,这样从容地共进西餐么?那段时间,她的微笑苦涩至极,常常是微笑伴着黑暗凝转成了长夜的清泪。

一夜未合眼。凌晨4点,夫妻俩就打车来到了华山医院,未进大门,先见识了黄牛倒号的疯狂。

扒开人群,他俩站定的时候,前面队伍黑压压一片,足足好几百人。"这里冷!我排着。你找地方休息一下。"这样的表述,是他对她的习惯用语。"还是我排着,你去前面探探情况吧。"她明白他心里的急。也许实在是心急,犹豫了片刻,他脱下外套给她披上,自己就挤开人群往前走。

理智告诉他,如果今天挂不上号的话,意味着手术就可能要延后整整一个月了。

医院还没有开门,因为有保安在维持秩序,队伍虽然很长但还算有秩序。过了很久,她收到他发来的短信:"我已摸索到了地下室,在等电梯,上面大门一开你就给我短信。"实际上,他在阴森森的地下室,在黑暗中差点闯进了太平间。

"我已在门诊大厅消防梯口子上。"这时,他却像一个小偷一样忐忑地趴在楼梯上,躲着看守的门警。

"已试过,有楼层门忘记上锁,哈哈!"此刻,深秋的寒风直往姜锋的毛衣脖子里灌,他已在寒冷的黑暗中瑟瑟发抖。

"不愧是学建筑的,一个红五星!"她回短信。

咬紧牙关,他在寒冷的黑暗中继续瑟缩着,直到手机铃声如赦免令般地响起。开门了,他终于冲在前二十个给她挂上了号……

要做脑肿瘤切除手术了。

手术前签字时,主刀医生的风险分析让他无法安心,姜锋拿笔的手颤抖

着,几乎要崩溃……她被推进手术室时,20多个亲人朋友在外揪心等候……当着那么多人的面,他竟然弯下腰亲了老婆一下,平时他其实很少这样的。

直到现在,她一直舍不得删掉那些短信,2009年10月29日早上,在上海华山医院门口分头排队时,老公和她在清晨寒风中的短信。

感念幸福生活

脑肿瘤手术后,还躺在病床上的沈仁红,竟被热情的学生和家长们推上了杭州首届"感动杭城十大教师"的荣誉榜。

她欣慰,往届的学生们心急如焚。他们从家乡的网络社区"19楼"上读到消息以后,一批批来到了她的病床前。有的带着男朋友女朋友来,笑谈是接受沈老师的"检阅";有的穿着工作服匆匆赶来,一个刚从美国麻省理工学院毕业,现已是华尔街最年轻顾问的小伙子,竟然从美国飞了回来!一样着急的还有双方单位的领导和同事。

难道老天也被这对小夫妻的坚强与恩爱所感动?手术成功了,没有喜极而泣的相拥,他俩继续平静地生活。

他命令她多休养,一度"没收"了她的电脑与手机,请来全天候保姆协助丈母娘照顾妻子。她则总是要偷偷起来给老公女儿做个早饭什么的。10年来两人从来没做过信誓旦旦的保证,平安之后的日子他俩加倍珍惜。

手术后3个月,看到沈仁红空间中的一段日记速写:

"老公趴在书桌上给女儿的元旦小报涂色,那看惯设计图与报表的双眼充满了孩子气的认真。女儿坐在卫生间泡她的小脚,眼睛盯着手中的报纸,阅读同伴的报道,时不时拎起水壶加点热水,恍惚间感觉女儿这一举动似有独酌小酒的惬意。我晒完一大盆衣服走进卫生间,看到这一幕不由得忍俊不禁……"

2010年2月26日,姜锋在自己的空间上写道:近日,有时在冰冰睡下后,自己看《越狱》。妻习惯早睡,而电视一闪一闪的。为此,她就带着眼罩呼呼,看电视的间隙,我看着她戴着眼罩,香甜地睡在身边,心里感觉很温暖……生活很平淡,也很幸福。(合作者 晨子)

零距离感受澳门教育

澳门回归十周年之际,记者赴澳门做了为期一周的采访,其间不但采访了澳门负责基础教育的澳门特别行政区教育暨青年局副局长梁励女士,还深入民间走进学生家庭,真正零距离感受了澳门的教育。

劳工子弟学校:窥一斑而知全豹

澳门学校多、规模小是众所周知的。此外,澳门 100 多所学校中,绝大部分是私立的。私立学校大多由天主教、基督教、佛教等宗教组织、社会团体及个人创办。记者参观了澳门第二大学校——澳门劳工子弟学校。该校是一所私立学校,由澳门民间团体澳门工会联合总会创办,建校已有 60 周年。学校也定期出版彩色的《校园姿采》。

学校位于镜湖马路 76 号 A 的黄金地段,学校坐落在一条并不宽敞的马路边,校门看起来很普通,四周都是居民楼,进门就可见到现代化的操场和五层教学楼,楼顶平台的活动场上有学生的实践基地,上面种植着蔬菜。

据接待我们的郑杰钊副校长介绍,澳门劳工子弟学校在校生有 3000 多人,由幼儿部、小学部、中学部组成。三个部不在同一个校区。郑副校长带着我们参观小学部。他边走边介绍说:"为迎接澳门回归,学校今天下午休息,但是仍有很多同学回来上兴趣班。兴趣班的科目很多,内地有的,这儿也基本上有。""我们这儿设有'温馨室',同学们都喜欢来这儿,这里面的老师会帮助学生解决问题,分担忧愁。"郑副校长指着一间挂有"温馨室"门牌的教室说。

我们走进绘画室,发现同学们正在安静地画画。"画这种画很麻烦的,

要先用铅笔打底稿,再用黑色钢笔描……"老师正用不太标准的普通话给我们解释。

这种复杂的古代风格工笔画,很考验人的耐心,内地兴趣班很少看到,但澳门劳工子弟学校的同学们却画得一丝不苟。

有个同行的浙江小记者向一个正在画画的女同学请教,可那个画画的同学只会说粤语,无法用普通话交流。看来,澳门的国语教育还有相当长的一段路要走。

我们来到了科技室,里面陈列着人体器官模型、工艺品、地球仪之类的东西,偌大的教室只有5个同学,但老师仍耐心地指导着。

我们又来到音乐室,莫扎特、贝多芬……音乐教室的墙上贴着世界音乐家的图片,柜子上陈列着各种器乐的模型,阶梯上整齐地坐着三十来个各个年级段的同学,郑副校长说他们是合唱队的。这里好多学生普通话讲得很好,郑副校长说,因为学校三年级以下开始采用普通话授课了,高年级的还是用广东话授课的。

我们去参观学校的图书室,只见图书室门上方写着"胡锦涛主席赠书室"。原来,2004年,胡锦涛主席来看望孩子们时,向该校赠送了13000多册书、3架钢琴。

我们在学校参观的半天时间里,始终有一个女同学跟拍,俨然是小摄影师。记者好奇地问了她,她说是学校摄影班的,今年上五年级。学校有活动,常让她跟拍。

我们走了一圈没发现学校的食堂,陪同参观的胡绮明老师给记者介绍,澳门地方小,学生中午都回家吃饭,学校是没食堂的,也没有住校生,这里没有寄宿学校。

"幼儿园的小朋友也回家吃饭吗?"记者问。

"不回家,请外面的饭店烧好送过来。"

通常,学校下午3:40就放学。一个星期休息一天半,没有早读。

现在的学生和以前的比有什么不同呢?胡绮明老师说,澳门有留级制度,这里的学生是可以留级的,以前十五六岁还读小学的都有,现在都是适龄学生,中途辍学的也很少了。胡绮明还说,以前的学生性格比较内向,现在的孩子成熟,会主动和老师交流,比如会告诉老师:"老师,我今天不开心喔"，等等。

澳门家庭：欲让孩子到北京读大学

我们来到土生土长的澳门人梁子峰的家。

梁子峰与父母

梁子峰在劳工子弟学校上六年级。母亲是劳工子弟学校教师，毕业于澳门大学教育本科，现在进修教育硕士。父亲在博彩业工作。梁子峰家有70多平方米，家里的摆设和杭州普通百姓家没什么两样。

不过有点意外的是梁子峰是家里的独生子女。梁子峰父母说，现在澳门好多家庭都只有一两个孩子。

梁子峰成绩很优秀，家里的矮柜上放着一大堆奖杯。学习之余，梁子峰上了5个兴趣班，打击乐、跆拳道、小提琴、游泳、合唱班，但没有一样是主课兴趣班。

面对记者的提问，梁子峰有些腼腆，问一句，答一句。"这些奖杯是如何得来的？""演讲比赛……这个是画画……还有，这个是编故事。""喜欢上兴趣班吗?""喜欢。"梁子峰妈妈说，兴趣班都是儿子自己选的。

同行的小记者把语文书拿出来和梁子峰的语文书对比，发现内地五年级许多课文，和他们六年级的课文一样。"我觉得你们的好难，五年级就学这些东西。"梁子峰说。"你简体字认不认识?"记者把语文书递过去。"不认识，好难啊。"梁子峰说。

记者问，儿子参加这么多兴趣班，学习时间会不会排不过来? 梁子峰妈妈说，学校作业不多，儿子也很自觉，中午回家吃饭，也会把作业带回来。他爸爸则说，澳门小，他用摩托车接送一下很方便。

说到儿子的将来，梁子峰妈妈很欣慰，后天儿子就将作为澳门学生代表到北京参加"京澳学生交流团"。现在大陆的教育不错，将来想让儿子到北京比较好的大学学习，最希望儿子成为乐观开朗的人!

记者随口问陪我们家访的校学生会负责老师龙志贤先生，您的孩子也在本校念书吗? 他笑着说，儿子比较顽皮，送到天主教学校念书了，每天要听《圣经》。

我们又来到另一户家庭，这是一户移民之家。20世纪90年代末从福建到澳门。父亲关明兴是在建筑业这一行的，母亲关凤兰在赌场工作。夫妻俩育有3个子女。

大女儿关益萍上初二，小女儿关益敏和儿子关益鸿上小学。关明兴夫妇是普通职工，这么多孩子上学压力会不会很大呢? 关益萍开心地回答，我们上学不要钱! 看病也不要钱!

原来，澳门是世界上为数不多的实行十五年免费教育的地区，他们从幼儿园到高中毕业的学费都是政府埋单的，每年还有1000多元的书本补贴。

关益萍三姐弟

至于看病,澳门市民在公立医院看任何病都是免费的。此外,关益萍还说,母亲工作的赌场福利也挺好的,子女到所属赌场的私立医院也是不要钱的。

关益萍告诉记者,他们姐弟3个都在劳工子弟学校就读。成绩好坏也是排名次的。学校设有一、二、三等奖学金。班里还有分科奖,每科有300元的奖金。学校还有保送北京大学、清华大学的名额。

学校每周会请专业人士来校讲时事,比如最近立法会议选举,学校就邀请立法会议员来讲选举的事情。学校也很关注学生的心理健康教育,每星期都有一节心理课,还玩一些心理游戏。每周都有一节班会课,班主任做总结。

同行的小记者问:"你们几点算迟到啊?""高年级8:10,低年级8:45。""哇哦!这么好的,我们都7:40呢。""你们放不放假呢?什么时候放假呢?""噢!基本上所有的节日都要放假。""哇!那——三八妇女节?""反正所有的假都放,元旦18天,除夕18天,圣诞节18天,其他的劳动节、儿童节、妇女节、中秋节、重阳节、端午节、感恩节,都放一整天呢。"

澳门私立学校这么多,怎么保证学校的教学质量呢?为此,记者采访了澳门负责基础教育的澳门特别行政区教育暨青年局副局长梁励女士。梁励女士说:"一是保证他们小班化教育,二是我们有一个综合评鉴队伍,协助学校通过国家教育部送老师到内地培训交流。比如说北京大学、华东师范大学等高校……"

张婷婷：我想成为美好的象征

　　曾经，张婷婷的理想是当一个舞蹈家，但18岁时她成了浙江省医学高等专科学校的一名大学生，如今，命运又安排她当了一名银行职员。然而，对舞蹈的热爱和对美的追求，张婷婷从未停止过。

　　张婷婷从小就是文艺活跃分子，其父母虽然没有让张婷婷朝文艺方面发展，但他们认为一个女孩子多才多艺总是好的，因此安排张婷婷学了舞蹈和钢琴。从初中开始，张婷婷在学校里的"官"都是文娱委员，这使她在校内外有了很多锻炼的机会。大学期间，张婷婷参加了浙江省公益汇演《感恩的

左边为张婷婷

心》，还去美国波利斯大学进行合唱交流。校庆演出舞台剧《梁祝》，她因扮演主角祝英台而在校园内迅速"走红"。

2008年，张婷婷在浦江县人民医院实习，恰逢当地水晶仙子选拔赛开赛，医院把她推荐给组委会的吴享重老师。选拔赛上其他选手都是背熟了演讲稿上台的，张婷婷是即兴演讲："我叫张婷婷，现在浦江人民医院实习。浦江是书画之乡，水晶之都。水晶仙子是浦江县人民素质的体现，是展示浦江经济发展迅速之体现，我想成为这美好的象征，请大家支持我！"

这次水晶仙子评选，她获得了"超人气冠军"和大赛的亚军。不久，中国银行浦江支行公开招考银行大堂经理，张婷婷过关斩将，竞聘成功。记者问她成为一名银行职员有何感想时，张婷婷说，行行出状元，有些人会干一行怨一行，有些人却干什么都行，我希望自己是后者。

说到将来的理想时，22岁的张婷婷说"如果有盏阿拉丁神灯摆在我眼前，我会说希望自己事业顺利，爱情顺利，家人幸福美满。"在张婷婷看来，事业顺利，意味着经济独立。女人只有经济独立了，才能自主自强，属于自己的小天空才能得以实现。

至于爱情，张婷婷说只有责任感重，有孝心，稳重的男生才会照顾人，才会挑起家庭的担子，生活才会美满幸福。

除了舞蹈，张婷婷还喜欢旅游、看书。她说最喜欢看张小娴和冰心的散文。在她看来，所谓天生丽质的人是有，但不多，更多的是需要后天培养，而阅读是提高自身素养的最好路径。

"80后"孙盈:"舞"出桃李满天下

有人说她就是为舞蹈而生的,今年28岁的她已有20多年的舞蹈生涯。一路舞下来,她舞出了自己的爱好、舞出了自己的事业、舞出了自己的精彩人生。

回首自己这一路走来,她无悔自己最初的选择:"舞鞋穿上了,就不想脱下来了!"

她是谁? 她是一位艺术教育园丁,视少儿舞蹈训练与创作为生命;她是一名素质教育巧匠,将艺术与人格培养融为一体;她还是一个传播美,表现美的使者。

她3岁学舞,一舞成名;16岁时远离家乡到北京学习舞蹈,学有所成;20岁,她带着红舞鞋回家乡创办了舞蹈学馆,弹指之间,"舞"出桃李满天下。

她叫孙盈,现为中国舞蹈家协会会员、浙江省舞蹈家协会会员,金华舞蹈家协会理事,金华市少儿影视艺员形体培训部副主任、孙盈舞蹈馆馆长。

挡不住的舞蹈天赋

如果说兴趣是最好的老师,那么兴趣＋天赋＋努力就可以使人成就一番事业。孙盈在很小的时候,舞蹈天赋就已表现出来,漂亮的五官、修长的四肢、活泼开朗,爱唱爱跳。三岁那年孙盈便以《粉红色的回忆》获区幼儿舞蹈一等奖。

上学后,8 岁的孙盈每天放学后都要赶两个小时的车去上舞蹈课,学习的枯燥与辛苦没有磨灭她对舞蹈的热爱,会晕车的她多年如一日地坚持了下来。

功夫不负有心人。1999 年,16 岁的孙盈考入北京海韵艺术学校舞蹈表演系,主攻民族舞、芭蕾舞。怀着对舞蹈的痴迷,在校期间孙盈一直担任文艺干部,专业课代表、班长、校学生会主席,同时受学校委托在课余时间为小中专班授课、多次受到邀请,在节目编排演出及舞蹈大赛中赢得掌声。

2002 年,孙盈毕业了,京城不少企事业单位、专业剧团和影视公司向她伸出了橄榄枝,但让人意外的是她选择回到生她养她的故土金华,因为她心中还有一个更大的梦想⋯⋯

传播艺术的使者

带着那套伴随她多年的雪白舞衣,20 岁的孙盈从北京回到金华创办了以自己名字命名的孙盈舞蹈馆。

宽大的舞蹈房,一群活泼可爱的孩子随着音乐翩翩起舞,一位身材修长苗条的年轻老师一会儿为孩子们打拍子,一会儿走过去纠正孩子们动作⋯⋯直到最后孩子们的表现都不错,她的脸上才露出满意的微笑。

"我喜欢孩子,我想把自己热爱的舞蹈传给更多的孩子。让更多的人享受到舞蹈的乐趣"谈起创办孙盈舞蹈馆的初衷时,她如是说。

为了让孩子们学得更好,孙盈"因人施教",把学员分成 5—6 岁、7—8 岁等不同年龄班次,自编自创了一套系统的舞蹈基础知识教学方法,开设"中国舞分级考试班"、"表演班"、"形体班"、"芭蕾舞班"等,为孩子们开拓广阔的舞蹈空间。孙盈舞蹈学馆认真负责、严谨规范的训练,得到了家长和学生的好评。

一对在金华的俄罗斯母女，慕名看了孙盈的表演，深深地被中国舞蹈所迷，母亲英歌将自己的五岁女儿送到了孙盈舞蹈学馆，母女一起学中国舞。此事经当地媒体报道，一时被传为佳话。

桃李满天下

几年的拼搏，孙盈的舞蹈培训学校挂上了中国演出家协会会员单位、浙江省舞蹈家协会教学和考级点的牌子，来学舞蹈的学生越来越多。学馆还荣获浙江省舞蹈考级优秀组织奖、金华市音乐舞蹈组织奖等殊荣、考级合格率100%。孙盈创作编排的少儿版《青蛇与白蛇》舞蹈过关斩将，从金华、杭州一路舞进北京，最后摘得全国蒲公英杯优秀人才选拔赛总决赛少年组金奖。孙盈本人也荣获这次全国优秀艺术新人选拔活动园丁奖。2007年8月，在舞动中华全国群众舞蹈展演活动组委会主办的"舞动中华"全国群众舞蹈大赛金华赛区中，《青蛇与白蛇》再获一等奖，孙盈也荣获优秀指导教师奖和优秀组织奖。

让孙盈倍感欣慰的是，学馆培养出来的学生有的成了艺术院校的尖子生，还有的走上了舞蹈专业道路。前年，从小在她的舞蹈馆里学舞的两名学员分别考上了中央音乐学院附中、上海戏剧学院附中舞蹈系。

作为一名教师，孙盈除了以自己优美的舞姿带给孩子们美的享受外，还不忘为孩子们的心灵播散爱和美的种子。热心于社会慈善事业的她，经常带领学员们参加当地慈善总会、妇联等单位主办的慈善活动。如带领学馆的师生一起为身患绝症，无钱治疗的金华塘雅镇中心小学六年级学生徐莹募捐；为被严重烫伤的民工子女、四岁小男孩小鑫畦义演募集医疗费；为汶川大地震赈灾义演……

如今的孙盈可谓"桃李满天下"：孙盈舞蹈馆现有学员800多人，此外她还应邀到当地很多学校、社团做舞蹈指导老师，诲人不倦。为了她心爱的舞蹈事业，她新婚不久的先生毅然从单位辞职，和她一起经营舞蹈学馆。

孙盈说，舞蹈能培养一个人的综合素质。她愿意让更多的人有机会了解舞蹈，接触舞蹈，让更多的人"舞"出欢乐，"舞"出精彩人生！

世博会浙江馆：
向世界展示神秘的太极古村

　　举世瞩目的上海博览会就要开幕了。浙江有六户"最浙江的家庭"入选世博会。其中有一户就是武义县俞源乡俞源村俞凤法一家。近日记者来到了这个传说中很神奇的太极星象古村，采访了72岁的俞凤法老人。

俞凤法老人为游客解说俞氏家规

神秘的太极古村

　　"双溪九陇环而抱，云可耕兮月可钓，翠草凝香黄犊肥，银波弄影金鱼

跳……"这是明朝进士俞俊写的"俞源八景歌"。青山、古树、白墙、黛瓦、小桥流水，一路上俞源古村美丽的风光让人心旷神怡。

"到了！到了！"热情的村民把我们带到了一幢古宅前，只见古宅大门上方的春联横批上写着："放眼世界"四个大字。闻讯出来的俞凤法老人看起来精神矍铄。他把我们迎到里面一幢古色古香的二层木楼天井坐下，笑呵呵地说："这是我为我家入选世博会特意写的。"

俞凤法和他的妻子汪云英以及他的姐妹后代们就居住在这幢木楼里。俞家在村里可算是名门望族，繁衍至今家庭成员也有30多人。当天，记者还见到了俞凤法89岁的姐姐和他2岁的外甥。俞凤法说，妻子一大早就去采茶叶了，儿女孙辈都在外上班，昨天曾回来祭拜祖先。

俞凤法是村里的老党支部书记，也是中国历史文化名村、全国重点文化保护单位——俞源村开发第一人。土生土长的俞凤法对家乡充满深情，尽管已经卸任，但他自觉当起了俞源村的义务导游和解说员。

对于入选世博家庭，俞凤法表示，是中国美术学院的师生把我们家推荐上去的。因为他们经常在俞源村画画、写生，对这里比较了解。俞凤法开心地说："入选'世博家庭'是武义县的光荣！金华市的光荣！浙江省的光荣！是我人生的光荣！"

通过世博会，他可以向全世界展示俞源村这个有700多年历史的太极古村的神秘风采。

据俞凤法介绍，俞源村是一个神奇的村庄，它的"总设计师"就是明朝开国元勋刘伯温。相传600多年前的俞源村是一个旱涝交替、瘟疫盛行、民不聊生的穷村子。俞源村第五代俞涞和刘伯温是同窗好友，两人经常在一起谈诗论艺。精通天文地理的刘伯温经过仔细查看，精心设计了这座太极星象村。

在刘伯温的设计下，俞源村至今仍拥有全国最大的太极、最小的太极，太极图总数居全国第一。说来奇怪自太极星象村建成以后，俞源村从未发生过一次旱涝灾害，还神奇地躲过了兵荒马乱的种种破坏。明清时期不仅富甲一方，而且还出了尚书、大夫、府台等260多人，俞源成了人杰地灵的风水宝地。

俞凤法把我们引到木雕房檐下看俞源村整个村庄的太极八卦布局图，"瞧！俞源村的周围有28个星宿围着，像是在守护着俞源村。"

按宗谱记载,刘伯温按照太极八卦,为整个村造了"太极星宿村"的同时,还为俞家创造了 30 代的字辈。俞凤法是俞家第 25 代。

古村落里的书香门第

俞凤法一家入选世博会的理由是"古村落里的书香门第"。俞凤法住的宅院"六基楼",就是按照当年刘伯温的布局建的。俞凤法说"六基楼"是太极 28 星宿里的"牛星"。建于公元 1800 年,已有 211 年的历史了。

六基楼的砖墙上绘着壁画,甚是好看。俞凤法说是当年造楼时画上去的,壁画既有关春夏秋冬四个节气的内容,还有历史典故、神话传说,画得栩栩如生,令人浮想联翩。

六基楼里的木雕更是雕得精美绝伦。"瞧,这里有一个太极!"记者沿着俞凤法所指的方向看去,果然发现屋檐下有一个很小的太极图,直径只有一公分,雕得非常精细。俞凤法说,这就是全国最小的木雕太极。

俞凤法自豪地说:"这座祖宅里的木雕作品是当年好多个东阳工匠花了1 年多的时间雕刻出来的。这些作品所包含的故事,三天三夜也说不完。"

六基楼厅堂里到处悬挂着国画和书法作品,中堂是一幅《达摩渡海图》,旁边还有一幅《自游自在图》:一群鱼在水里悠哉游哉呢! 最值得一提的是,这幢木结构老宅的柱子上,贴满了俞凤法自己创作、书写的对联。只见厅堂的柱子上有一副对联,"字里有字",是由很多字叠成一个字来写的。看起来很奇怪,参观的人一个都不认识。

俞凤法呵呵笑着说,这副对联他每年都要写无数遍,分送给乡亲们和前来参观的中外游客。见我们都不会读,他指指老宅横梁上雕着的众多八仙图,一字一句地念给我们听:"铁拐先生道德高,钟离祖师把扇摇……"原来,这幅对联一个字就是一句歌颂八仙的话。看来,书香门第古村名不虚传,一副对联就蕴含着这么多的知识!

一旁的村民说:"俞老先生,还会拉二胡、敲锣打鼓,是全村人的保健医生呢!"

原来俞凤法年轻时当过赤脚医生,喜欢医术,平时有空就带采药工具上山采药,采完药下山,在院子里晒草药,切草药,碾草药。附近十里八村的村

民都登门请他看病。俞凤法还擅长骨伤科，多年来已治愈多起疑难杂症，村里一位89岁的老太太摔碎了尾椎骨就是他用草药治好的。

前些天世博会组委会派人花了一个星期的时间，把俞凤法上山采药、给人治病，下地捉鱼、上山挖笋、为游客解说古宅、和妻子表演节目等生活场景都拍成了视频，到时世博游客就可以观赏到多才多艺的俞老先生一家了。

"200岁"古床秀世博

"您要去参加世博会吗？"

"我还在犹豫要不要去呢！但是我们家的老床是一定要去的！"俞凤法告诉记者，世博会期间肯定会有很多中外游客慕名到俞源村来参观，到时少不了他来当解说员。最重要的是村里父老乡村身体不舒服了，随时要上门找他开方看病。

这次世博会，他住的六基楼老宅被选中，可这么大一座老宅怎么搬得动呢？组委会跟俞凤法商量，决定让六基楼里的一张老床代表老宅去参加世博会。

俞凤法把我们领到卧室，记者看见了那张已有200年历史，建立清朝道光年间的"床老人"，尽管满是岁月沧桑的斑驳痕迹，但是它身上雕刻着的图案依然活灵活现。这张"幸福"的床上雕有凤凰、仙鹤、大象、梅花鹿、松鼠和孔雀等多种动物。民间传说梅花鹿寓意着升官发财，仙鹤代表长寿，大象代表气量大，松鼠是聪明、机灵的象征，孔雀代表有个好彩头……

俞凤法说，这张床曾经有人出5万元来买，但他不卖，他说这是他们家的传家宝，要代代相传的。

临走前，俞凤法带我们去参观俞氏宗祠。记者发现"俞氏家规"第三条竟有这样的内容："不可弃养女婴，宗祠拨田三十三亩七，年收租百石给每产一女婴补助三千文"。大家感叹："那时候有这个文明的思想太不容易了！俞家入选世博会实至名归！"

百年世博梦,四代丝绸缘

150多年前,首届伦敦世博会,一个叫徐荣村的中国浙江青年带着12包蚕丝远渡重洋前往伦敦,获得金银大奖,从此中国蚕丝叩开世博会之门。百年世博一丝牵,时隔159年,2010年上海世博会,入驻世博会的"最浙江家庭"杭州汪家,一个叫汪鹏的年轻人,把自己百年老字号桑蚕丝被送上了世博会。在世博园内,浙江丝绸世家——杭州汪家将和徐荣春的图片一起展出,向世界述说悠久的中国丝绸文化。

四世同堂见证杭州变迁

"吴奶奶，参加上海世博会您开心吗""有没有想过有一天，您家还作为浙江代表被选中'入驻'世博馆？""……"2010年4月25日上海世博会试营业，杭州汪家90岁的"董事长"吴儒珍老人，成了世博会上许多新闻记者眼里的"焦点"访谈人物。

"开心，很开心！"老太太笑得合不拢嘴，不停地回答："很荣光啊！碰上这么百年难遇的好事！这辈子我真是活着了。"试营业那天，世博馆人山人海，很多场馆都要排队、预约。但世博馆对这位"特殊"客人，一路都是绿灯，工作人员还为老太太准备了方便休息的轮椅。当天，兴致很高的吴奶奶，从早上八点半开始一直参观到晚上闭馆为止。

上海世博会，经过半年的征集、甄选，浙江一共有6户"最浙江"家庭入住本次世博会浙江馆。杭州汪家，一个在中山路老街世代居住的四世同堂的丝绸大家庭即是其中之一，其家庭成员中最年长的就是这位吴儒珍老太太了。

汪家入选理由是："四世同堂见证杭州变迁""百年丝绸世家叙述中国千年丝绸文化"。这个四世同堂家庭苦尽甘来，见证了杭州城近代的发展，体现出浓郁的杭州气息，可以说是浙江许多城市家庭的缩影。此外，汪家世代经营蚕丝家族产业，其创办经营的吉祥坊已有百年历史，养育了汪家几代人。而汪家世代书香，又体现杭州文化气息。

据汪家长孙汪鹏介绍，吴儒珍奶奶从出生起就一直住在杭州中山路。中山路，南宋时候就是"筑九里皇城，开十里天街"的御街，其间，由盛到衰到重兴。汪家的历史就和这条老街结下了不解之缘。入选世博会之前，汪家就被选为"杭州中山路公共艺术精品长廊雕塑《杭州四世同堂》"的原型人物。如今该雕塑作品坐落于西湖大道、中山中路口，以汪家四代主要家庭成员为原型雕塑的32个人物，栩栩如生，每天来和雕像合影的游客络绎不绝。说起来，普通市民真实家庭以雕塑展示，在杭州，在中国，汪家是第一回。汪鹏自豪地说："我们这个和睦的四代丝绸家庭，不但见证了杭州城的变迁，也见证了中国近代的变迁。"

至今,汪家所有家庭仍住在中山路旁,作为历史见证者,他们将继续在这条最具杭州丝绸文化,民俗风情的老街上,印证岁月的沧桑,述说时代的变化……

重振祖业的丝绸家族

杭州自古就有"丝绸之府"之称。距今四千多年的良渚出土丝织物就已揭示了杭州丝绸的历史之久,旧时清河坊(也就是今日的河坊街一带)鳞次栉比的绸庄更见证了杭城丝绸经济的繁荣。汪家经营的蚕丝被家族产业,由吉祥坊创始人汪淑贞女士于光绪 24 年,也就是 1898 年,创办于当时商贾云集之地清河坊。

吉祥坊最初叫'元吉丝绵店',专门经营蚕茧、丝绵及桑蚕丝被(当时称为丝绵被),因汪淑贞女士祖上一直经营蚕茧生意,对桑蚕丝的性能及蚕丝被制作工艺等方面都有着非常深的了解。再加上以"诚信"为本,诚信经营,诚信做人,诚信做事,生意越做越大。到了二十世纪 20 年代发展成一家三层水泥建筑的元泰绸布庄。其中拳头产品桑蚕丝被以其选料精细,工艺独特,寓意吉祥,货真价实为当时富贵及婚嫁人家所喜爱,并注册商标"吉祥象坊"。

说起当年的盛况,汪家长孙第四代掌门人汪鹏很是自豪:"规模非常大,近百名伙计,当时是杭州的三大绸布庄之一。"

转眼到了 1940 年,同样家住中山路、娘家也作丝绸生意的杭州姑娘吴儒珍嫁给了元泰绸布庄的少掌柜汪冀良,两人养育了五个儿子、两个女儿。

汪鹏说,汪淑贞女士人格魅力不但体现在经营上,也体现在日常生活中。抗日战争期间,汪淑贞女士不得不关闭元泰绸布庄,带着一家老小到绍兴避难。临走前,汪淑贞把店里的东西都分给员工,嘱咐大家各自逃难。战争停息间隙,汪淑贞回到杭州老店,竟然发现原来的员工一个没走,店里的货物也是一样没缺!见到老板,大家抱头痛哭。员工们哽咽说,汪淑贞女士平时待他们那么好,他们都舍不得离开……

吴儒珍的七个子女中,长子汪昔奇是家族的骄傲,一直把振兴家族当作自己的责任。1978 年,国家派遣的第一批公派留学生开始招考,汪昔奇脱颖

而出，作为改革开放后第一批公派留学人员，汪昔奇赴日本留学。他没有忘记祖业，业余时间总去学习当时日本先进的丝绸生产工艺。

20世纪九十年代末，为拯救正在快速消亡的老字号品牌，我省开始统一评选老字号企业会员。中国国内贸易部也在开始评选中华老字号，吉祥坊汪家元吉老店作为为数不多的丝绸老字号顺利入选。

1995年，汪昔奇的儿子汪鹏大学毕业后，放弃了当公务员的机会，从东北回到杭州，挑起了传承和光大祖业的重任，于2000年把元吉老店重新搬回杭州清河坊原址，成立了吉祥坊丝绸有限公司，并请奶奶吴儒珍当董事长，自己则做总经理。

百年世博一丝牵

世博会正式开幕前两天，记者终于在河坊街见到了刚从上海世博会上回来的汪鹏父子俩。

说起入选世博会，汪昔奇表示，能够入选这个千载难逢的机会，很光荣很荣幸。汪鹏还拿出现场拍的图片给记者看："瞧！我一家展出的名称就叫'浙江丝绸世家——杭州汪昔奇家庭'！""徐荣春当年由维多利亚女王亲自颁奖的的图片展就放在我家隔壁！"

如今，经过汪家历代不懈的努力，他们的世博梦终于实现了。新一代的吉祥坊在汪昔奇一家人的经营下，产品也有了质的飞跃，汪昔奇开心地告诉记者，前不久上海市政府还邀请汪家在上海浦东中华老字号商城开办了一家吉祥坊分店，向世界展示神奇的中国传统丝绸文化瑰宝——纯手工桑蚕丝被。

对于未来，汪鹏信心满怀，他借用自己在浙江老字号2009年赴台参展时欢迎会上的发言说：我们不做世界五百强，但要做世界五百年！

图书在版编目(CIP)数据

记录：当代家庭原生态/张再青著. —杭州：浙江大
学出版社，2010.6
　ISBN 978-7-308-07607-4

　Ⅰ.①记… Ⅱ.①张… Ⅲ.①传记文学－中国－当代
Ⅳ.①I25

　中国版本图书馆 CIP 数据核字（2010）第 095122 号

记录：当代家庭原生态

张再青　著

责任编辑	李海燕
文字编辑	李苗苗
封面设计	联合视务
出版发行	浙江大学出版社
	（杭州市天目山路 148 号　邮政编码 310007）
	（网址：http://www.zjupress.com）
排　　版	杭州大漠照排印刷有限公司
印　　刷	杭州日报报业集团盛元印务有限公司
开　　本	710mm×1000mm　1/16
印　　张	14.25
字　　数	223 千
版 印 次	2010 年 8 月第 1 版　2010 年 8 月第 1 次印刷
书　　号	ISBN 978-7-308-07607-4
定　　价	38.00 元

浙江大学出版社发行部邮购电话（0571）88925591